SV

Deniz Utlu
Gegen Morgen

Roman

Suhrkamp

Erste Auflage 2019

Satz: Dörlemann Satz, Lemförde
Druck: CPI – Ebner & Spiegel, Ulm
Printed in Germany
ISBN 978-3-518-42898-6

Gegen Morgen

I

Himmlische Müdigkeit fühl' ich in mir.

Novalis, *Hymnen an die Nacht*

Schwerkraft

Ich will nicht fliegen. Nadia hat recht, ich hätte wie Vince aus der Wohnung ausziehen, wir hätten sie auflösen sollen. Dann müsste ich jetzt nicht zum Flughafen fahren, ins Flugzeug steigen, zu Nadia nach Frankfurt fliegen. Ich will nicht. Lieber knete ich den Riemen meiner Tasche. In dieser Küche. Auf diesem Stuhl. Immer hier.
Am Ende des Flurs stehen die drei restlichen Umzugskartons von Vince. Zehn, elf, zwölf, dreizehn Jahre in Kartons – haben wir hier wirklich so lange zusammengewohnt?
Im Treppenhaus riecht es scharf nach Essig. Die letzten Stufen glänzen nass. Ein Mann wringt einen Lappen aus, er habe frisch gewischt. Wir stehen da, ich auf halber Treppe, er unten vor dem Treppenabsatz, und schauen auf das trocknende Holz der Stufen.

Im Taxi die Autobahn hoch nach Tegel, durch den Nieselregen, vorbei an Hausfassaden mit aufgemalter Werbung aus den Siebzigerjahren, an den drei großen Schornsteinen des Heizkraftwerks, dem Messeparkplatz, der aussieht wie ein weißer Roboter neben der Stadtautobahn. Nadia schreibt: Hab einen guten Flug, ich freu mich auf dich. Ich lege das Telefon neben mich auf die Rückbank. Ich würde es anschnallen, wenn das möglich wäre, und mit ihm reden wie mit einem Gefährten. Wo fliegen wir hin?, würde es fragen. Hoch, würde ich sagen, sehr hoch.

Verliert der Himmel da seine Farbe? Sind die Sterne nah? Und gibt es dort eine Vorstellung von Zeit? Werden wir Netz haben? Es wurden viele Flüge gestrichen heute, sagt der Taxifahrer, wenigstens keine Terrorwarnung, in diesen Tagen weiß man nie.

In der Schlange zu den Gates schwellen einem Mann die Adern am Hals an, weil ich drängle. Wir müssen alle heute noch fliegen, zischt eine Frau. Beim Scanner muss ich die Schuhe ausziehen, ich sage, dass ich nur nach Frankfurt fliege, den Flug verpasse, wenn es hier nicht schneller geht. Der Mann mit den Einweghandschuhen besteht darauf, dass ich die Arme öffne. Während er mir unter die Achseln streicht, denke ich, dass das für viele die einzige Form einer Umarmung ist.

Am Gate zieht eine Frau vom Bodenpersonal gerade das Absperrband zu, draußen schließen die Türen des Busses. Falls es zu spät ist, will ich nach Hause, ins Bett, mit Mantel und Tasche, auf mich ist Frankfurt nicht angewiesen. Ist es zu spät?, frage ich, die Frau nickt, sagt, dass das System um Viertel vor schließe, ihr seien die Hände gebunden, wobei sie auf ihre Handgelenke schaut, auf dem linken ist eine Kaligrafie tätowiert. Sechzehn, sage ich, es ist sechzehn vor. Sie zieht meine Bordkarte über den Scanner, es piept. Die Frau öffnet erst die Absperrung, dann die Tür, der Bus, der bereits angefahren war, hält wieder, die Fluggäste schauen ausdruckslos. Beeilen Sie sich. Ich weiß nicht, sage ich. Hitze überkommt mich, unter den Achseln, zwischen den Schulterblättern, schnürt mir die Kehle zu. Der Regen hat zugenommen.

Die Menschen im Bus schauen mich an, auch die Busfahrerin dreht sich zu mir um. Die meisten stehen, haben Koffer zwischen den Beinen oder Taschen um die Schultern, halten Bücher oder Zeitungen in den Händen oder unter den Arm geklemmt, ein alter Mann trägt einen Strauß gelber Blumen. In meinem Rücken spüre ich die Kälte der Tür, gegen deren Glas ich lehne. Ein Mann mit eckiger Hornbrille und wenigen, dafür gekämmten Haaren grüßt mich: Guten Tag. Er ist klein, mit auffällig gerader Haltung und kurzem Hals. Ich nicke, um seinen Gruß zu erwidern. Wir sind ja noch gut in der Zeit, grinst er. Die dicken Brillengläser vergrößern seine Augen, die er hinter den halbgeschlossenen Lidern in unregelmäßigen Abständen bewegt wie eine Echse. Seine Nase ist so klein, dass sie unter der Brille fast verschwindet. Am Flugzeug steige ich als Erster aus dem Bus. Ich will nicht zusammen mit ihm auf der Treppe warten müssen.

Auf meinem Fensterplatz kauere ich mich in die Ecke. Mit geschlossenen Augen höre ich die Geräusche der Menschen, die ihre Plätze suchen: Eine Tüte knistert, Gepäckfächer klappen auf und zu, ein Kind zählt die Sitznummern ab, ein Baby weint. Das Dröhnen der Turbinen beginnt. Im Fenster bewegen sich eckige Fahrzeuge. Hallo, sagt ein Mann neben mir. Die Echse. Wir haben eine leichte Verspätung, aber die holen wir sicher ein. Ich habe es nicht eilig, sage ich. Er runzelt die Stirn.

Wir fliegen.

Wir müssten schon über Magdeburg sein, gibt der Mann nicht auf und lockert seinen Kragen. Draußen ist es weiß.

Irgendwann kündigt der Pilot durch die Lautsprecher die Landung an. Er habe die Landegenehmigung aufgrund des hohen Verkehrsaufkommens in Frankfurt erst jetzt erhalten, wir hätten circa dreißig Minuten Verspätung. Von mir aus können wir noch Stunden über der Stadt kreisen. Die Echse lächelt mir zu. Was führt Sie nach Frankfurt? Ich besuche meine Freundin, sage ich. Alles ist falsch an diesem Satz. Ich bin eine Motte und kreise um die Stadt. Die Echse sagt, dass sich ein Besuch in Frankfurt immer lohne. In dem Moment fällt das Flugzeug in ein Luftloch, die Echse ruft: Huch, und lacht verlegen, als hätte ich sie bei etwas Unanständigem ertappt. Dann fallen wir wieder.
Zum ersten Mal begreife ich körperlich die Bedeutung der Sicherheitsgurte. Meine Organe vollziehen eine andere Bewegung als der Körper, der sie umschließt. Sie ziehen auseinander, der Magen verformt sich, presst gegen die Lunge, erschwert das Atmen. Ein Gefühl nah an Übelkeit, aber anders.
Ich sehe den Lärm in der Kabine, höre ihn nicht, sehe nur: nasse Augen von Kindern, feuchte Wangen, Finger, die sich in die Stoffe der Vordersitze krallen, die Echse drückt ihren Kopf in den Schoß, die wenigen Haare sind strähnig nass vom Schweiß. Ich stelle mir vor, wie wir immer weiter fallen, wie das die letzten Minuten meines Lebens sind, vor dem Aufprall.
Vorne knallt ein Buch auf den Gang. Auch hinten ein Knall, ich schaue mich um, die Toilettentür schlägt auf und zu. Ein Mann boxt mit der Faust gegen die Rücken-

lehne seines Vordermanns. Er trägt Hemd und Krawatte, die kurzen blonden Haare sind stumpf, er schlägt noch einmal gegen den Sitz. Ich erkenne ein Lächeln in seinem Gesicht. Auch der Mann neben der Echse lächelt, aber: Freude und Schmerz sind nicht zu unterscheiden. Er hält sein Buch geöffnet auf dem Schoß und versucht, weiterzulesen, wann immer etwas Ruhe einkehrt. Woher diese Sicherheit? Oder misst er diesem Augenblick keine Bedeutung bei: nur eine Minute unter all den Minuten, die das Leben abgezählt hat. Im Nacken der Echse glänzt der Schweiß.

Ich habe meine Mutter lange nicht mehr gesehen. Wenn ich verunglückte, würde sie das nicht ertragen. Nicht ertragen heißt das Leben, wie sie es kennt, nicht mehr weiterführen. Nicht ertragen heißt den Staub in der Wohnung siegen lassen. Nicht ertragen heißt die Gardinen weder auf- noch zuziehen. Den Teekessel auf der Herdflamme vergessen. Verschimmeltes Toastbrot rösten. Ich weiß, dass wir nicht abstürzen werden. Und doch: Die Möglichkeit besteht. Die Müdigkeit heute Morgen, der Mann, der das Treppenhaus putzte, der Taxifahrer. Ich hätte diesen Flug nicht nehmen dürfen, sage ich vor mich hin, ich hätte diesen Flug nicht nehmen dürfen. Die Echse schaut mich von unten an, ihre Augen wirken in diesem Winkel riesig.
Nadia würde sicher versuchen, mich zu erreichen, aber mein Telefon wäre aus. Sie würde Vince anrufen, der wüsste von nichts, würde sagen, dass schon alles in Ordnung wäre. Bei meiner Mutter würde Nadia nicht anrufen, nicht heute. Nadia, die auf meine Mailbox sprechen würde, erst sanft, dann mit leichtem Zorn in der Stimme,

dann wütend, dann verletzt, Stunden später Angst. Meine Mutter in fünf Jahren, Vince in fünf Jahren, die Asche, zu der mein Körper geworden wäre, in fünf Jahren. Ich weiß, wir stürzen nicht ab. Nadia, die sich ihren Sohn um die Brust geschnallt hätte, die in Frankfurt geblieben wäre, die am Main entlanglaufen und im Gehen das Abschlusskapitel ihrer Doktorarbeit planen würde. Vince in einer hundertzwanzig Quadratmeter großen Loftwohnung mit dem ferngesteuerten Auto seiner Tochter. Mutter in einem Heim, ein Pfleger würde mit ihr schimpfen, weil sie wieder die Suppe verschüttet hätte, warum sie denn nicht aufpassen könne. Und Ramón in einer Anstalt, aufgedunsen wegen der Medikamente. Ich atme.

Ramón, in diesem Flugzeug erscheint er mir, sitzt in einer der vorderen Reihen, mit seiner Daunenjacke, die er immer noch trägt. Auch er ganz ruhig. Im Fallen existiert alles gleichzeitig, was gewesen und was nicht gewesen und was nur in mir gewesen ist. Eine Multiplikation aller Erfahrungen.
Lange habe ich nicht mehr an Ramón gedacht. Ausgerechnet jetzt, in den Minuten, die die letzten sein könnten, taucht er auf. Er, für den nie Raum blieb, der immer zu viel war, immer überflüssig, nie willkommen, nur da. Ich merke, wie ich grinse. Ein Grinsen, das Gesichtsmuskeln anspannt, die ich nicht kannte, und das ich auf meinen Knochen spüre wie steifes Leder.

Nadia wirft mir *eine trostlose Unordnung in der Zeit* vor, sie sagt, du bist dreiunddreißig Jahre alt, aber du lebst wie ein Student. Ich sage, warum nicht mit fünfzehn studieren, mit sieben Märchen belächeln, mit zweiunddreißig an die Kraft der Liebe glauben? Warum nicht mit zwanzig Geschäftsmann sein und mit fünfundsiebzig auf dem Amt sitzen und Ausbildungsförderung beantragen? Erst sterben, dann leben. Huch, wiederholt die Echse, wiederholt auch das Lächeln der Ertappten. Die Organe in meinem Körper fallen.

Nadia und ich an einem Frühlingsabend in der Bergmannstraße, die Bäume noch ohne Blätter, es ist lau, Menschen auf den Terrassen der Cafés, der Himmel dunkelblau, Lichter in den Fenstern der Häuser, Küchen in den Fenstern, Töpfe und Bücher, Blumen. Ich will den Moment festhalten, bleibe stehen, sie, bei mir eingehakt, muss auch stehen bleiben, wir küssen uns, aber alles um uns herum verwandelt sich in einen Bahnhof, die Schaffner pfeifen, die Züge fahren an, Menschen rennen mit ihren Koffern den Bahnsteig entlang, und die Küssenden stehen schon halb in der Zugtür, etwas von ihnen ist bereits fort. Etwas von mir war schon immer längst fort. Ich mit zwanzig im Stadtwald, Licht fällt durch die Zwischenräume der Blätter auf den Pfad, aber ich bin bereits auf meinem Bahnsteig, schon in meinem Zug. Nadia, die mir von unserem ewigsten gemeinsamen Moment erzählt, von dem windigen Tag auf dem Turm in Swinemünde, unsere Gesichter lugten aus den Kapuzen und Raben spazierten auf der Balustrade, sie erzählt, aber ich denke, ich muss früh schlafen gehen, morgen wird ein langer Tag.

In diesem Flugzeug, das fällt, ist nichts schon fort, bin ich nicht mehr auf dem Sprung. Hier ist jede Eile unbegründet. Im Fallen löst sich die Schwerkraft auf, wir fallen nicht,

wir schweben, die Schwerkraft und die Zeit. Eine Gleichgültigkeit, die mich überrascht: Die ungeahnte Möglichkeit, dass das Leben abreißt, trifft mich nicht.
Ich falle. Die Echse reißt den Kopf hoch und schnappt nach Luft. Becher und Taschen liegen auf dem Gang des Flugzeugs. In meinem verkürzten Leben herrscht eine Sekunde Ruhe, herrscht eine Sekunde Ewigkeit.

Nach einem Ruck ziehen wir wieder hoch, die Schwerkraft kehrt zurück und drückt uns in unsere Sitze.
Sehr verehrte Fluggäste, spricht der Pilot, aufgrund eines schweren Gewitters müssen wir den Anflug auf Frankfurt abbrechen, wir haben eine Landegenehmigung am Flughafen Hannover beantragt. Die Passagiere reden alle durcheinander. Eine Frau mit drei Kindern erklärt, dass sie ihren Anschlussflug nach New York nun kaum noch bekomme. Manchmal, sage ich zur Echse, führt Sie alles zurück zu Ihrer Mutter. Die Echse starrt mich an: Was?
Erst eine ganze Weile nach der Ankündigung des Piloten, dass wir nach Hannover fliegen, legt sich die Anspannung. Ein Mädchen mit geflochtenen Haaren hebt sein Buch auf und liest sofort darin. Ich höre einen Mann lachen, dann eine Frau. Wieder ruhige Gespräche, die sich in das Dröhnen der Turbinen mischen.

Wir landen in der Stadt meiner Geburt.

Meine Mutter weiß nicht, dass ich hier bin. Sie sitzt in der Wohnung meiner Kindheit und Jugend auf dem Sofa oder steht im Flur und streift die Schuhe ab oder räumt den Einkauf in den Schrank. Ich sitze in einem Flugzeug mit offenen Türen. Wir warten, heißt es, auf eine Besserung der Wetterbedingungen in Frankfurt. Die Motoren sind ausgeschaltet, die Leute flüstern beim Reden. Nur ein älterer Mann erzählt lautstark von einer Wanderung in Spanien, einem Unwetter auch dort. Die Stewardess lehnt an der Tür und schaut auf die Piste. Ich schnalle mich ab und gehe zu ihr, sage, dass ich aussteigen möchte. Sie sagt, dass wir den Flug jeden Augenblick fortsetzen würden. Ich bestehe darauf, auszusteigen, erzähle ihr, dass meine Mutter hier lebt, in Hannover, in dieser Stadt, in der ich nicht hatte landen wollen. Sie tritt einen Schritt zurück. Ich sage, dass ich Mutter lange nicht gesehen hätte und dass wir nie wüssten, ob der eben verpasste Augenblick in Wahrheit nicht der letzte sei, den wir hätten. Erzähle von der Wohnung, von Mutter und Vince. Die Stewardess paddelt mit den Händen, sie frage ja schon den Piloten, um Gottes willen. Ich warte vor der offenen Flugzeugtür: unter mir Asphalt, dahinter Wiesen, in der Ferne Zäune, dahinter wieder Wiesen, der Wind rauscht. Wir sind mit dem Flugzeug zum Picknicken gelandet. Jeden Moment verteilen die Flugbegleiter Picknickkörbe und Heizdecken, sicher spielt jemand Gitarre.

Ein Fuchs läuft über die Wiese und bleibt etwa zwanzig oder dreißig Meter von mir entfernt stehen. Er kratzt sich mit der Pfote die Schnauze und schaut mich direkt an. Wollen Sie wirklich aussteigen? Er hat eine Frauenstimme. Hören Sie?

Ich drehe mich um, die Stewardess. Möchten Sie immer noch aussteigen?

Als ich wieder rausschaue, ist der Fuchs verschwunden.

Hinter den Tresen der Reisebüros und Fluggesellschaften sitzen Angestellte in Anzügen mit Applikationen in den Farben des jeweiligen Unternehmens. Wie schon als Kind spüre ich die Höhe der Decke mit den Zylindern, die aussehen wie abgeschnittene Rohre. Ich sehe mich von oben, wie ich diagonal durch dieses stille Gebäude laufe, auch meine Schritte erzeugen keine Geräusche. Stunden meiner Kindheit sind an den Gepäckbändern dieses Terminals vergangen, auf dem Rückweg aus der Türkei, aus Griechenland und Italien. Vince und ich haben vor einigen Jahren zusammen auf diesen Wartesitzen aus Plastik gesessen – vor mehr als einer Dekade. Wir waren einem Schulfreund begegnet. Nur an die Begegnung erinnere ich mich, nicht an sein Gesicht oder seine Stimme, und das auch nur, weil wir später erfuhren, dass sich einer aus unserem Abiturjahrgang umgebracht hätte, genau der, den wir getroffen hatten. Er habe Tabletten geschluckt und sei Tage später in seinem Bett gefunden worden, wusste Vince. Ich konnte mich nicht daran erinnern, vor der Begegnung auf dem Flughafen jemals mit ihm gesprochen zu haben, aber Vince meinte, sie hätten oft zusammen Fußball gespielt. Seinen Körper sehe ich noch vor mir, den Körper des Jungen, in einem schwarzen Kapuzenpullover, wie er in einem Einzelbett liegt, zur Wand gedreht. Ich war natürlich nicht dort gewesen, ich weiß nicht, was er anhatte oder wie sein Zimmer aussah, aber dieses Bild sehe ich, wenn ich versuche, mich an mehr von ihm zu erinnern. Und das Bild des Supermarkts hinter unserer Schule, denn über diesem Supermarkt soll er damals gewohnt haben. Das Kopfsteinpflaster, der Kreisverkehr mit einem Baum in der Mitte, Bürogebäude, die in einem architektonischen

Wagnis mit doppelter Fassade gebaut worden waren, die äußere Fassade rosafarben gestrichen. Schulhof, Kopfsteinpflaster, Supermarkt, Kreisverkehr, Baum, doppelte Fassaden, rosa. Kein Gesicht.
Nachdem mir Vince davon erzählt hatte, gingen wir wieder in unsere Zimmer und lernten weiter für die Prüfung in Doppelter Buchführung. Dabei hätte ich alleine schon bei dem Wort »Rechnungsabgrenzungsposten« das Studium abbrechen müssen. Aber ich entschied mich dazu, vernünftig zu sein, was auch meine Mutter mir geraten hatte, und »Rechnungsabgrenzungsposten« waren zweifellos vernünftig. Vince ging also in sein Zimmer und löste die Übungsaufgaben aus dem Tutorium, und ich in mein Zimmer und las im Handelsgesetzbuch, und Ramón, an den ich jahrelang kaum gedacht hatte, der mir in diesem fallenden Flugzeug erschien, plötzlich mit mir fiel, der damals zum Tod unseres Mitschülers über dem Supermarkt nichts gesagt hatte, unterstrich weiter jeden Satz in den *Elementen und Ursprüngen totaler Herrschaft*.

Ursprung

Mein Flugzeug, ohne mich, dürfte bald landen. Während Nadia vor der Absperrung bei jeder Person, für die sich die elektrische Tür öffnet, hofft, dass ich das endlich bin, sehe ich mich, fünfzehnjährig, mit Vince in den Seitenstraßen Hannovers. Er hat Locken, ist einen Kopf kleiner als ich und beansprucht den Nobelpreis, weil er sein erstes Mal hatte. Während Nadia im Frankfurter Flughafen ungeduldig hin und her läuft, stehe ich bereits vor der Tür, die fast mein halbes Leben lang der Eingang zu meinem Zuhause gewesen ist. Ich stehe vor dem Haus meiner Mutter, dem Haus, in dem ich aufgewachsen bin, vor dem ich in den Sommermonaten bis in die Morgenstunden mit Vince über Mädchen und Revolution redete, in das ich hineintorkelte als Jugendlicher, wenn ich zu viel getrunken hatte. Die Stufen schlich ich dann hoch, übte mich darin, so leise wie möglich aufzuschließen, aber zu irgendeinem Geräusch kam es immer. In meiner gesamten Jugend ist es mir nicht ein Mal gelungen, die Tür aufzuschließen, ohne Mutter zu wecken. Manchmal stand sie auf, um mich zu begrüßen, als käme ich von der Schule, meistens sagte sie nur Hallo mit heiserer Stimme von ihrem Schlafzimmer aus. Wenn sie nichts sagte, stand ich an ihrer offenen Schlafzimmertür in der Dunkelheit und wusste, dass sie wach war.

Heute liegen die Schlüssel in einer alten Box in meinem Regal in Berlin. An dem Haus zu klingeln, in dem man aufwuchs, ist wie eine Reise in die Vergangenheit: Ich bin es, der öffnet – ich, der mir selbst die Tür öffnet. Ich, vor fast zwanzig Jahren, fünfzehnjährig, mit dunklen Haaren, die bis zu den Schultern reichen, die Schultern etwas eingefallen, weil ich einen Wachstumsschub hatte. Mutter ruft aus dem Wohnzimmer: Wer ist es, Kara? Ein Fremder, antwortet mein fünfzehnjähriges Ich. In seinen Augen erkenne ich, wie er in meinen Augen erkennt, dass mich seine Auskunft traurig macht. Er schaut mich fragend an, verunsichert, ob wir uns nicht doch kennen, nicht, weil er eine Ähnlichkeit zwischen uns entdeckt hätte, sondern aus Empathie. Das Haar hat Mutter braun gefärbt, sie steht im Licht, das durch die Fenster ins Wohnzimmer fällt und bis zu ihr auf den Flur reicht. Sie hat nur wenige Falten im Gesicht, die Augenlider sind ein wenig runzlig, aber Stirn und Hals faltenlos. Der Junge in der Tür weiß nicht, dass seine Mutter eine junge Frau ist oder vor kurzem eine junge Frau war, dass sie Träume hatte, dass sie von Reisen und Musik geträumt hat, von Liebe, dass sie davon träumt. Mutter strahlt mich an. Ein Lächeln, das mein fünfzehnjähriges Ich nicht wahrnimmt. Warum bittest du ihn nicht herein, sagt sie, das bist du in achtzehn Jahren.

Im Treppenhaus komme ich an einer Eule vorbei, die die Tochter der Nachbarin vor fast dreißig Jahren gemalt hat und die immer noch an der Wand klebt. Im dritten Stock steht die Tür offen. Mutter im Dämmerlicht dahinter. An den hohen Wänden ist ihr Schatten winzig. Ihr Gesicht gewinnt an Kontur, je näher ich komme. Zuerst die Nasenspitze, rund wie eine Perle, dann das Kinn mit Fältchen, die aussehen wie Bisse von Kindern oder Katzen,

der Mund mit den dünnen Lippen, zuletzt die Augen, die tief in ihrem Schädel sitzen – einige Schattenreste bleiben zwischen den Augenringen und ihrem Stirnknochen hängen. Sie öffnet die Arme, geht einen Schritt auf mich zu, sagt: Willkommen, mein Junge. Ihre Umarmung ist fest, was mir erst nach einigen Momenten bewusst wird. Ich lasse meine Tasche von der Schulter gleiten und umfasse sie jetzt auch mit beiden Armen. So stehen wir, dann lässt sie mich los und zieht mich ins Wohnzimmer, zum Sofa, sagt, dass ich mich hinsetzen solle, mich erholen, und geht schließlich in die Küche, Kaffee machen.
Das bordeauxrote Sofa, auf dem ich viele Tage meiner Kindheit verbracht habe und dessen weichgewordenes Leder ich durch unaufhörliches Herumspringen auf den Sitzpolstern maßgeblich zu verantworten habe. Hier hatte ich gehockt und im Fernsehen animierten Motorradgangs in Neo-Tokio zugesehen oder mit Shaolin-Meistern meine Augenmuskeln trainiert, um schnell wie Kung-Fu-Kämpfer alles um mich herum sehen zu können. Manchmal setzte Mutter sich dazu, in den Sessel, auch dieser bordeauxrot, und schaute mit. Oder sie tat zumindest so, denn sie interessierte sich nie wirklich für die Filme, die ich aussuchte. Sie mochte es nur, Zeit mit mir zu verbringen. Ich machte ihr das irgendwann zum Vorwurf, sagte, dass sie nicht so tun solle, als schaue sie mit mir Filme, wenn es ihr gar nicht um die Handlung gehe, sondern um mich. Bist du denn nicht wichtiger?, fragte sie.

Aus der Küche höre ich das Scheppern von Geschirr. Dieses Geräusch ist Teil der Zimmer hier. Die Abwesenheit von Geräuschen als Bedingung für Stille gilt an diesem Ort nicht. Ein Holzlöffel schlägt zwei Mal auf den Rand eines Kochtopfs, eine Pfanne wird über die Herdplatte geschoben, Besteck auf Porzellan gelegt. Am Rhythmus erkenne ich die Tiefe der Ruhe meiner Mutter. Mit einem Auftakt schließt sie nun einen Küchenschrank, synkopisch klopft sie wieder auf den Topfrand, weiteres Besteck fällt im Ganzton. Ich weiß, dass sie jetzt träumt, nur nicht, wovon. Von Kleidern und Bällen? Von Enkeln? Von einem Mann? Von einem anderen Leben, zu dem es nie gekommen ist, weil sie dieses gewählt hat, Umtausch ausgeschlossen?

Sie hat Salat zubereitet mit Granatapfelkernen und Chicorée in Olivenöl angebraten, ihren Reis mit Nüssen und getrockneten Tomaten soll ich probieren, den habe sie zum ersten Mal so gemacht. Das beste Geschirr hat sie auf dem runden Holztisch im Wohnzimmer aufgedeckt, und die Tischdecke ist jene, die sie für Gäste aufbewahrt. Wir bewegen das Besteck wie automatisch, führen Essen in die Münder, keiner von uns sagt etwas. Mutter weilt vielleicht noch bei den Synkopen des Ungelebten, und ich weile in den Bassläufen meiner Kindheit und Jugend und bei Bildern von Nadia, ihren braunen Lederstiefeln, die sich auf dem glänzenden Boden des Frankfurter Flughafens immer schneller auf und ab bewegen. Ich schneide den Chicorée, führe ein Stück in den Mund, die Blätter quietschen zwischen den Zähnen, bitterer Saft tritt aus, verbindet sich mit Salz und Olivenöl, kauend schaue ich zu Mutter, wir nicken uns zu. Für einen Augenblick, während ich ein weiteres Stück Chicorée abschneide, weiß ich nicht, weshalb wir das getan haben, ob wir nicht doch miteinander gesprochen hatten und uns jetzt mit der Kopfbewegung gegenseitig zustimmten. Ich versuche, mich zu erinnern, wann ich Mutter das letzte Mal gesehen, wann ich zum letzten Mal mit ihr zu Abend gegessen habe. Wir essen schweigend weiter. Hin und wieder Schritte in der Wohnung über uns. Das Besteck auf dem Porzellan hinterlässt Farben im Raum, sie sind grell, weißlich rot. Das Blau der Abenddämmerung färbt erst die Wände des Wohnzimmers und nach und nach alle Gegenstände, den Tisch vor dem Sofa, das Bücherregal, die Bücher, den ausgeschalteten Fernseher, die Fotos aus Mutters Studienzeiten im Rahmen an der Wand. Auch Mutter ist jetzt abendblau.

Sie hatte immer versucht, Vater und Mutter zugleich zu sein. Jede meiner Entscheidungen, die mich von ihr entfernten, hatte sie als Absage an sie selbst verstanden, ein Scheitern ihrerseits, nicht nur als Mutter, sondern auch als Vater. Tagelang war sie apathisch gewesen, als sie mich einmal von der Polizeiwache abholen musste. Vince und ich hatten uns nachts davongestohlen, waren über eine Garage in einen Hinterhof geklettert, von dort in einen Keller und hatten mit einem Taschenmesser das Schloss eines Kellerraums aufgebrochen. Darin lagen Werkzeuge auf einem Tisch, daneben alte Koffer und Bierkästen. In einer Schublade fand ich stapelweise Fotos, einige alte Bilder in Schwarzweiß. Auf einem davon ein Junge mit Schirmmütze, wenig älter als wir, der mit verschränkten Armen auf einem Kohlekarren posierte. Ich behielt es aus Trotz, als mich die Polizei erwischte, nur mich, weil Vince sich schnell genug versteckt hatte. Hinter einen großen Koffer gekauert, spähte er zu mir und den Polizisten und sprang schließlich doch hervor, rief, dass wir nichts

Schlimmes getan hätten und außerdem erst zwölf seien. Mutters Augen waren weit aufgerissen, als sie mich von der Wache abholte. Im Auto starrte sie mich lange an, bevor sie losfuhr.

Wir räumen das Geschirr in die Spülmaschine. Sie brüht erneut Wasser für frischen Kaffee. Ich stehe vor den Fotos im Flur. Mutter mit Schlaghose und Haaren bis zur Hüfte, Mutter, jung, an einem Schlagzeug, Mutter, unwesentlich älter, mit mir und Vince, mit Pommes im Mund, vor dem Opernhaus. Da müssen Vince und ich etwa dreizehn gewesen sein. Eine Freundin von Vince' Schwester, die fünf oder sechs Jahre älter als wir war, spielte Querflöte. Ich hatte sie kennengelernt, als ich einmal bei Vince schlief und sie zufällig am selben Tag bei seiner Schwester übernachtete. Wir saßen lange zu viert im Wohnzimmer von Vince' Eltern, die schon längst zu Bett gegangen waren und Vince und mich schlafend glaubten. Die Freundin erzählte, dass sie sich an der Musikhochschule eingeschrieben habe und in einem Orchester spielen wolle und dass sie nichts attraktiver finde an einem Mann als einen entwickelten Musikgeschmack. Sie brauche keine Muskeln, sie zerfließe bei jemandem, der hören könne. Vince und ich nickten wie hypnotisiert und überredeten Mutter, mit uns in die Oper zu gehen. Mutter schüttelte den Kopf, sie verstehe die Jugend nicht – in die Oper? Aber sie kaufte uns Tickets für die *Zauberflöte*, und Vince und ich sitzen in meiner Erinnerung mit feuchten Augen auf unseren Rangplätzen, und später, vielleicht sogar am Imbiss vor dem Opernhaus, erklärten wir, wie tief uns die Musik berührt hätte. Dabei hatte ich während der drei Stunden im

Konzertsaal kaum zugehört, sondern immer nur an die Freundin von Vince' Schwester gedacht, an die dunklen Ringe unter ihren blauen Augen, von denen ich glaubte, dass sie das Schönste waren, was ich jemals gesehen hatte. Es stimmte, dass ich ergriffen war, aber das hatte nichts mit der Musik zu tun, sondern nur mit der Vorstellung von diesen Augen. Vince ging es nicht anders, das wusste ich. Mutter freute sich, dass uns die Oper gefallen hatte. Es blieb aber bei diesem einen Besuch. Die Freundin von Vince' Schwester sahen wir danach nur noch selten, ich noch weniger als Vince, und vergaßen sie bald.
Neben dem Foto von uns vor dem Opernhaus ein Bild, das ich für Mutter im Kunstunterricht gemalt habe. Auch ein eingerahmtes Foto von Nadia und mir in Festkleidung auf einer Hochzeit. Ich schaue es lange an, bis mir die Gestalten darauf fremd geworden sind, bis ich Nadia und auch mich nicht mehr erkenne.

An der Tür meines Zimmers am Ende des Flurs fehlt das Verkehrsschild mit dem Symbol für Sackgassen. Die Wände sind kahl, allein meine Diplom-Urkunde schmückt die Wand, Mutter hat sie dort angebracht, obwohl mir das unangenehm war. Auf einer Untertasse im Regal liegt ein Radiergummi in Form eines Totenkopfs, daneben ein Feuerzeug mit dem Bild einer Frau, deren Bikini verschwindet, wenn man es länger in der Hand hält. Ich schaue mir ihre glitzernden Achtzigerjahre-Dauerwellen an, nehme dann den Daumen vom Plastik, zwei winzige rosa Punkte stellen ihre Nippel dar. Immer wieder betätige ich das Rädchen, lasse die Flamme aber sofort darauf erlöschen. Der Ausblick meiner Kindheit: die Fassade des

Hauses gegenüber, die Robinien, die damals schon hier waren. Auch das Summen ist wieder da, ich habe nie herausgefunden, wo es herkommt.

Ich will Nadia anrufen, scrolle bis zu ihrem Namen, berühre mit dem Daumen die Anruftaste, will mit ihr sprechen, muss mit ihr sprechen, ihr sagen, was gesagt werden muss. Sie geht nicht ran.

Nadia sagt immer, wir sind noch jung. Sie sagt, jung, aber ... Für Promotionsstipendien zum Beispiel sei es schon zu spät, deshalb die Stelle an der Uni. Sie sagt, besser jetzt schwanger werden und in den Mutterschutz gehen, danach könne sie immer noch promovieren. Sie sagt, sie wolle mindestens drei Kinder. Sie sagt, Babys duften. Sie sagt, wir bräuchten dann ganz sicher eine gemeinsame Wohnung. Wenn jeder ein Viertel des Nettogehalts zahle, sie habe das ausgerechnet, bekomme man schon etwas Schönes, sie wolle eine ruhige Gegend, sie sei keine zwanzig mehr. Ich sage nichts. Sie sagt, ich würde mich wie ein Sechzehnjähriger benehmen.

Hier im Haus meiner Mutter, wo die Lichter der Wohnungen gegenüber durch die Äste der Robinien leuchten, hat sie recht: Ich bin sechzehn und im Besitz eines Feuerzeugs mit dem Bild einer nackten Frau. Vince wohnt zwei Straßen weiter, er ist stolz darauf, dass er im Winter nur T-Shirt trägt und dass er innerhalb von neunzig Sekunden zwei große Weizen trinken kann. Ich bin Anarchist, sehe aber nicht so aus. Nur selten habe ich den Pullover mit dem Anarchisten-A an. Wann immer es geht, trage ich meine Lederjacke, die Haare hängen mir ins Gesicht, aber ich bin kein Punk. Ich sage, wir brauchen keine Gesetze, der Mensch ist gut. Vince ist das egal, er sagt, ein, zwei

Jahre hart arbeiten und so viel Geld verdienen, dass es für immer reicht, dann ist er auch Anarchist. Er setzt sich auf die Fensterbank. Ich liege auf dem Bett, spiele mit dem Feuerzeug, sage, wir müssen uns befreien, der Mensch wird frei geboren und lebt in Ketten. Mutter habe ich überredet, das bärtige Gesicht von Karl Marx auf die linke Arschtasche meiner Jeans zu nähen. Kennt man den immer noch?, hatte sie gefragt. Wir leben in Zeiten, in denen sich die Widersprüche des Kapitals zuspitzen, hatte ich gesagt. Und was kommt danach? Das Reich der Freiheit. Wer sagt das? Karl Marx, *Das Kapital*, *Band III*, und in *Band I*, im Abschnitt zur transitorischen Notwendigkeit der kapitalistischen Produktionsweise. Gib deine Hose her! Mutter war idealistisch: Ich konnte Marx zitieren, ich bekam ihn auf die Hose. Einige Wochen später zitierte ich Einstein, Mutter griff sofort nach der Hose und wollte Marx übernähen, ich reichte ihr meinen Rucksack und rettete Marx. Vince kam mir zuliebe auch auf die Demonstrationen und brüllte laut die Slogans mit. Zumindest anfangs. Später war er immer seltener dafür zu haben. Mit siebzehn hatte er dann auch endlich seinen Wachstumsschub. Er, der einen Kopf kleiner als ich und die meisten unserer Freunde war, wurde der Größte. Die Haare schnitt er sich kurz und massierte Pomade ein. Er kaufte sich sogar ein Hemd mit Manschettenknöpfen, die er allerdings bei erster Gelegenheit verlor. Seit seine Schwester ausgezogen war, hatte er ein großes Zimmer, in dem er nun an den Wochenenden und nicht selten auch in der Woche Partys feierte. Wir waren bald zehn, fünfzehn Leute, viele aus unserem Jahrgang, die sich regelmäßig bei ihm trafen. Die Wohnung war groß, und seine Eltern merkten nicht, wenn wir am

Fenster kifften. Jeden Tag sahen wir uns in der Schule und an den Abenden bei Vince.

Wäre Ramón auf unserer Schule gewesen, hätte er zu unserer Gruppe gehört? Gab es jemanden wie ihn auch in unserem Jahrgang? Jemanden, der da war, aber unsichtbar? Ramón wäre nicht mit zu Vince gekommen, wir hätten ihn nicht beachtet. Zwei Jahre später in Berlin war das etwas anderes. Wir kannten selbst niemanden an der Uni. Allein in der Mathe-Vorlesung saßen sechshundert Studierende. Und Ramón besuchte uns bald jeden Tag, bis er verschwand und mit ihm scheinbar jede Erinnerung an eine gemeinsame Zeit. Bis heute, bis zu diesem abgebrochenen Flug nach Frankfurt.

Vince und ich sahen uns nach der Abifeier, fast während des gesamten Zivildienstjahres gar nicht mehr. Ich schmiss keine Abschiedsparty, bevor ich zum Studium nach Berlin ging. Ich fuhr, ohne die Leute noch einmal zu treffen, die ich jahrelang beinahe jeden Tag gesehen hatte, und kam in der Wohnung einer ehemaligen Schulfreundin unter, die gleich nach dem Abitur nach Berlin gezogen war. Noch vor Ende der ersten Woche – ich hatte erst eine WG besichtigt, alle drei Mitbewohner waren über fünfzig, hatten weiße Bärte und Körper von enormer Größe – rief Vince an: Lass uns zusammenziehen. Wo bist du?, fragte ich. In zehn Minuten bei dir vor der Tür.

Mein Telefon blinkt auf. Nadia hat mir ein Foto geschickt. Das Bild ihres Unterarms mit einem Verband. Darunter steht: Ich habe mir die Hand verstaucht. Wo warst du?

Ich rufe sie an. Sie nimmt ab, aber sagt nichts.

Ich halte das Telefon ans Ohr, schaue auf das Zündrädchen des Feuerzeugs. Ich höre Nadias Atem nicht. Dass die Verbindung noch besteht, weiß ich nur, weil es leise rauscht. Manchmal setzt das Rauschen aus, und ich höre meinen Herzschlag.

Ich stelle mir vor, wie sie auf ihrem Sofa in ihrem Zimmer in Frankfurt hockt, in die Lehne gekauert, die Füße auf dem Sitzkissen, das Kinn auf den Knien oder auf dem heilen Arm. In dieser Stadt, in der sie keine richtigen Freunde hat, niemanden, mit dem sie sich treffen, den sie anrufen kann. Mich konnte sie anrufen, ich war erreichbar für sie. Meistens. Es stimmt, dass ich manchmal nicht abnahm, das Telefon in der Küche liegen ließ oder in meiner Tasche. Was nicht stimmt, ist, dass es mir egal war, wenn sie anrief oder sich einsam fühlte in Frankfurt oder unfair behandelt im Institut. Andererseits konnte ich stundenlang in Vince' Zimmer über seine nächtlichen Abenteuer lachen, von denen er, wenn er mal da war, mit vollem Mund, im Bett sitzend, erzählte, immer wieder unterbrochen, wenn er erneut von seiner Pizza oder seinem Burger abbeißen musste. Die ganze Zeit über saß ich angespannt bei ihm auf dem Fußboden oder im Sessel in der Ecke, kurz davor, aufzuspringen und zum Telefon zu rennen, das ich angeblich verlegt hatte, wenn ich tags darauf mit Nadia sprach, von dem ich in Wirklichkeit aber wusste, dass es in der Küche neben dem Toaster unter der Zeitung lag. Wann kommst du?, hatte sie mich immer wieder gefragt. Das letzte Mal hatte ich geantwortet, dass wir uns doch erst am Wochenende gesehen hätten. Ja, da sei sie in Berlin gewesen, aber wann käme ich zu ihr? Vor drei Wochen, sagte ich, hätte ich sie doch besucht. Aber, sagte sie, da hätte ich auch einen Termin in Frankfurt gehabt. Wann kommst du?, hatte sie wiederholt. Bald. Das hast du vor Wochen schon gesagt. Ich schwieg. Sie haben mich alle Tische für die Veranstaltung durch den Regen tragen lassen, sagte sie. Das dürfen sie nicht. Ich weiß. Warum hast du es getan? Ich weiß. Was? Wann kommst du? Ich antwortete wieder nicht. Ich will, dass du ein Mal kommst, nur für mich, nicht, weil es sich einrichten lässt. Ich würde überall hinkommen, nur für dich. Nächste Woche, die Konferenz, ich weiß nicht, ob ich das schaffe. Soll ich kommen? Bitte komm, meine Chefin hasst mich. Du weißt, dass das nicht stimmt. Du verstehst von diesen Dingen nichts. Warum fragst du mich dann? Ich frage dich gar nicht, ich habe dich lange nichts mehr gefragt.

Wenn ich Nadia besucht hatte oder wegen eines Termins in Frankfurt gewesen und das restliche Wochenende bei ihr geblieben war, fuhr ich Montag früh mit dem Vier-Uhr-Zug zurück, oder ich nahm den Flug um sechs. Jedes Mal war ich vom Bahnhof oder Flughafen direkt ins Büro gefahren. Wenn ich dann die Tür hinter mir schloss und für einige Momente alleine war, der Stille lauschen konnte, oder wenn ich mich abends daheim aufs Bett warf und minutenlang nichts weiter machte, als zu atmen, und nichts weiter hörte als die Luft, die mir in die Lunge und durch die Atemwege fuhr, erreichte ich einen Zustand, der zwar nicht Frieden war, aber wenigstens das Potential dazu hatte.

Welchen Grund haben Menschen, zusammen zu sein? Welchen Grund, sich zu trennen? Wenn Zusammensein ein Versprechen ist, heißt Trennung dann Verrat? Ich hatte Nadia dieses Versprechen gegeben. Ich hatte es nicht ausgesprochen, ihr nie geschrieben, es sind die Körper, die die wirklichen Schwüre leisten – mit Gesten und Blicken, mit Berührungen. Nadia hatte einmal gesagt, ihr bleibe nicht viel Zeit, sie müsse planen, ab fünfunddreißig gelte eine Schwangerschaft als Risiko. Ich hatte gesagt, ich liege hier die ganze Nacht schon wach, gleich klingelt der Wecker, warum redest du jetzt darüber? Du bist nicht der Einzige, der nicht schlafen kann.

Ich zünde das Feuerzeug und starre auf die Flamme, höre das Rauschen in der Leitung. Es dringt in mich ein, blockiert meinen Atem. Es ist, als wäre ich unter Wasser. Nadia hockt jenseits dieses Rauschens auf ihrem Sofa in ihrem Zimmer in Frankfurt. Sie hatte mich erwartet. Ich bin nicht gekommen. Ich werde nicht mehr kommen. Es rauscht, und ich starre auf das Zündrädchen, bis es heiß wird, starre darauf und sage, ich werde nicht mehr kommen. Dann ist die Verbindung weg, und ich höre nur noch den Signalton. Ich lasse den Daumen auf dem Rädchen, bis ich die Hitze, den Schmerz nicht mehr aushalte und das Feuerzeug fallen lasse.

Es ist Nacht, ich wache auf, ich bin in Berlin, ich liege mit dem Kopf am Fußende des Bettes, ich bin in Frankfurt, jemand liegt neben mir, ich brauche eine Sekunde, die Fenster gehen nach Norden, da sind Jalousien, ich bin bei Mutter. Die Fenster im Haus gegenüber sind schwarz, im Laternenlicht die dicken Äste der Robinien. Ich richte mich auf im Bett, lehne mich gegen die Wand. Vor meinen Augen noch der Traum, das Flugzeug von heute, wie es auf dem Rollfeld steht, ohne Piloten, ohne Flugbegleiter, die Sitze leer, alles dunkel. Ich laufe zwischen den Reihen entlang, bis ich an meinem Platz bin. Der Mann, der neben mir saß, die Echse, ist jetzt der einzige Fluggast. Ich lasse mich in den Sitz neben ihn fallen. Er dreht sich langsam zu mir und sagt, *ich möchte bloß, ich wäre nie gewesen*. Ich stehe auf, steige aus der Sitzreihe, laufe zum Cockpit, reiße die Tür auf: Ramón steht dort, er brennt, die Flammen züngeln aus seiner Daunenjacke, seine Augen lachen.

Ich kenne die Wege dieser Wohnung auch ohne Licht, ich sehe die Bilder im Flur auch im Dunkeln, die Bilder von Mutter, von Mutter allein, von Mutter mit mir, mit mir als Kind, mit mir als Jugendlichem – ich spüre sie den ganzen Flur entlang, während ich schrumpfe, in meinen sechsjährigen Körper, und den Flur mit kleinen Schritten entlanglaufe, ich will wieder Boxer werden, ich bin ein Boxer, aus meinem kindlichen Körper bricht ein schlaksiger Vierzehnjähriger, und ich schnippe mit den Fingern den Gang hoch, ich kann die Rhythmen sämtlicher Rocksongs seit den Siebzigern, von *Stairway to Heaven* bis *Smells Like Teen Spirit*, das lange Haar streiche ich mir aus der Stirn, ich will selbst einmal Rockstar sein, mir wächst ein grader Rücken, ich bin achtzehn, ich glaube an den Anarchosyndikalismus, schreibe Gedichte, ich bin dreiundzwanzig, trage eine Umhängetasche und studiere Volkswirtschaftslehre, ich habe lange keine Gedichte mehr geschrieben, ich versuche, zu verstehen, was der Unterschied zwischen einem erwarteten Nutzen eines Wertes $E(U[x])$ und dem Nutzen eines Erwartungswertes $U(E[x])$ ist, ich bin sechsundzwanzig, habe meine Diplomarbeit abgegeben und eine Sinusitis. Ich suche die Wand nach dem Foto von Nadia und mir in Festkleidung ab, nehme es aus dem Rahmen und lege es in die Schublade der Kommode. Daneben

zwei weitere Fotos von Nadia und mir. Wir, vor der Ägäis, der Wind bläst uns die Haare zur Seite, und wir, vor dem Tempel des Apollon mit Katzen, die sich neben uns sonnen, hinter uns das Blau des Himmels. Sie brauchen hier nicht mehr zu hängen.
In der Küche weiß ich auch ohne Licht, wo ich hingreifen muss, um ein Glas aus dem Schrank zu nehmen. Setz dich, mein Junge. Das Glas fällt mir aus der Hand ins Spülbecken. Ich drehe mich um: der Schatten meiner Mutter am Schatten des Küchentischs. Setz dich, sagt sie, warum schläfst du nicht? Ich nehme das Glas aus der Spüle, es ist heil geblieben, fülle es mit Wasser und stelle es ihr hin. Ich habe von dem Flugzeug geträumt, sage ich und erzähle ihr jetzt zum ersten Mal vom Unwetter, davon, dass ich geglaubt hatte, es wäre alles gleich vorbei, dass es sich nur um wenige Minuten handeln würde, bis unser Flugzeug auf einem Kartoffelacker zerschellt, und dass ich seit meiner Jugend nicht mehr so viel Zeit gehabt, eine solche Ruhe empfunden hätte wie an Bord dieses Flugzeugs, obwohl meine Lebenszeit ja plötzlich verkürzt gewesen sei. Mutter sagt, dass das bestimmt anders gewesen wäre, wenn es sich um eine wirkliche Notlandung gehandelt hätte oder einen Absturz, in der mexikanischen Wüste beispielsweise. Und doch, sage ich, sei da diese Ruhe gewesen, egal, ob Kartoffelacker oder mexikanische Wüste. Womöglich hätte ich anders empfunden, wenn die Lage ernster gewesen wäre, aber woher weiß man das schon? Woher soll man wissen, wann ein Flugzeug wirklich droht abzustürzen und wann nicht? Ich jedenfalls wäre bereit gewesen, bereit zum Absturz, es hätte sich nicht angefühlt wie der Abbruch eines Lebens, sondern wie der Abbruch

eines Abbruchs, kurz bevor alles zu Ende geht. Findest du, dass du lebst?, sage ich zu Mutter und bereue die Frage sofort, hier, mitten in der Nacht, in der wir beide nicht schlafen können, nachdem wir uns zum ersten Mal seit langem wiedergesehen haben. Seit vielen Jahren, denn zuletzt war ich nur einige Stunden hier, nur zum Essen – seit ich ausgezogen bin, habe ich Mutter, wenn überhaupt, immer nur kurz zum Essen gesehen, jedes Mal hat sie gekocht, nie ich, nie habe ich sie eingeladen, nie über eine Floskel hinaus gefragt, wie es ihr gehe, und jetzt in dieser Nacht erzähle ich ihr von der Ruhe während eines drohenden Flugzeugabsturzes und frage sie, ob sie lebe, ob ihr tägliches Aufstehen und Zubettgehen und Nicht-schlafen-Können Leben heiße. Sie hat den Kopf gehoben und starrt mich an. Ihre Augenhöhlen wirken noch größer im Dunkeln. So meine ich das nicht, sage ich vorsichtig. Schon gut, sagt sie. Mutters Schatten löst sich vom Tisch, sie huscht aus der Tür. Der Wasserhahn in meinem Rücken tropft.

Im Spiegel ihres Schlafzimmers steht Mutter im Kerzenschein bewegungslos vor mir, ihr Körper in leichter Spannung wie am Ende eines Tanzes. Der Schatten unter ihren Augen und ihrer Stirn ist unverändert. Ich weiß nicht, ob sie immer so aussah, ich bemerkte diesen Schatten erst an dem Tag, an dem mein Vater sie verließ. Mutter ging weiter zur Arbeit, sie traf ihre Freundinnen am Wochenende in den Herrenhäuser Gärten, nichts hatte sich geändert, nur der Schatten um ihre Augen war hinzugekommen. Vater war nach Berlin gezogen, hatte mit einer anderen Frau eine neue Familie gegründet, soll zwei oder inzwischen sogar drei Kinder haben. Erst als ich selbst nach Berlin zog, habe ich mich einmal mit ihm getroffen und an seinem Mahagoni-Tisch gesessen, der schon gedeckt war. Vater schaute zur Seite, zu einer Vase auf der Kommode, in der getrocknete Blumen steckten. Zwischen seinem Ehering, den er mit Daumen und Zeigefinger hin- und herdrehte, seinen Augen und der Vase, auf die sein Blick fiel, entstand ein Dreieck der Verlegenheit. Irgendwann sagte er, dass er jetzt das Abendessen vorbereiten müsse und ich mich ja demnächst melden könne. Ein- oder zweimal tat ich das noch, dann brach der Kontakt ab. Auch wenn ich den Schatten unter Mutters Augen erst an dem Tag bemerkte, an dem mein Vater sie verließ, heißt das nicht, dass es ihn erst seitdem gab, denke ich jetzt zum ersten Mal.

Mutter dreht sich von mir weg. Ich sage: Gute Nacht. Sie starrt in den Spiegel, friert dort fest, ich wiederhole: Gute Nacht. Sie sagt: Nacht, und rührt sich nicht. Ich will sie umarmen. Sie lässt es zu, sagt: Schlaf schön – wann stehst du morgen auf?

Vom Flur aus sehe ich sie weiter vor dem Spiegel stehen. Ich gehe zu ihr zurück ins Schlafzimmer, setze mich aufs Bett, starre wie sie in den Spiegel. Das Zimmer ist dunkel bis auf das verdoppelte Kerzenlicht. Ich lehne mich gegen die Wand, auf Mutters Bett sitzend wie in einem Zimmer von Freunden, ich habe das nie zuvor getan. Magst du ein Bier?, fragt sie mich.

Ich rutsche auf den Teppich, stelle die Bierflasche auf den Bauch, Mutter lehnt gegen das Bett, sie sitzt auch auf dem Boden. Auch das ist noch nie zuvor geschehen, ich habe sie noch nie einfach auf dem Boden sitzen gesehen. Ich nehme einen Schluck und schaue direkt in die Kerzenflamme. Sie

wache oft mitten in der Nacht auf, sagt Mutter, manchmal könne sie nach ein, zwei Stunden weiterschlafen, oft bleibe sie aber wach und gehe müde durch den Tag. Ob sie etwas beschäftige, frage ich. Das ist schon lange so, sagt sie, mindestens zehn Jahre, es stört mich gar nicht mehr. Ich habe mich von Nadia getrennt, sage ich. Wir liegen auf dem Teppich, meine Mutter und ich, im Zimmer steigt der Mond auf. Und dann ist da Stille, und die Stille ist nichts als ein Artefakt des Universums in den Uhrzeigern an den Armen und Wänden der Menschen. Und es sagt uns, es sagt mir, in der Nähe der Mutter, dass eine große Lüge herrscht in jedem Stundenschlag und dass wir, ohne es zu wissen, alle Entscheidungen auf Basis dieser Lüge treffen.
Mutter ist eingeschlafen, ihr Gesicht unschuldig ruhig. Im Kerzenlicht ist ihre Haut ganz weich und glatt. Der Schlaf ist ein Ort, an den die Menschen gehen können, wenn das Gewicht der Welt zunimmt. Ich kann nicht schlafen. Ich wecke Mutter kurz, damit sie sich ins Bett legt, und puste die Kerze aus. Zurück in meinem Zimmer, auf dem Bett, trinke ich die letzten Schlucke Bier aus meiner Flasche. Ob Nadia auch noch wach ist?

Drei oder vier Stunden muss ich doch geschlafen haben. Am Morgen ist der Esstisch im Wohnzimmer schon gedeckt. Da stehen Salate und Aufstriche, frische Brötchen und Kaffee. Die Balkontür ist offen, dahinter balanciert ein Vogel auf dem Geländer. Er bleibt stehen, wir sehen uns an, er neigt den Kopf, als würde er eine Frage stellen. Ich trete auf den Balkon, es ist frisch. Mutter zieht an ihrer Zigarette. Ich sage: Ich muss los.

Topografie

Es war ein heißer Spätsommer, als Vince und ich in Berlin eine Wohnung suchten. Mit dem kleinen Opel von Vince' Mutter fuhren wir quer durch die Stadt zu den Besichtigungen. Vorerst wohnte jetzt auch Vince bei unserer Schulfreundin, die Semesterferien hatte und deshalb ohnehin selten zu Hause war, sodass wir die Einzimmerwohnung in Prenzlauer Berg meistens für uns alleine hatten. Auf den Dielen breitete ich die Stadtkarte aus und setzte Kreuzchen, wo wir hinfahren sollten. Im Kassettendeck des alten Opel steckte ein Tape mit Curtis Mayfield und den Jackson Five. Soulstimmen und Funkgitarren der Sechziger- und Siebzigerjahre begleiteten uns durch die Straßen. Der Wind fuhr durch das offene Seitenfenster und durch Vince' kurzes Haar wie über ein Heufeld. Der Asphalt schmolz, und wenn ich mit zusammengekniffenen Augen zu den Menschen am Straßenrand schaute, sah es aus, als würde es Sonnenbrillen regnen. Wir nahmen Touristen per Anhalter mit durch die Stadt, die wir in der zweiten Woche unserer Suche schon als unsere behaupteten. Straßenmusiker spielten vor den Kneipen, überall volle Terrassen, jede Nacht ein anderer Club zum Ausgehen. Verkatert in dem erhitzten Kleinwagen, schmerzte uns die Sonne noch mehr in den Augen. Wir hielten vor einem der Import-Export-Geschäfte in der Oranienstraße und kauften uns jetzt auch Sonnenbrillen.

Schließlich fanden wir eine heruntergekommene Wohnung

in Schöneberg. Wir lagen nachts auf unseren Isomatten in Zimmern ohne Möbel und mit bröckelndem Putz. Tags schliffen wir die Böden ab, tapezierten die Wände, isolierten die Tür zwischen den beiden Zimmern mit Styropor, aßen auf dem Fußboden sitzend, zwischen Farbbottichen und eintrocknenden Pinseln und Walzen. Pünktlich zum Mathe-Einführungskurs waren wir fertig mit der Renovierung. Vince sagte, er verstehe nicht, weshalb er sich mit Mathematik auseinandersetzen müsse, wenn er doch, einmal Diplom-Boss geworden, ohnehin nur andere einstellen würde, die für ihn rechneten. Immer wenn er Mathematik sagte, weitete er die Augen wie ein Kind, das die Eltern vor einen Horrorfilm gesetzt hatten.

Am Ende der ersten Uni-Woche fuhr Vince mit dem alten Opel zu seiner damaligen Freundin, die fürs Studium nach München gezogen war. Erst spät in der Nacht auf Montag kam er wieder. Ich hörte ihn die Wohnungstür, unsere Wohnungstür, aufschließen und in den Flur trampeln. Daran erkannte ich bald, wenn er die halbe Nacht durchgefahren und völlig übermüdet war, denn immer wenn Vince müde war, trampelte er, anstatt zu gehen. Ich hörte ihn also, wie er in die Küche trampelte, Geschirr aus dem Regal nahm, in seinem Zimmer etwas löffelte und schließlich ein Paket aufriss. In der ersten Zeit in Berlin fuhr Vince oft die Nächte durch, um bei seiner Freundin zu sein. Er trank Energydrinks, hielt sich wach mit Housemusik, die damals in allen Clubs gespielt wurde, und raste mit der Höchstgeschwindigkeit dieses alten Autos seiner Mutter über die Autobahnen quer durchs Land. In all den Nächten, die wir in den ersten Monaten in der neuen Stadt ausgingen, ließ er sich nicht ein einziges Mal auf andere Mädchen ein. Und montagmorgens, wenn ich um sieben Uhr aufstand, hatte Vince schon geduscht und betätigte bereits den Sandwichmaker. Jeden Morgen beschmierten wir Toastbrote beidseitig mit Butter, belegten sie mit mehreren Schichten von Salami, Tomaten, sauren Gurken und vor allem viel Käse und Ketchup. Der Sandwichmaker rauchte, die Küche roch nach Fett und verkohltem Toast. Im Hörsaal 101, inmitten von Hunderten Studierenden, die um halb neun in der Mathe-Vorlesung saßen, wurde mir regelmäßig übel. Es dauerte ein ganzes Semester, bis ich begriff, dass es an den Sandwiches lag. Abends hörten Vince und ich Radio. In unserer Wohnung hatten wir keinen Fernseher, nur ein Radio aus den Siebzigerjahren, das vorher im Keller meiner Mutter gestanden hatte. Wir versuchten, so viele Nudeln und so viel Soße wie möglich zu kochen, sodass es noch für die nächsten Tage reichen würde. Das gelang uns nie, denn wie viel wir auch kochten, wir aßen immer alles auf. Danach massierten wir, am Küchentisch sitzend, unsere vollgestopften Bäuche und hörten Radio. Je später es wurde, desto mehr löste sich das Programm auf, zersetzte sich, zerfiel, bis schließlich nur noch einzelne Klaviertöne zu hören waren, unterbrochen von Rauschen, Geschredder, zerreißenden Violinensaiten, dem Beben von Metall, Immensummen und einer tiefen, durch Alkohol oder Angina zerstörten Männerstimme, die scheinbar zusammenhangslos Wörter aussprach: Mammon, Sekel, Fräuleingeld. Bis tief in die Nacht lauschten wir dieser Klangzerlegung und stellten uns vor, wie in vergangenen Epochen ganze Familien so die Abendstunden verbracht hatten. Wir redeten bei Kerzenschein über Politik, über die Marktwirtschaft, die

Vince verteidigte und ich immer noch ablehnte, einigten uns trotzdem auf Revolution, und in den Gesprächspausen klirrte, gluckste und rief es aus dem Radio.

Vor dem Hörsaal 101 stellte uns jemand Ramón vor. Er war sehr lang, größer noch als Vince, aber schmächtiger. Die Haare hatte er ebenfalls kurzgeschoren, er trug eine Brille mit Metallgestell, auffallend unmodisch im Vergleich zu den großen, eckigen Hornbrillen, die alle anderen trugen, und über seinen dünnen Rumpf hatte er ein blaues, feinkariertes Hemd gezogen. Nur wo der Stoff auflag, an den Schulterknochen, am Ellenbogen, wenn er den Arm anwinkelte, zeichnete sich sein Körper ab, sonst schien die Kleidung wie leer zu sein: Ramón bestand aus schwebendem Kopf mit langem Hals und aufgespanntem Stoff. Er lief mit uns in die Mathe-Vorlesung, kam mit in die Mensa und stellte sich in den Pausen mit zu den anderen Studierenden vor die Fakultät. In den Wochen vor den Prüfungen trafen wir uns in Lerngruppen für verschiedene Fächer in der Staatsbibliothek und zu Hause in unserer Küche. Ramón kam unregelmäßig dazu, und wenn er kam, dann zu spät. Er legte seine zerfledderten Unterlagen auf den Tisch und schaute durch uns hindurch, während wir versuchten, Grundsatzprobleme ökonomischer Optimierung zu verstehen: dass man entweder seinen Gewinn maximieren oder seine Kosten minimieren könne zum Beispiel, nicht aber beides gleichzeitig. Ramón arbeitete meistens an anderen Fragen. Wenn wir uns für Lineare Algebra trafen, beschäftigte ihn Finanzierung. Wenn wir versuchten, Geldpolitik zu verstehen, studierte er Managementfunktionen. Oder er beschäftigte sich mit Kommunikationstheorien, die nichts mit unseren Prüfungen zu tun hatten: Das Medium ist die Botschaft und so weiter. Wir wussten nie, was es war, das seine Aufmerksamkeit in seltenen Fällen dann doch auf den Gegenstand unserer Lerngruppe lenkte, und weshalb er sich plötzlich mit großer Leidenschaft auf die eben diskutierten Formeln der Konsumtheorie stürzte.

Gegen Mitternacht legte ich die Lehrbücher und Übungsaufgaben zur Seite und griff nach einem Notizheft mit Ledereinband, in das ich Verse schreiben wollte, wie ich das als Schüler getan hatte. Doch die Gleichungen eliminierten die Verse. Die Welt zerfiel in Zeichen, und ich konnte sie mit Poesie nicht mehr zusammensetzen. Das machte mich schlaflos. Mit aufgeschlagenem Notizheft hockte ich in meinem Zimmer und konnte den Knoten in mir nicht mehr mit Worten und Bildern lösen, die Differentialrechnung versagte hier. Um drei Uhr nachts war bei Vince noch das Licht an, wie besessen löste er Übungsaufgabe um Übungsaufgabe in seinem Zimmer, Mathematik hin oder her. Ramón saß entweder still neben ihm oder hockte in der Küche und unterstrich mit einem Neonmarker, auch er wie besessen, Sätze in Büchern jenseits einer Relevanz für unser Studium. Wenn ich überhaupt nicht schlafen konnte, lief ich durch die leeren Straßen Schönebergs, vorbei an den geschlossenen Cafés, Restaurants und Boutiquen, in der Hoffnung, dass mich das ermüden würde. Wieder zurück, waren Vince und Ramón immer noch wach, oder nur noch Vince war wach und wechselte mittlerweile zwischen Gangsta-Rap-Videos und Rechenübungen. Ramón lag auf dem für ihn viel zu kleinen Sofa, das Vince und ich in der dritten Woche auf der Straße entdeckt und zwei Blocks weit in unsere Wohnung geschleppt hatten, und schlief in seiner Kleidung. Er trug gestrickte Socken, die ihre Farbe verloren hatten und fusselten, an einer Ferse weitete sich ein Riss. Und doch musste sich jemand die Zeit genommen und genug Liebe übrig gehabt haben, um für ihn zu stricken.

Ramón fiel durch alle Prüfungen. Vince belohnte sich selbst für den Erfolg im ersten Semester mit einem Flachbildfernseher und einem Soundsystem. Mein Radio hörte von einem Tag auf den anderen auf zu funktionieren und kam in den Vorratsschrank unter dem Küchenfenster. Wir aßen abends nur noch selten zusammen, weil Vince meist in seinem Zimmer, auf dem Bett liegend, vor seinem Fernseher aß. Ramón fuhr jetzt nach den Vorlesungen regelmäßig mit uns nach Hause, fläzte auf dem Sofa in der Küche oder schaute Videos auf seinem Laptop, während Vince am anderen Ende der Wohnung durch die Kanäle zappte oder sich ein Fußballspiel ansah. Manchmal kam Ramón auch zu mir ins Zimmer und erzählte von Zusammenhängen, die er glaubte entdeckt zu haben, etwa zwischen Molekularbiologie, die ihn eine Zeit lang faszinierte, und der Herrschaft von Kaiser Augustus.

Ramón bestand bei den Nachholklausuren ein Semester später einzig die Prüfung zur Einführung in die Volkswirtschaftslehre. Danach brach er ab und schrieb sich in Philosophie ein, kam aber dennoch täglich in unsere Fakultät und fuhr immer noch nach unseren, nicht nach seinen Vorlesungen mit Vince und mir nach Hause. Er schrieb keine einzige Hausarbeit und brach auch Philosophie ab, als wir gerade das Grundstudium beendeten.

Nadia lernten wir kurz vor den Zwischenprüfungen in der Staatsbibliothek kennen. Sie wusste schnell Dinge, die wir in anderthalb Jahren nicht bemerkt hatten, zum Beispiel, dass Ramón am liebsten schwarzen Tee trank, türkischen. Wenn sie in unserer Küche stand, die Kippe im Mundwinkel, die schwarzen Locken hinters Ohr gestrichen, und in dem zweistufigen Kessel, den sie angeschafft hatte, Tee zubereitete, während sie darüber fluchte, dass die Mathematisierung der Wirtschaftswissenschaft ihr jedes kritische Potential genommen hätte, geschah es, dass ich nur zu ihr blickte und nicht hörte, was Vince oder Ramón gesagt hatten. Nadia stellte vier Teegläser auf den Tisch und sagte, dass jetzt mal endlich einer von uns den Arsch bewegen und etwas kochen solle, sie könne ja wohl nicht den Einkauf machen und auch noch die Köchin spielen. Vince oder ich kochten dann, was wir konnten: Nudeln mit Soße.

Die Winter in Berlin waren kalt. Die Fenster unserer Küche beschlugen, Nadias Teekessel köchelte, Ramón verschränkte auf dem Sofa die Arme hinter dem Kopf und rauchte, ohne die selbstgedrehte Zigarette aus dem Mund zu nehmen, Vince öffnete, wie er sagte, einen wirklich teuren Wein. Er trug einen anthrazitfarbenen Pullover aus Kaschmir, die blonden Locken, die er sich wieder hatte wachsen lassen, waren sorgsam schräg nach hinten gelegt. Der scharf-süßliche Geruch seines Parfums – etwas zwischen Kastanien und Meerwasser – mischte sich mit dem grasigen Duft von Nadias Schwarztee. In unsere Anlage auf dem Kühlschrank legte er eine CD ein. Er sagte, das sei das erste Album eines Dänen namens Trentemøller.

Der Klang von Wind auf einem weiten Feld füllte jetzt die Räume unserer Wohnung, ebbte wieder ab, und ein sehr tiefes, fast sanftes Brummen legte sich auf den Herd zum Teekessel, auf den Tisch, zu Vince' Händen, die den Rotwein in Einmachgläser gossen. Das könnte das Geräusch der Erde sein, das entsteht, wenn sie sich um die eigene Achse dreht, sagte Ramón. Nadia tanzte vorsichtig zum Beat, und Vince warf ihr eine Zigarette zu, die sie sich am Herd ansteckte. Auch Vince tanzte kurz darauf in der Küche. Seine Augen strahlten. Es waren dieselben Augen, die ich aus unserer Kindheit kannte und die jetzt in einer Küche in einer Winternacht mit Wein und Musik voller Ergriffenheit sein konnten. Ich saß weiter am Küchentisch, in der einen Hand das Teeglas, in der anderen den Wein, und beobachtete Vince, Nadia und Ramón. Gitarren setzten ein, die eine spielte ein violettes Tremolo in Moll, und die andere streute wasserfarbenrote Obertöne ein, wie Möwenstimmen aus der Ferne. Nadia hatte die Arme gehoben und bewegte die Ellenbogen knapp vor ihrer Nase, warf ihre Locken zurück, wenn sie ihr vors Gesicht fielen, und lachte. Ihre Zähne waren auffällig spitz, was mich jedes Mal aufs Neue überraschte. Vince hatte die Arme ausgebreitet, als umarmte er einen Baum, so tanzte er auch in den Clubs. Wenn der Beat nach einer ruhigen Phase heftig zurückkam, schaute er ernst, wie jemand, der wusste, was kommen würde, und sich nun bestätigt sah. Ramón hatte auf dem Sofa die Beine übereinandergeschlagen, auch er schaute zu Nadia und Vince, aber er sah wie in den Lerngruppen mehr durch sie hindurch. Wenn er an seiner Zigarette zog, kniff er ein Auge zu, als beobachtete er die beiden durch ein Fernrohr. Nadia rief: Los, wir stürmen die Stadt. Draußen schneit es, sagte Vince. Ich bin dabei, rief Ramón.

Während wir uns auf die Abschlussprüfungen vorbereiteten und die letzten Klausuren schrieben, verschwand Ramón für eine Weile. Einige Wochen später stand er dann mitten in der Nacht vor unserer Tür und erzählte von Paris, versuchte, uns zu überreden, mit ihm dorthin zu fahren. Dass wir kurze Zeit später tatsächlich in dem alten Opel von Vince' Mutter die A2 Richtung Westen entlangrauschen würden, hätte ich anfangs nicht geglaubt, auch wenn ich schon mit Mutter gerne in Frankreich gewesen war und von uns dreien am besten Französisch sprach. – Nach diesem Ausflug war alles wieder beim Alten: Ramón kam mit zu uns nach Hause und setzte sich aufs Sofa, als hätte er nie etwas anderes getan. Vince nahm vor seinem Rechner Platz, gab Ramón Geld, damit er Gras kaufte und etwas zu essen. Vince gab das Geld, Ramón ging los, »einkaufen«, dann durfte er mitessen und mitrauchen.

Als ich mich gerade in der Recherche für meine Diplomarbeit befand, rief ich Nadia an, die ich eigentlich auf Reisen glaubte. Sie war jedoch kurz in Berlin, und wir trafen uns. Später warf sie mir vor, dass sie mit den richtigen Signalen von mir ihre Reise abgebrochen hätte. Meine Abschlussarbeit schrieb ich über versunkene Kosten. Dafür sperrte ich mich mehrere Monate zu Hause ein. Ab und zu kam Ramón vorbei, erzählte, dass er jetzt Islamwissenschaften oder Theologie oder so studiere. Ich beendete mein Studium und fand eine Stelle als Dozent, und irgendwann kam Ramón nicht mehr. Mir fiel das nicht auf. Und als es mir auffiel, wusste ich nicht, wie lange es schon her war, dass er uns das letzte Mal besucht hatte. Vielleicht war er seit Wochen weg, vielleicht seit Monaten, vielleicht seit einem halben Jahr. Vince zuckte die Schultern. Nadia sagte, wir hätten ihn besser behandeln sollen. Es beschäftigte mich einige Tage, dann war es egal. Bald fing ich als Wissenschaftler bei der Arbeiter-Unfallversicherungsanstalt an, Vince arbeitete schon längst in der Werbebranche. Nadia fand – inzwischen waren sie und ich ein Paar –, dass wir als erwachsene, berufstätige Männer nicht weiterleben konnten wie Studenten, ohne uns lächerlich zu machen. Meine Mutter stimmte in diesem Punkt mit ihr überein. Vince und ich dachten aber gar nicht daran, etwas an unserem Zuhause zu ändern. Dann bekam Nadia die Stelle in Frankfurt. Sie zog um, und ich unterzeichnete in der Unfallversicherungsanstalt die Verlängerung meines Vertrags. Das hieß, dass auch für das nächste Jahr ein Umzug nach Frankfurt ausgeschlossen blieb. Meine erste neue Aufgabe: eine Studie über die Kosten eines Lebens erstellen. Und prompt kündigte Vince an, dass er ausziehen werde, weil Michelle ein Kind erwarte.

Ich buchte einen Flug nach Frankfurt, um am Wochenende vor ihrer Konferenz bei Nadia zu sein. Dass ich meinen Vertrag verlängert hatte, wollte ich noch nicht erwähnen, nicht an diesem Wochenende. Und dann fiel ich vom Himmel. Und als ich fiel, sah ich Ramón mit mir fallen.

Amöben

Ich falle nach Hause. Auf die Dielen, abgeschliffen, lackiert, sie verlaufen quer zu meinen Beinen. In ihren Fugen wohnen Tiere. Meine nackten Füße frieren, ich schleife sie über die Fugen, locke meine Haustiere an. So sieht das Jenseits aus. Wer mit dem Flugzeug abstürzt, wer stirbt, kommt in das ausgeräumte Zimmer seines besten Freundes. Er irrt auf ewig durch seine alte Wohnung.

Ich schreibe Nadia eine Nachricht, dass ich zu Hause angekommen bin, und lösche sie dann wieder. Ich trinke Wasser aus einer Flasche, das Plastik knistert, das Wasser gluckst – es gibt keine anderen Geräusche, sie klingen relationslos, zu groß für diesen Raum, die Wohnung, zu laut. Die Tapete ist an den Stellen eingerissen, an denen Vince' Kleiderschrank und Regal standen, an den Leisten häufen sich Wollmäuse. Ich bin er, und er ist ich, und er liegt auf der anderen Seite der Wand in meinem Zimmer. Die Wand ist dünn wie alle nichttragenden Wände in den Altbauwohnungen Berlins. Mach den Scheißfernseher aus, brülle ich ins leere Zimmer. Mir antwortet nur der Hall meiner Stimme.

Kannst du mal den Fernseher ausschalten?, ruft er, der ich bin, jetzt, während ich in Vince' Zimmer liege, das nicht mehr seins ist, sondern leer steht, und mir vorstelle, dass ich Vince bin. Ich stelle mir vor, Vince zu sein, hier zu liegen, Fußball zu schauen, mich aus dem Nebenzimmer rufen zu hören, und rufe selbst nach drüben: Ja, gleich.

Dann springe ich auf, brülle aus vollem Hals: Tor! Toooor, Toooor! Meine Stimme überschlägt sich. Wir fallen übereinander her – aus dem Nebenzimmer bin ich, Kara, angerannt. Ein Mal habe ich frei und will einen Mittagsschlaf machen, und dann musst du rumgrölen. Er fällt zur Seite, Vince, der viel größer ist als ich und mindestens zehn Kilo mehr wiegt, lässt sich von mir umwerfen, schleudert im Fallen aber noch das obere Bein über mich und reißt mich so mit, nimmt mich zwischen seinen Beinen in den Schwitzkasten. Ich greife nach seinen Oberschenkeln, kriege sie mit den Armen nicht auseinander, versuche, ihn jetzt mit den Beinen zu erreichen, drehe mich aber nur im Kreis – von oben betrachtet sind wir eine Uhr, deren Zeiger vorgedreht werden, sein Oberkörper ist der Stunden-, meine Beine sind Minuten- und Sekundenzeiger. Plötzlich beschleunigt er und schafft es, mich abzuschütteln. Du Hund, rufe ich und rolle mich weg. Wir beide auf allen vieren, einander gegenüber, wie zwei Straßenköter. Ich belle ihn an, er bellt zurück, ich jaule, er jault mit, wir lassen uns auf den Boden fallen, liegen Kopf an Kopf – zwei Hunde, die die Zimmerdecke anheulen. Ich jaule ein Mal kurz und zwei Mal lang, daraufhin heult er drei Mal kurz, ein Mal lang, ein Mal kurz. Ich bin außer Atem, die Sitzknochen auf dem harten Fußboden tun weh, ich lehne mich an die Zimmerwand. Mit Michelle ist es irgendwie ernst, sagt Vince, wir wollen zusammenziehen. Er liegt immer noch auf dem Rücken und schaut zur Decke. Ich greife nach einem der Kronkorken, die neben seinem Bett auf dem Fußboden liegen, und treffe ihn genau an der Stirn, ein Klatschen.

Graue Spinnweben hängen von Vince' Zimmerdecke, sie sind daumendick und bewegen sich sanft bei jedem Luftzug, Staub hat sich in ihnen verfangen. Vince ist erst vor kurzem ausgezogen, hat Umzugsjungs im Internet bestellt und seine Möbel raustragen lassen. Von Michelle hatte er sich da schon mindestens zwei Mal getrennt, weil er ihre Wut, mit der sie sich schon häufiger auf ihn gestürzt hatte, nicht mehr aushielt, die Wut auf seine, wie er sie nicht ohne Stolz nannte, »Eskapaden« – zwei Mal getrennt, zwei Mal versöhnt, jetzt zusammen in einer Dreizimmerwohnung in Mitte. Wenn ich mit dem Flugzeug auf einem Acker zwischen Berlin und Frankfurt zerschellt wäre, hätte er das nicht mitbekommen. Ich stütze mich beim Aufstehen an der Wand ab, mein Körper ist schwer. Ich schlurfe zu den Spinnweben, strecke mich nach ihnen, aber sie hängen zu hoch. Ich setze die Fingerkuppen auf die Tapete, fahre mit der Hand die Wand entlang. An den Stellen, wo die Tapete aufgerissen ist, bleibe ich hängen. Die Tür zwischen unseren beiden Zimmern, über die wir tapeziert haben. Eine Reißzwecke, die einmal das Foto einer Hausfassade in Lissabon hielt, das er selbst geschossen hatte, und die jetzt nichts mehr hält, nur noch feststeckt. Der Heizkörper in der Zimmerecke, zwischen Heizkörper und Wand ein Kleidungsstück, Unterwäsche von Michelle, ich stopfe sie zurück. Der Holzrahmen der Balkontür, das dünne Glas, der Zinkgriff, eine zweite Tür hinter der Tür, der Balkon, der Aschenbecher, voll mit Regenwasser, die Zigarettenstummelfische. Toter Efeu, einen ganzen Meter ist er gewachsen, inzwischen schon lange braun. Blumentöpfe, ohne Blumen, nur Erde. Darin eine Zigarette, halb aufgeraucht, das Papier braun vom Regen. Ich nehme sie zwischen Zeige- und Mittelfinger, ich rauche nicht, setze mich auf den weißen, im Romantik-Stil verschnörkelten Metallstuhl. Mit Nadia habe ich hier in all den Jahren nie gesessen. Das ist Vince' Balkon, aber wenn er verreist war, hätten wir hier an einem Sonntagvormittag frühstücken können oder jetzt, da Vince ausgezogen ist, unsere Abende hier verbringen, Nadia hätte einen Kräutergarten, den sie immer haben wollte, anlegen können. Ich tue so, als würde ich an der Zigarette ziehen, und rieche kalten Rauch und Erde und Regen. Wie oft saß ich hier mit dir, Vince? Auch nach dem Studium noch?

Weißt du, ich arbeite gerade an dieser Studie, ich bin damit betraut, die Kosten eines Lebens zu berechnen, und soll ich dir erklären, was eine der schrecklichsten Erkenntnisse der Volkswirtschaftslehre ist? Ich stelle mich hin, stütze die Unterarme auf das Balkongeländer. Ich drücke die Zigarette in einem der Blumentöpfe aus und gehe zurück in die Wohnung. In Vince' Zimmer hallt meine Stimme wider. Existentialistische Erkenntnis der Volkswirtschaft: Für alles, was ich tue, gibt es etwas anderes, das ich sein lasse. Für alles, was ich jemals getan habe, gibt es eine dunkle andere Seite, wo sich all die Dinge, die ich nicht getan habe, unsichtbar türmen. Jedes Mal wenn ich mich selbst wähle, schließe ich eine andere Möglichkeit meines Wesens aus – das sind die Opportunitätskosten meiner Existenz. Ab einem gewissen Alter kannst du dir keine andere Wahlmöglichkeit mehr zurückkaufen. Es ist, als würde ein Auktionator zu deinem dreißigsten Geburtstag drei Mal heftig mit einem Holzhammer auf deinen Kopf schlagen: Verkauft. Du bist jetzt, was du bist. Sprichst so und so Französisch, so und so Spanisch, bist so und so gebildet in Geschichte, Biologie, Philosophie, hast diesen Humor, bist in diesem oder in jenem Maße unterhaltend bei einem Dinner. Die Entscheidungen sind getroffen, jetzt trag die Konsequenzen. Du wusstest es nicht besser? Hättest du mal das Kleingedruckte gelesen. Du kannst jetzt noch einmal Medizin studieren, aber du wirst niemals ein dreißigjähriger Arzt sein, du wirst vielleicht ein vierzigjähriger Arzt mit Falten im Gesicht sein, die seinen Kampf und langen Weg bis zum Abschluss erzählen, all die Jahre in seinen Dreißigern, als er, ein ärmlicher Student, aus der Hand in den Mund leben musste, während seine Freunde Familien gründeten, Sportwagen fuhren oder die Nächte in angesagten Clubs mit teuren Drogen verbrachten. War dir das klar? Wusstest du, dass sich nichts jemals bis ins Letzte nachholen lässt, weil alles, was du tust, das Wesen der Person bestimmt, die du wirst und die du jetzt bist? Hättest du Wirtschaft studiert, wenn dir das klar gewesen wäre? Vince, zur Hölle, ich rede mit dir! Jetzt brülle ich. Erster Lehrsatz der Wohlfahrtsökonomie: Im Wettbewerbsgleichgewicht, herbeigeführt durch die Einzelentscheidungen der Individuen, sind die Ressourcen am ökonomischsten genutzt. Erster Lehrsatz der Existentialökonomie: Jede Entscheidung für etwas ist eine Entscheidung gegen etwas anderes, das Individuum wird diese Kosten des Verzichts schmerzlich tragen müssen.

Der Mensch als Amöbe. So hat Professor Kurt Zarr, damals noch Assistent am Lehrstuhl für Volkswirtschaftslehre und Spieltheorie an der Sorbonne in Paris, im Jahr 1963 den Menschen beschrieben: eine Amöbe, die bis zu einem gewissen Punkt in ihrem Leben ihre Scheinfüßchen immer wieder aufs Neue ausklappt, um an Nahrung zu gelangen, und auf diese Weise permanent ihre Gestalt verändert. Und dann kommt der Punkt – sie hat schon zigmal ihre Gestalt verändert –, der Moment, in dem sie sich fixiert. Fortan gelangt sie nur noch an eine bestimmte, ihrer Gestalt entsprechende Nahrung und glaubt – also der Mensch glaubt, die Amöbe glaubt natürlich gar nichts –, dass das die Welt ist, dass das alles ist. Doch die eine oder andere Amöbe spürt, dass es noch etwas anderes geben muss, jenseits dessen, sie spürt eine Leere in sich, das Fehlen der Dinge, gegen die sie sich entschieden hat, als sie immer und immer wieder ihre Wahl traf. Sie gerät aus der Ruhe. Für den Rest ihres Lebens. Das ist ihr Verhängnis, denn sie ist fixiert in einer festen Gestalt, doch nun wütet Unruhe in ihr, und die Diskrepanz von Erscheinung und Sein wächst. Das bringen sie einem aber natürlich nicht bei im Master für Economics oder im Master für International Business Relations.

Ich verlasse Vince' Zimmer. Kaum öffne ich die Tür, hält man mir einen Plastikbecher vor die Nase. Im Flur drängen sich die Menschen, trinken Bier oder Wein, Wodka oder Rum und rauchen, lächeln mir zu, die Augen aufgeladen mit Alkohol und Lust. Die Musik aus meinem Zimmer dringt über den Flur in die Küche, vermischt sich mit den Stimmen der Menschen hier. Im Schatten der Gastherme küsst sich ein Paar gierig. Ein Typ, den ich noch nie zuvor gesehen habe, mixt Cocktails. Da steht auch schon Vince. Du hörst einfach nicht zu, rufe ich ihm entgegen. Was hast du gesagt? Amöben. Was?

Ich falle. Mein Magen zieht sich auseinander. Bewegt sich der Boden, oder zittern meine Beine? Ich falle, das ganze

Haus fällt, darin ich, darin meine Lunge und Nieren, das Herz, das Haus, ich, wir fallen.
Licht an: Ich bin in der Abstellkammer neben der Küche, in der Vince sein Arbeitszimmer eingerichtet hat. Nadia sitzt in dem Bürosessel vor dem Schreibtisch. Da bist du ja endlich, sagt sie, steht auf. Ich streiche ihr das Haar hinters Ohr, küsse sie auf die Schläfe. Wir sehen uns an. Sie hat sich mit den Armen auf der Tischplatte abgestützt. Ich öffne vorsichtig ihre Bluse, darunter der schwarze Büstenhalter mit Spitze und einer Seidenschleife in der Mitte. Ihr Blick, der auf mir ruht, während ich mit der flachen Hand über ihren Bauch streiche, ihren Bauchnabel umkreise und die Fingerspitzen in ihren Hosenbund reichen, während ich die Fingerspitzen tiefer gleiten lasse und an das krause Haar komme und schließlich ihre Scham berühre. Sie streckt sich mit einem Ruck vor, und ich gleite mit dem Finger in sie, während wir uns in die Augen schauen.
Ich setze mich in den Bürosessel. Zwei Kabel liegen auf der weißen Tischplatte, daneben ein Briefbeschwerer mit einer Patronenhülse aus dem Zweiten Weltkrieg. An der Wand hängt ein Foto von Vince und Michelle, ein Selbstporträt, geschossen von Vince, zumindest sieht man seinen Unterarm rechts unten im Bild. Er trägt eine Sonnenbrille, Kippe im Mundwinkel, Michelle spitzt die Lippen, im Regal hinter ihnen steht eine Nasendusche. Ob Bonnie und Clyde nach einem Banküberfall die Nasen geduscht haben? Waren sie verheiratet? Hatten sie Kinder?
Ich öffne eine der Schubladen unter dem Schreibtisch: abgebrochene Bleistifte, Buntstifte, Filzstifte, noch aus Schulzeiten, Dutzende Kugelschreiber, Marker. Ich nehme den dicksten Stift, den ich finden kann. Am Rand des

Tisches male ich den Umriss der Finger schwarz nach, an den Stellen, an denen sich Nadia abgestützt hatte. Ich lege meine in ihre schwarzen Finger, sie verwischen. Ich verwische die Farbe weiter auf dem Tisch, ziehe Schlieren, greife wieder zum Stift und schreibe Nadias Namen, verwische ihn, aber er bleibt zu erkennen, steht jetzt in einer Wolke. Ich schreibe $KV(E) = -\frac{\Delta L_V}{\Delta L_G}$: Die Verzichtskosten meiner Existenz entsprechen dem negativen Wert vom Verhältnis des Versäumten zum Gelebten. Und verwische wieder alles. Nehme den Stift und ziehe Linien an der Wand, fahre mit ihm die Wände entlang, bis er nicht mehr schreibt, bis ich ihn fallen lasse.

Die Türschwelle an meinem Zimmer ist aufgerissen, auch dort wohnen meine Tiere. Rechts von der Tür, wo einmal die Garderobe war, stehen jetzt drei Umzugskartons gestapelt. Links ist der Sicherungskasten, Fotos, die wir daraufgeklebt haben, um ihn zu kaschieren. Vince und ich, dreizehn Jahre alt, mit bemüht ernsten Gesichtern, niemand weiß, auch seine Mutter nicht, die das Foto aufgenommen hat, dass wir kurz vorher unseren ersten Joint geraucht haben. Ein Bild von der Hochzeit eines Kommilitonen, wir in Anzügen, aber ohne Krawatten. Unterhalb des Sicherungskastens ein Schuhschrank, in dem sich aber kein einziger Schuh, sondern nur der Router befindet, auf dem Schrank die Post, die sich ansammelt und die ich nicht öffne, der Tonengel, ein handgetöpferter Kerzenständer, den ich einmal auf der Straße gefunden habe, krumm, mit gebrochenem Arm, die Schüssel mit Anhängern, einem Laserpointer, Aufklebern, Parfumproben, einem daumengroßen Minivibrator, Werbegeschenk einer PR-Agentur, unzähligen Schlüsseln, deren Schlösser schon lange nicht mehr existieren, einer Haarspange, von der ich nicht sagen kann, wem sie gehört. Mein Schlüsselbund liegt neben der Schüssel. Darunter eine vertrocknete Rose, ein Foto von Ramón, zerkratzt, schwarzweiß, im Hintergrund die Täfelung des großen Hörsaals. Tatsächlich ein Bild von Ramón – wie kann es hier all die Jahre gelegen haben, und ich habe es nicht gesehen oder doch gesehen, aber nicht wahrgenommen? Komm her, Ramón, erzähl mir etwas über Medientheorie oder American Football, weißt du, es ist aus zwischen Nadia und mir, schenk mir deine Gleichgültigkeit, und vor allem sorg dafür, dass meine Stimme nicht mehr so hallt in dieser Wohnung.

Ich lasse mich in der Küche in den Korbstuhl fallen. Vor mir meine Palme auf der Fensterbank. Die einzige Pflanze, die ich mir jemals selbst gekauft habe. Sie hatte ihre Blätter verloren, und ich schaute ihr beim Verdorren zu, doch dann wuchsen plötzlich grüne Triebe nach.
Was glaubst du eigentlich, wer sie gießt seit all den Jahren?, fragt Vince. Du seist gesegnet, Retter der Zimmerpflanzen, antworte ich. Seit wann bist du religiös? Du bist es, der Kirchensteuer zahlt, sage ich. Ich trete ja bald aus, sagt er. Halt mich da raus, sage ich, das musst du alleine wissen, außerdem ändert das nichts an deiner Pflicht, dieser kleinen Palme auf dieser verlassenen Fensterbank das Wasser zu tragen, wenn ich nicht hier bin. Vince legt eine Hand auf seine Brust: Ich werde es tun. Aber tust du es gewissenhaft und mit Vorsatz? Was für ein Vorsatz? Du musst sagen: Ich zapfe dieses Wasser, mit dem uns die Wasserwerke dieser Stadt, die uns ein Refugium geworden ist, beschenken, um

es dieser Pflanze anzubieten, damit sie ihre Wurzeln nährt, damit sie grünen kann und ihre Verbindung zu uns hält. Ich werde ein Gebet auf das Wasser sprechen, ganz wie du es wünschst, und diese Pflanze in dieser Küche, deren Decken so hoch sind, dass niemand die Spinnweben dort erreichen kann, diese Pflanze in dieser Küche werde ich mit dem geweihten Wasser sorgsam beträufeln, auf dass sie erblühe und grüne immerfort. Schön hast du das gesagt, und jetzt geh und überweis deine Kirchensteuer. Das brauche ich nicht. Ich wusste es, du hast der Kirche, die dich mit dem himmlischen Paradies des Jenseits entschädigen soll, ebenso wie allen anderen Versicherungen eine Einzugsermächtigung erteilt. Das habe ich getan. Geh mir aus den Augen. Weil dein Konto nie gedeckt ist und ich regelmäßig bei der Hausverwaltung für deine Mietzahlungen herhalten muss? Wie kannst du das Jenseits mit Überweisungsaufträgen entweihen? Man merkt, dass du wieder die halbe Nacht mit Ramón geredet hast. Ich war es nicht, der geredet hat. Und jetzt musst du das an mir auslassen? Ich pflege nur die besten Absichten, werter Herr. Dann steh auf und mach den Abwasch. Du mit deinen Bankeinzügen und Spulmitteln sagst mir, was ich tun soll, während ich für deinen Platz im Jenseits kämpfe? Das Spülwasser schimmelt schon, riechst du das nicht? Komm, lass uns die Äste dieser Palme halten, die nicht hierhergehört und die nur als Gesandte und aus Wohlwollen bei uns verweilt, du hältst den linken, ich den rechten. Gentlemen, erklingt plötzlich Ramóns tiefe Stimme. Wird es nicht höchste Zeit zu speisen? Siehst du, sagt Vince, man merkt, dass ihr die ganze Nacht zusammen wart. Wir müssen hungern, Ramón, sage ich, auf dem Küchentisch liegt nur noch eine

Knoblauchzehe, aber warte, bis wir hier fertig sind. Vince und ich nähern uns der Pflanze mit dem Gesicht voran. Die spitzen Blätter stechen in meine Wange. Mit geschlossenen Augen legen wir uns tiefer ins Grün hinein, Vince von links, ich von rechts. Wenn man genau hinhört, hört man ein Geräusch wie von einer Schnecke, ein sehr langsamer, nasser Ton. Und dann reißt etwas, ein lauter, kurzer Klang, wie ein schneller, heftiger Riss von Karton, darauf folgt ein intensiver Knoblauchgestank. Ich öffne die Augen: Ramón steckt mit uns in der Pflanze. Entschuldigung, sagt er und stößt auf. Unsere Köpfe berühren sich. Seine Haut ist unrein, zwei Pickel hat er aufgekratzt, die Barthaare wachsen unregelmäßig, da ist ein kleines Büschel über der Wange und eins überm Kehlkopf. Du bist widerlich, sagt Vince. Ich wollte auch mal hören, sagt Ramón. Wir schauen uns an mit den Blättern in unseren Gesichtern und auf unseren Köpfen und lachen, unmittelbar vor mir die Zähne und Lippen von Vince und Ramón. Hör bloß auf, ruft Vince lachend und stößt Ramón von sich. Ramón muss noch einmal aufstoßen und lacht weiter. Ihr seid ekelhaft, sage ich, jeder Versuch, aus euch Menschen zu machen, muss scheitern. Was habe ich damit zu tun?, fragt Vince. Ramón hat sich schon auf das Sofa neben dem Küchentisch gefläzt, ich setze mich an den Tisch, Vince hockt sich neben die Palme auf die Fensterbank. Kann ich noch eine Knoblauchzehe haben?, fragt Ramón. Geh und kauf dir was zu essen, sagt Vince. Hast du fünf Euro?, fragt Ramón. Was ist mit den fünf Euro, die ich dir vorgestern gegeben habe? Kriegst du alles wieder, sagt Ramón, in einer Woche ist Monatsanfang, da bekomme ich Geld von meiner Oma. Und dann geht das Spiel von vorne los, sagt

Vince. Hast du jetzt fünf Euro oder nicht? Vince schüttelt den Kopf und schaut aus dem Fenster, in dem sich aber nur die Palme spiegelt, draußen ist es längst dunkel geworden. Auf dem Tisch liegen die Reste der aufgebrochenen Knoblauchknolle. Die weiße Haut – wie Federn eines Vogels – leuchtet auf dem dunklen Lack. Ramón bewegt sich nicht auf dem Sofa, sieht an Vince und mir vorbei. Vince atmet laut aus und klopft mit den Fingern auf das Holz der Fensterbank. Kochen wir halt was, sage ich, wo ist das Problem? Das Problem ist, dass der, Vince zeigt mit einer Bewegung der Hand auf Ramón, als würde er etwas wegschleudern, dass der kommt und geht, wann es ihm passt, nie ruft er vorher an, und wenn du sagst, ich kann heute nicht, brauch meine Ruhe oder muss für die verdammte Finanzierungsklausur lernen, steht er trotzdem vor der Tür. Jetzt hör mal auf, sage ich. Stimmt doch, oder etwa nicht – um acht Uhr müssen wir aus dem Haus, weil wir um neun Uhr Stochastik schreiben, wer klingelt um vier Uhr morgens Sturm? Das wirst du mir in fünfzig Jahren noch vorhalten, flüstert Ramón. Wenn ich dich in fünfzig Jahren noch kenne, habe ich etwas grundsätzlich falsch gemacht – es ist echt kein Wunder, dass deine Mutter dich ständig rauswirft. Ramón bewegt sich immer noch nicht, er sitzt auf dem Sofa neben dem Küchentisch und starrt zum Kühlschrank. Vince schnappt sich eine Kippe, zündet ein Streichholz an. Er führt das Feuer an die Zigarette wie an die Fühler eines Insekts. Die Flamme erhellt sein Gesicht, die wütenden Augen, die auf die Zigarettenspitze schauen, das Streichholz, der kurze feste Atemzug: So zündet jemand Zigaretten an, der immer überzeugt davon ist, recht zu haben. Das Geräusch von Vince' Lippen beim Ziehen an seiner Zigarette. Die Federn des Knoblauchs auf dem Küchentisch. Ramón drückt sich langsam vom Sofa hoch. Warte, sagt Vince, du könntest wenigstens den Abwasch machen. Vince, lass gut sein, sage ich. Die Hälfte des Geschirrs in dem Schimmelbecken da ist doch von ihm, er kann doch auch mal abwaschen. Ramón steht an der Küchentür, lange, dann zieht er seine Jacke aus, die er die ganze Zeit über anbehalten hatte, er schleudert sie aufs Sofa, stampft zum Spülbecken, hebt die Arme in die Luft und schmettert die Hände ins Geschirr. In der Stille der Küche stürzt ein Haus aus Glas ein, das Geschirrwasser spritzt in alle Richtungen. Nadia steht plötzlich im Türrahmen, ihre Füße sind nackt, ihre Augen verschlafen. Sie schaut uns wortlos an, mich, Vince, Ramón. Aus Ramóns Gesicht tropft es. Ich schaue zu Nadia, ich kenne diesen Ausdruck in ihrem Gesicht, sie ist sauer. Ich folge ihrem Blick, Ramón hat die Hände aus dem Spülbecken gezogen, sie bluten. Was habt ihr getan?, fragt Nadia. Ramón setzt sich an den Küchentisch und betrachtet, wie das Blut und das Spülwasser von seinen Händen auf die Knoblauchfedern tropfen. Ich beuge mich vor, will ihn an der Schulter berühren, er zischt: Fass mich nicht an. Nadia wäscht Ramóns Hände, zieht ihm das Glas aus der Haut. Was machst du nur?, sagt Vince. Wir, sagt er, wir, was machst du nur? Seine Finger zittern, seine Lippen zittern, was machst du nur, seine Stimme, immer leiser, sie kommt nicht aus ihm, sie kommt von draußen, er bewegt die Lippen, aber die Stimme hat nichts mit seinem Mund zu tun.

Ich stelle mich vor das Fenster. Ich bin alleine hier. Nadia ist in Frankfurt, Vince ist in Mitte, wo Ramón ist, weiß

ich nicht. Alleine stehe ich vor dem Fenster, was machst du nur, was machst du nur. Mit der Stirn berühre ich fast das Glas.
Die Küche wirkt noch dunkler, als ich mich wieder umdrehe. Die Kaffeemaschine steht nicht mehr auf ihrem Platz neben der Tür. Im Schrank fehlen die Töpfe. Ich höre Hunde bellen. Ich blicke erneut aus dem Fenster, draußen ist nichts zu sehen, es bellt in der Wohnung. Ich reiße die Küchentür auf. Sie bellen mich an, drei Hunde, zwei so groß wie der Rumpf eines Menschen, einer größer, alle schwarz. Sie tollen über den Flur, springen an mir hoch, kreisen mich ein, sehen mich an mit ihren vielen Augen. Wo kommen diese Hunde jetzt her? Wer hat sie reingelassen?

II

Aber wovon habe ich mich denn abgewandt?

Fjodor Dostojewski, *Die Dämonen*

wir kannten uns immer überhaupt nicht

May Ayim, *blues in schwarz-weiß*

Verwandtschaft

Die Stadt spült mich fort. Ihr Beton trägt mich nicht mehr. Ich treibe durch die Straßen, ein Wellengang schwemmt mich in die Bismarckstraße, das Wasser leckt den Stuck von den Fassaden. Im Tiergarten wogt Hornkraut, am Großen Stern steht der Engel über Berlin auf seinem Mast. Ich sage den Straßen, den Kanälen und Flüssen: Ich kenne euch, ich kenne euch nachts und tags, morgens, abends, befahren, leer, ich kenne euch in Eile, ich kenne euch still, aber so wie jetzt habe ich euch noch nie gesehen. Ich will auf den Stadtring und immer im Kreis fahren, mich von Brötchen an Tankstellen ernähren, das Telefon absterben lassen, Benzin erben. Es regnet. Der Rhythmus der Scheibenwischer ist nie dem Rhythmus des Regens gewachsen, Tropfen bleiben auf der Scheibe, immer.

Ich fahre zu Ramón, zur Wohnung seiner Mutter, wo ich nicht mehr war, seit er Vince und mit ihm auch mir die Freundschaft gekündigt hat, aber auch davor nur ein Mal. Zu Ramón, der entweder gar nicht oder ausschließlich schläft, der tagelang nichts isst, der Knoblauchzehen aus den Knollen beißt, der sein Blut dem Roten Kreuz spendet und von dem Geld sein Gras finanziert. Ramón, der Psychopharmaka stiehlt, der für fünf Euro den Abwasch macht, Ramón, den wir nie eingeladen hatten, der aber trotzdem immer kam, der einfach aufkreuzte und der dann nicht mehr kam. Ramón, der Vince und mich überre-

dete, bei ihm zu übernachten, als seine Mutter im Urlaub war, für den wir nach Hellersdorf gefahren sind, für den wir die einzigen Gäste waren, die er je hatte.
Einmal fragte er, ob er seine Schwester zu uns mitbringen dürfe: Ich will, dass sie etwas anderes sieht als Mutter, als unsere Gegend. Rahel, seine Lieblingsschwester, die einzige Schwester, die er als solche anerkannte. Auch sie, wie die nicht anerkannten Schwestern, von derselben Mutter, aber einem anderen Vater. Nur dass Rahel, so wie Ramón, keine Keule vom Huhn bekam, wenn die Mutter Essen auftat. Ramón in unserer WG-Küche mit glänzenden Augen: Meine Schwester ist jetzt zwölf, und wenn ich sie sehe, denke ich, nichts ist gut, aber es ist okay, sie ist da. Das sagte Ramón, für den immer alle nur Feinde waren, die Professoren in den Studiengängen, die er abbrach, die Bar-Chefs, für die er arbeitete, die Kassiererinnen in der Mensa, überhaupt alle Frauen. Ramón hatte noch nie Sex gehabt. Vince erklärte ihm, dass er zuhören müsse, anstatt in stundenlangen Reden Theorien über Habsburgermonarchien zu entwickeln: Oder tu wenigstens so, als würdest du zuhören. Das ist es mir nicht wert. Dann halt nicht. Dann nicht. Vielleicht triffst du ja jemanden, der auch eine Theorie zum Zusammenhang von Finanzkapitalismus und neuronalen Transmittern ausarbeitet.
Selten fühlte es sich so an, als würden wir gemeinsam Zeit verbringen. Ramón war da, Vince war da, ich war da, aber wir taten, was wir taten, nebeneinanderher. Manchmal benutzte Ramón mich als Empfänger seiner Monologe, aber ich blieb austauschbar. Nur in wenigen Momenten unterhielten wir uns wirklich, lachten zusammen, das war dann doch: gemeinsam Zeit verbringen. Und einmal flehte er

uns eben an, dass wir früher aus der Uni nach Hause kommen sollten, damit er uns seine Schwester vorstellen könne. Wir sollten um fünfzehn Uhr da sein und auf ihn warten. Zwei Wochen lang redete er davon. Einen Tag vorher stand er vor unserer Tür, ich sagte, komm rein. Er sagte, er habe jetzt keine Zeit, habe nur sichergehen wollen, dass wir auch hier sein würden, morgen, fünfzehn Uhr. Ich schwöre, sagte ich, auf den Tod von Professor Zarr. Er sagte, gut, drehte sich um und ließ die Füße am Ende seiner langen Stelzenbeine auf die Stufen fallen. Ramón stieg die Treppen immer so hinab, als würden seine Füße nur durch Zufall jedes Mal den Boden treffen oder durch ein Naturgesetz, über das ich staunte, als hätte ich noch nie etwas von Physik gehört. Kommst du nicht rein?, rief ich ihm hinterher. Wo willst du hin? Er antwortete, ohne sich umzudrehen: Nach Hause. Du bist den ganzen Weg hierhergefahren, um dann nicht reinzukommen? Bis morgen, fünfzehn Uhr!

Und wir waren da. Wir ließen die letzte Vorlesung ausfallen, kauften Wein, Nudeln und Tomaten, fegten die Wohnung, spülten das Geschirr, setzten uns an den vom Wischen nassen Tisch und warteten auf Ramón und seine Schwester. Vince rauchte eine Zigarette. Vince machte Musik an. Dann war die Musik zu Ende, und ich bereitete Tee zu. Wir tranken Tee, Vince rauchte noch eine. Später klappte er seinen Laptop auf, seine Pupillen schrumpften, Schüsse eines Maschinengewehrs, jemand schrie auf, eine Roboterstimme kommentierte: »Death.« Vince' Hände zitterten auf der Maus, mit der er das Maschinengewehr bediente, seine zusammengekniffenen Lippen wurden weiß, im Hinterhof gingen die Lichter der Nachbarn an.

Ramón kam eine Woche später. Wir haben auf dich gewartet, sagte ich. Wann?, fragte er vom Sofa aus. Vor einer Woche, um fünfzehn Uhr, du wolltest deine Schwester mitbringen. Ah, richtig, er biss ein großes Stück von einem unserer Äpfel ab und redete mit vollem Mund. Da ist was dazwischengekommen, sagte er und schlug eine neue Seite seines Buchs auf. Ich senkte den Blick in die Zeitung und las am Küchentisch, bis Vince kam und laute Musik anmachte. Ramón schien sie nicht zu hören.

Wer ist da?, die Stimme eines Mädchens kratzt ins Rauschen der Sprechanlage.

Am Ende eines fensterlosen Gangs drücke ich die Tür auf. Heizungsluft, warm und trocken. In der Dunkelheit erkenne ich nur eine offen stehende Tür.

Im Wohnzimmer sitzt ein Mädchen, eine junge Frau, auf einem Cordsofa, mit angezogenen Knien und Fernbedienung in der Hand. Sie trägt dunkle Leggings, weiße Socken, Kapuzenpullover, ihr Gesicht ist zart, ihre Stirn und die Wangenknochen abgerundet wie eine perfekt geschliffene Holzschale. Die Kapuze hat sie über den Kopf gezogen, an den Seiten entweichen schwarze, lockige Haare. Hallo, sage ich, ich bin Kara. Zwischen uns der Sofatisch. Sie schaut vom Fernseher weg, hoch zu mir, ohne den Kopf zu bewegen. Die dichten Augenbrauen liegen grob in ihrem schmalen Gesicht, das dadurch noch ernster wirkt. Bist du Rahel? Sie nickt. Ramón hat viel von dir erzählt, sage ich. Jetzt müsste sie schon neunzehn oder zwanzig sein. Auf einen Schreibblock, der auf dem Sofa neben ihr liegt, hat sie Verse gekritzelt, mit Gitarrenakkorden: Am, Dm …

Wie ist es, eine Schwester zu haben? Mit einem Mädchen zu wohnen? Es lieben, aber nicht begehren. Es lieben? Kann Ramón lieben? Nur wenn er von Rahel sprach, war da etwas in seiner Stimme, etwas, das für seine Verhältnisse nah dran war an dem, was bei anderen Liebe gewesen wäre: Er klang weniger gleichgültig, einige Male sogar enthusiastisch, und Enthusiasmus entwickelte er sonst nur, wenn er über das Heilige Römische Reich sprach oder glaubte, etwas Grundlegendes entdeckt zu haben in seinen »Recherchen«, das zunächst sein eigenes und bald unser aller anthropologisches Weltverständnis revidieren müsste. Wie ist das, wenn es immer jemanden gibt, der alle Auseinandersetzungen mitbekommt? Eine Schwester, die mit am Tisch sitzt, wenn die Mutter sagt, dass sie einen nicht gewollt habe, dass man zu nichts gut sei, wie der Vater, dumm, hässlich, ein Unfall eben. Tröstet sie ihn? Gibt sie der Mutter recht? Ramón hatte einmal erzählt, dass die Mutter zu beiden ungerecht war. In gleichem Maße? Wen liebt die Schwester mehr, Ramón oder die Mutter? Oder: Wen findet sie weniger abscheulich?

Was schaust du dir an?, frage ich. Was macht Ramón? Wo ist er? Sie zieht die Schultern hoch und lässt sie wieder fallen. Im Fernsehen läuft *Pulp Fiction*, jetzt erkenne ich es. Ich sage: Weißt du, wie sie einen Quarterpounder mit Käse in Paris nennen? Sie sagt: Royal mit Käse. Ihr Lachen besteht aus exakt drei Anschlägen auf der Klaviatur, der zweite Ton höher als der erste und der dritte höher als der zweite, und dann klingen alle zusammen und füllen den Raum, obwohl sie so leise sind. Sie sagt, sie schaue den Film zum fünften Mal und möge immer noch, wie auf die Killer geschossen werde, die Kugeln sie aber verfehlen, als gingen die Geschosse einfach durch sie hindurch. Für den einen sei das ein Zeichen Gottes, dass er etwas ändern müsse, für den anderen gehe alles weiter wie bisher, er sterbe kurze Zeit später. Vielleicht seien die beiden Killer einfach nur Sinnbild für zwei mögliche Entscheidungen ein und derselben Person: aufzuhören zu töten oder damit weiterzumachen. Aber eigentlich sei der Twist-Contest ihre Lieblingsszene. Plötzlich schaut sie links an mir vorbei. In der Tür steht eine große, in der bis auf den Fernseher lichtlosen Wohnung dunkle Gestalt. Der Körper ist krumm, ein Bogen, etwas zieht ihn nach unten. Ich erkenne die Daunenjacke, so dick und groß wie ein Schlafsack für die Arktis, und doch: Die Haltung verrät, wie schmächtig ihr Träger ist. Der Kopf sitzt in der Kapuze wie in einem Gefäß für eine Anatomievorlesung. Rahel schaltet den Fernseher aus und gleitet vom Sofa, ihre Füße versinken im Teppich, für eine Sekunde hält sie vor mir inne und zieht ihre kräftigen, dichtgewachsenen Brauen weiter zusammen, dann drückt sie sich an mir vorbei, atmet aus, und ich nehme einen süßlich sauren Geruch wahr, eine Mischung aus Kaugummi und Linsen. Kara?, sagt Ramón. Du hier? Seine Stimme klingt etwas heiser. Es ist noch dieselbe Stimme, aber tiefer, ein wenig wie verzerrt, wie die verfremdeten Stimmen von Menschen, die in einer Filmdokumentation sprechen, aber nicht erkannt werden sollen. Er trägt immer noch eine alte, unmodische Brille, eckig, ein Metallgestell.

Ramón gleitet zurück in sein Zimmer, ich folge ihm. Nichts in diesem Raum zeugt von seiner Existenz, noch nicht einmal er selbst. In einem Regal aus Pressholz verstaubt eine Schneekugel, daneben ein Stofftier, vielleicht aus Rahels

Kindheit, ein paar abgebrannte Kerzen. Alles, was Ramón gehört, scheint er an seinem Körper zu tragen, er kann jederzeit aufstehen und gehen. Ich schalte die Leselampe neben dem Sessel an, das Licht fällt auf die paar Bücher auf dem Boden daneben. Mit Hannah Arendts *Macht und Gewalt* hatte er, laut Vince, damals auch das Ende der Freundschaft begründet. Außerdem Biografien von Managern und *Die Verdammten dieser Erde* von Frantz Fanon. Alle Sätze in dem Buch sind mit einem pinkfarbenen Marker unterstrichen, stelle ich fest, als ich es aufhebe. Warum hast du damals aufgehört, uns zu besuchen?, frage ich. Vincent ist überheblich, antwortet Ramón.
Vince ist überheblich, schießt es mir durch den Kopf, das stimmt, Ramón, aber nur er? Was kostet ihn seine Überheblichkeit? Was kostet mich meine? Ich war es gewesen, ich hatte Ramón damals nach der Vorlesung mit zu uns nach Hause gebracht. Vince hatte zunächst nichts dazu gesagt. Als er später selbst Besuch von einigen Kommilitonen bekam, hatte er sich nur geärgert, dass Ramón immer noch in der Küche herumlungerte. Sein Besuch schaute abfällig zu Ramón, der still auf dem Sofa kauerte. Viele kamen in den folgenden Monaten. Sie trugen zerrissene Jeans, die sie in teuren Markenboutiquen erstanden, redeten über das große Geld, exklusive Clubs und Avancen, vor denen sie sich angeblich nicht retten konnten. Sie kamen und gingen, Ramón blieb. Und auch wenn ich ihn angeschleppt hatte, war es bald schon Vince, der bis spät in die Nacht mit ihm in der Küche oder seinem Zimmer hockte.
Er mag dich, sage ich und merke am Klang meiner Stimme, dass es das nicht trifft. Was heißt »mögen«? Heißt »mö-

gen« jemandem Geld geben und ihn losschicken, damit man sich dann gemeinsam die Birne zukiffen kann? Heißt »mögen«, Ramón dafür zu schelten, dass er nicht zur Klausur gegangen ist? Heißt »mögen« ein gutes Wort einlegen, damit er einen Job hat? War das wirklich so selbstlos, Vince? Oder fühltest du dich großherzig, weil du jemandem unter die Arme greifen konntest? Heißt »mögen«, dass es einfach scheißegal ist, wenn jemand nicht mehr auftaucht? Und wo war ich? Wo warst du, Kara?
Vince ist ausgezogen, sage ich, ich wohne jetzt allein.
Frag dich doch selbst, Kara: War es dir nicht scheißegal, als er weg war, als er nicht mehr kam, war nicht alles viel wichtiger als das? Der neue Job, das neue Leben, Nadia. Von heute auf morgen siehst du jemanden nicht mehr, der jahrelang in deiner Bude gehockt hat, und dann? Er war ja nie eingeladen, nicht wahr? Wie großzügig, dass er überhaupt kommen durfte.
Ramón zieht einen weiteren Stapel Bücher unter seinem Bett hervor, öffnet eines, ich versuche, den Namen auf dem Umschlag zu entziffern, darunter ein Mann mit langen Haaren, ein Gemälde aus dem neunzehnten Jahrhundert – Novalis. Seit wann interessierst du dich für Dichtung? Das sind Aufsätze, sagt Ramón, pass auf: *Angewandtes, lebendiggewordnes Christentum war der alte katholische Glaube ... Seine zufällige Form ist so gut wie vernichtet, das alte Papsttum liegt im Grabe, und Rom ist zum zweiten Mal eine Ruine geworden.* Verstehst du, was ich meine? Hör zu, hier geht es weiter: *Die andern Weltteile warten auf Europas Versöhnung und Auferstehung, um sich anzuschließen und Mitbürger des Himmelreichs zu werden. Sollte es nicht in Europa bald eine Menge wahrhaft*

heiliger Gemüter wieder geben, sollten nicht alle wahrhafte Religionsverwandte voll Sehnsucht werden, den Himmel auf Erden zu erblicken? Na? Klingelt's? Ramón! Verstehst du, was ich meine? Ramón, komm zum Punkt! Für einen Augenblick ist alles beim Alten, wie in den Jahren, in denen er bei uns ein und aus gegangen ist. Warte, hier, an anderer Stelle schreibt er: *Im Tode ward das ew'ge Leben kund, Du bist der Tod und machst uns erst gesund.* Und ein paar Sätze weiter: *In entsetzlicher Angst nahte die Stunde der Geburt der neuen Welt.* Ich sehe seine Augen im Halbdunkel lachen. Die Feuchtigkeit in ihnen, wenn er in den Büchern Antworten findet, die die Welt bisher übersehen hat, die ihr vorenthalten wurden. Ramóns Erkenntnisse, die die Ordnung der Dinge umwerfen, während ich Wäsche aufhänge, während Vince Nudeln kocht, während wir für Stochastik lernen.

Verstehst du, das ist das, was heute passiert. Es entsteht eine neue Welt, sagt er. Wie meinst du das? Die Menschen haben Angst. Wovor? Allem. Dem Tod. Dem Leben. Der Zukunft. Vor der Einsamkeit. Beim letzten Wort lachen Ramóns Augen wieder. Muss ich dir das wirklich erklären? Ich habe keine Angst, sage ich. Verdienst du damit nicht dein Geld? Mit Angst? Wer keine Angst hat, braucht keine Versicherung. Ich forsche, ich bin kein Makler. Aber er hat nicht unrecht, denke ich. Dann hast du vielleicht begriffen, dass keine Versicherung greift, wenn es um Angst geht, sagt Ramón. Wenn es um *diese* Angst geht. Welche?, frage ich. Die Angst, zu lieben, zum Beispiel, oder die Angst, geliebt zu werden. Die Angst davor, sich ganz zu zeigen und an den Augen des anderen abzulesen, wer man wirklich ist, anstatt die ewig verlogenen Bestätigungen vorzufinden. Oft genug sind die dort doch nur durch Erpressung hingelangt oder durch Abhängigkeit. Oder wenn es nicht Bestätigung ist in den Augen, dann Hass oder Abscheu. Wer sich selbst hasst, sollte wenigstens die Courage haben, sich in sich selbst anstatt sich in jemand anderem zu hassen und das vielleicht am Ende noch Liebe zu nennen.

Ramón, der nie geliebt hat, denkt über Liebe nach. Haben sich die Dinge geändert? Hat er, der niemals eine Freundin hatte, jetzt eine? Wer bin ich, zu urteilen, dass er nie geliebt hat? Wer bin ich, mir das herauszunehmen? Wer ist hier überheblich? Halt die Fresse, Vince. Ramón spricht das Wort »Liebe« aus, es geht ihm leicht über die Lippen. Ich bin es, der zusammenzuckt, wenn er es hört. Jemand, der liebt, meldet sich, jemand, der liebt, reist an, wenn die geliebte Person sich alleingelassen fühlt, wenn sie Wochen zuvor sagt, sie brauche einen, sie wolle nicht mehr auf verlorenem Posten kämpfen. In einem Land der Liebenden gibt es keine Ausgesetzten.

Hast du Angst?, frage ich. Nein, nicht mehr, sagt Ramón. Seit langer Zeit nicht mehr.

Ramóns Mundwinkel unter Spannung. Die Lippen rund, aber es ist kein Kuss, sondern ein Krampf. Ich erinnere mich an diese Bewegung seines Mundes. Ich weiß nicht, ob ich mir einbilde, dass sie jetzt heftiger geworden ist. Wann ist Ramón verschwunden aus meinem Leben, aus unserem Leben? Vor vier Jahren, vor fünf? Sechs? Wo war ich damals? War das wirklich so egal, ob er da war oder nicht? Warum haben wir ihn dann all die Jahre zu uns gelassen? Nur aus Gefälligkeit, Vince? Wenn jemand fast jeden Tag zu dir nach Hause kommt und du Tag für Tag,

Woche für Woche, Jahr für Jahr deine Zeit mit ihm verbringst, verlieren die Gründe der Zusammenkunft dann nicht ihre Relevanz? Was zählt das gemeinsame Leben? Ab wann kannst du nicht mehr so tun, als würde der andere nicht existieren? Als wäre er nicht da gewesen, als hätte er keinen Raum mit dir geteilt, als hättet ihr nicht stundenlang dieselbe verbrauchte Luft im selben kleinen Zimmer ein- und ausgeatmet? Weißt du, wie man das nennt, wenn Menschen verschwinden, und ihre Nachbarn und Freunde leben einfach weiter, als wäre nichts geschehen? Weißt du das, Vince? Du übertreibst, Kara, was willst du von mir? Warum ist Ramón gegangen?
Ramón springt auf. Er weht über mir wie ein ausgehöhltes Mannequin in seiner Daunenjacke, schwankend, als hätte er so viel Zeit liegend verbracht, dass ihn die Schwerkraft nun verwirrt. Er stolpert an mir vorbei zur Tür. Ich laufe ihm hinterher, raus aus der Wohnung, dem Plattenbau.

Beton, Bäume, Wiesen, ein Spielplatz ohne Kinder. Aus der grauen Fassade des Hauses fallen dünne Äste eines vertrockneten Rankengewächses sechs Stockwerke nach unten – sie sehen aus wie die Haare eines über die Jahrzehnte erhaltenen Körpers. Ramón unter einem Strommast. Mitten auf einer Wiese zwischen den Blocks steht ein einzelner, mehrere Stockwerke hoher Stahlmast. Ramón setzt sich ihm zu Füßen. Ich sage, ich bin fast abgestürzt, mit dem Flugzeug, vielleicht war es auch gar nicht so gefährlich, aber beim Sturz habe ich an dich gedacht, und ich weiß nicht, warum du damals gegangen bist. Er starrt weiter vor sich hin. Ich sage, ich weiß nicht, warum ich mich all die Jahre nicht gemeldet habe, ich weiß nicht, ich ... Vince'

Zimmer steht leer ... Wenn du hier wieder rausfliegst ... Du kannst bei mir wohnen, das wollte ich dir sagen, deshalb bin ich gekommen.
Er schaut stumm zu mir hoch. Ich lasse ihn zurück unter dem Stahl. Entferne mich. Ramóns Haus. In der Tür des Plattenbaus steht Rahel, ihr schmaler Körper, die Kapuze. Ich laufe an ihr vorbei, über die Wiese. Drehe um, frage sie, ob ich Ramón über sie erreichen könne, denn meistens hat er kein Telefon. Wortlos tippt sie ihre Nummer in mein Handy.
Ich laufe weiter, stolpere durch die Anlage, die Plattenbauten liegen quer verteilt, als wären sie vom Himmel gefallen, zwischen ihnen Wiesen und geparkte Autos. Am Wagen schaue ich noch einmal zurück.

Erde

Ich habe mich verfahren, bin in eine Siedlung mit Reihenhäusern geraten, mit Vorgärten, Hecken, Grillplätzen und Garagen. Nur dass die Hügel und Wälder im Hintergrund hier aus Beton sind, der aus der Erde bricht, sich aufwirft wie Eisschollen – eine Landschaft mit eingeschlagenen Meteoriten. Ich fahre langsam auf der Suche nach dem richtigen Weg, hier und da Einschlaglöcher im Asphalt, mit riesigen Reifen eines Mondfahrzeugs bewege ich mich durch Krater und über Hügel. Ich finde eine sechsspurige Straße, fahre stadteinwärts, komme schließlich vorbei an der Hochschule, deren Räume vor dem Mauerfall von der Stasi genutzt wurden. Ab hier kenne ich mich wieder aus, hier habe ich unterrichtet, im Jahr nach meinem Abschluss, Ramón ging da noch ein und aus bei uns. Ich verbrachte die Tage, an denen ich nicht unterrichtete, also die meiste Zeit der Woche, damit, in meinem Zimmer zu liegen oder durch die Stadt zu streifen und in den Cafés Zeitung zu lesen – manchmal lief Ramón mit mir mit und las in seinen Büchern, strich Sätze an, während ich durch den Wirtschaftsteil und das Feuilleton blätterte. Ich wollte damals einen Essay zur Schuldenkrise in Portugal, Italien, Irland, Griechenland und Spanien schreiben – sechs Jahre ist es also her. Ramón hörte sich meine Thesen an: Für jede aufgezwungene Sparmaßnahme machte ich versteckte Kosten aus, die die Krise nur verschärfen würden. Wie wollte die Europäische Union die Kosten des Grolls zahlen, der in der griechischen Bevölkerung wuchs? Wie wollte man den grausamen Auswirkungen dieser Sparpolitik auf die Bevölkerung, insbesondere auf die Schwächsten, begegnen, dem Umstand, dass vor allem an den Schulen gespart wurde? Wie ließ sich der Frust der Töchter und Ehefrauen beziffern, die ihre Kranken jetzt zu Hause pflegten, weil die Spitäler und Hospize zu teuer geworden waren? Ramón gefiel die Idee mit den Kosten des Grolls, aber Griechenland, Italien und Portugal seien ihm eigentlich ziemlich egal. Als ich den Aufsatz abgeschlossen hatte, schickte ich ihn Professor Zarr, außerdem mit einem Schreiben an die Präsidenten von Kommission und Zentralbank der Europäischen Union und freute mich über deren Empfangsbestätigungen. Mein Leben hätte ewig so weitergehen können, aber mir ging das Geld aus. Ich hörte von einem Kollegen, dass ihn das Unterrichten überlaste und er keine Zeit für die Arbeit an seiner Dissertation finde, und übernahm zusätzlich seine Stunden. Jetzt fuhr ich drei- bis viermal die Woche nach Lichtenberg und gab Einführungskurse für Versicherungsstudierende. – Kann ich einmal mitkommen?, fragte Vince. Wieso? Die Studentinnen. Halt die Klappe. – Ich diskutierte mit meinen Studierenden darüber, was Sicherheit sei, wie etwas eigentlich abgesichert werden könne und ob so etwas wie eine Versicherung überhaupt jemals möglich wäre. Vers für Vers las ich mit ihnen Mandevilles *Bienenfabel.* Abends nach den Seminaren fuhr ich zu Vince' Arbeit und setzte mich an die Theke im Erdgeschoss des Working Space, bis er endlich kam, Anzug, offener Hemdkragen.

Wir hatten heute ein Gespräch mit einem potentiellen Kunden, CEO-Ebene, wenn die zubeißen, steht das Ding.

Nicht schlecht, kaufst du uns dann eine Espresso-Maschine? Die habe ich doch schon bestellt. Du musst aber aufpassen, das viele Arbeiten bekommt deiner Haut nicht. Ich lass mir einfach Botox spritzen. Vince grinst, und das Mädchen hinter der Theke schiebt ihm einen Gin Tonic zu und lächelt ihn an. Kommst du mit?, fragt er sie. Er weiß, wo man jetzt hingehen kann, er weiß, wie man reinkommt, kennt die Türsteher. Er legt drei Lines auf dem Tresen und reicht dem Mädchen ein Röhrchen aus Plastik, das er aus seinem Portemonnaie hervorgeholt hat. Sie zieht, er auch. Dann guckt er mich an. Du willst nicht? Ich schüttle den Kopf.

Später liegt Ramón vor unserer Tür. Wer ist das denn?, fragt das Mädchen in Vince' Arm. Niemand, sagt Vince und tritt in den Daunenjacken-Ballon, wirft ihm ein Päckchen Gras hin. Hier, dreh uns einen. Während Ramón in meinem Zimmer kifft, hören wir verzerrte Gitarren und eine Doublebass aus Vince' Zimmer. Ramón starrt an die Wand, und ich frage mich, wie sich das für ihn anfühlt, der noch nie mit einer Frau geschlafen hat, frage mich das jetzt, als ich entlang der großen Stalinbauten die Frankfurter Allee runterfahre.

Damals fragte ich mich ganz andere Dinge. Ich war sechsundzwanzig Jahre alt, sollte ich jetzt noch dreißig Jahre lang mit meinen Studierenden die *Bienenfabel* lesen? Oder sollte ich in ein anderes Land ziehen, eine andere Sprache lernen, sie zu meiner Muttersprache machen? Es war nicht zu spät dafür. Die Beispiele gab es: Menschen, die nicht nur in ein anderes Land zogen, sondern auch in eine andere Sprache. Mir standen noch alle Wege offen. Ich könnte ein britischer Architekt werden, und dass ich meinen Tee ohne Milch trank, würde nichts über meine Vergangenheit verraten. Ein chilenischer Dichter, Ingenieur auf Kuba, Gitarrenhersteller in Italien, ich könnte alles sein, was ich wollte. Aber ich unterrichtete weiter, fuhr drei oder vier Tage die Woche zur Hochschule und hatte jedes Mal das Gefühl, ein Stück schlechter gerüstet zu sein. Bald wäre ich nicht mehr erst Mitte zwanzig, und in öffentlichen Statistiken galt ich längst als Erwachsener, fertig, mit beiden Beinen im Leben. Ich hatte immer noch keine Entscheidung getroffen, ob ich Astronaut oder Tischler sein wollte und ob meine Muttersprache Französisch oder Mandarin werden würde – ich musste die Zeit anhalten. Am Ende des Semesters kündigte ich. Vince stürzte sich in die Arbeit, und ich sah ihn immer weniger, manchmal arbeitete er vierundzwanzig Stunden lang, manchmal schlief er vierundzwanzig Stunden, fast wie Ramón. Manchmal fand ich die beiden im selben Zimmer schlafend, Vince im Bett und Ramón auf dem Sessel, oder sie hockten zusammen in Vince' Arbeitszimmer, jeder vor seinem Laptop. Ich fragte Vince, ob er damit einverstanden wäre, wenn ich einen Zwischenmieter für mein Zimmer suchen würde, und bezahlte vom Geld, das ich an der Hochschule verdient hatte, eine Ferienwohnung auf dem Land, im Haus eines Rentnerpaars im Schwarzwald. Ich wollte Ruhe, wollte nachdenken, wusste nicht wohin sonst. Manchmal luden mich meine Vermieter ein, und wir saßen zu dritt am Abendbrottisch. Herr Erdmann, mit dem ich bis spät in die Nacht zusammensaß, war groß, und sein enormer Kopf wuchs nach oben hin zu den Seiten, wie eine umgedrehte Pyramide sah er aus, die Stirn war massiv und warf phrenologische Fragen auf. Herr Erdmann erzählte, wie er und sein Team haarscharf am Nobelpreis vorbeigeschlittert wären – so etwas komme in der Wissenschaft nicht selten vor, eine kleine Gruppe von Forschern arbeite weltweit am selben speziellen Thema, hätte mehr oder weniger die gleiche Ausbildung und arbeite auf der Grundlage mehr oder weniger derselben Literatur. Er erzählte das nicht prahlerisch, sondern belustigt. Vor allem, weil der Medizinnobelpreis dann an einen ging, der sich auf keiner der Konferenzen je hervorgetan hatte. Aber, sagte Herr Erdmann, er war wohl nicht ganz auf den Kopf gefallen. Was dazu führte, dass ich unwillkürlich wieder seine Stirn anstarrte. Ich dachte immer, sagte ich, Wissenschaftler wie Sie würden im letzten Atemzug noch Ideen auf Karteikarten kritzeln und das würde sie am Leben erhalten. Ihn jedenfalls hielten seine Hühner am Leben, entgegnete Herr Erdmann. Außerdem sei das die Vereinbarung mit seiner Frau gewesen: Sie hätte für die Kinder gesorgt, während er geforscht habe. Jetzt dürfe sie zum Kirchenchor, während er die Beete umgrabe und ein Baumhaus für die Enkelkinder baue.

Ich aß wenig zu der Zeit. Frau Erdmann sagte, dass das nicht schlimm sei, und backte mir zum Geburtstag extra einen Erdbeerkuchen. Außerdem gab es Vollkornbrötchen, verschiedene Schinkensorten, Käse, frische Eier, und Herr und Frau Erdmann sangen mir ein Ständchen. Ich aß ein halbes Stück Kuchen. Es regnete an diesem Tag, aber ich ging trotzdem im Wald spazieren. Ich trug meine blaue Regenjacke und schoss Fotos: eine Nacktschnecke, ein Stumpf, aus dem ein Geschwür wuchs, die blattlosen Äste eines umgefallenen Baumes, die Furchen einer Rinde. Ich hörte einen Specht, den Wind. Wenn ich in den Him-

mel schaute, sah es so aus, als würden die Bäume auf mich fallen. Auf dem Rückweg lief ich durchs Gestrüpp. Ich setzte mich in den Garten der Erdmanns und schaute auf das Feld dahinter. Ich war jetzt siebenundzwanzig und allein an meinem Geburtstag. Es war meine Schuld. Vince hatte gesagt, wir würden meinen Geburtstag groß feiern. Jetzt wohnte ich seit mehreren Wochen hier. Ich hatte ein Bild gemalt und ein Gedicht geschrieben. Aber all das blieb ohne Zauber. Die Poesie war eine Polynomdivision. Hatten Sie nie das Gefühl, das Leben hat nichts mit Ihnen zu tun? Sie wollen das ändern, aber Sie sind nicht schnell genug?, fragte ich Herrn Erdmann.
Nachts wurde es ganz finster im Dorf, weil es keine Laternen gab. Ich schaute aus dem Fenster und wusste, dort ist die Kirche, aber ich sah sie nicht. Tagsüber kamen aus der Ferne die Geräusche von Motorrädern, nachts war nur der Wind in den Bäumen zu hören. Ich hatte das Licht in meinem Zimmer gelöscht und saß in der Finsternis. Ich saß lange da. Es war schon spät. Ich musste eine Stimme hören.
Hallo?
Herzlichen Glückwunsch zum Geburtstag.
Du weißt es?
Ja klar.
Danke. Wo bist du?
Ich bin in Italien. Mit meinen Eltern.
Schön.
Bis bald, Kara.
Bis bald, Nadia.

Nach meinem Geburtstag blieb ich noch zwei Wochen, verbrachte die Abende mit Herrn Erdmann und ließ mich jeden Morgen von seinem Hahn wecken. Schließlich fuhr er mich mit seinem Lieferwagen zum Bahnhof. Wir nickten uns zu, und er winkte noch, als ich in den Zug stieg. In meinem Abteil weinte ein Baby stundenlang, aber ich hörte es bald nicht mehr, blickte mich nicht um, sah nur die Überlandleitungen und Felder. Ich kaufte teuren, schlechten Kaffee, als der Getränkewagen kam, obwohl ich kaum Geld hatte, und nach fünf Stunden Fahrt mitten durch baumlose Flur, weit und breit kein Haus, bemerkte ich das Lächeln in meinem Gesicht. Der Zug fuhr in Berlin ein, die Straßen Charlottenburgs, in denen ich selten gewesen war, fühlten sich jetzt, als ich sie aus dem einfahrenden Zug betrachtete, wie zu Hause an.
Zurück in Berlin, wollte ich die Bilder entwickeln lassen, die Bilder vom Ende meines siebenundzwanzigsten Lebensjahres, die Nacktschnecke und das Geschwür. Doch in dem alten Fotoapparat, der Spiegelreflex aus den Achtzigerjahren, die ich vor meiner Reise auf dem Flohmarkt vor dem Schöneberger Rathaus gekauft hatte, war gar kein Film gewesen.
Damals war Ramón noch da. Ich erinnere mich, wie ich zurückkam, in der Wohnung stand und wie Vince sagte, dass er meinen Zwischenmieter rausgeschmissen habe, weil er gestunken hätte, und Ramón jetzt in meinem Zimmer schlafe, das hätte allerdings nur geringfügig zu einer olfaktorischen Verbesserung geführt, vielleicht liege es doch an meinem Zimmer. Alles beim Alten, sagte ich. Yes, Sir. Fast.

Ich halte den Wagen am Straßenrand an. Gegen die Beifahrertür gelehnt, hauche ich meinen Atem den Kacheln der mächtigen Stalinbauten hinterher. Eine Dreiviertelstunde später bin ich zu Hause. Mit dem Licht, das ich einschalte in meinem Zimmer und das sofort auf den Dielen glitzert, richtet sich ein müder Hund auf. Er tapst ein paar Schritte auf mich zu, schmiegt sich an meine Beine, bevor er sich in einer anderen Ecke des Zimmers wieder hinlegt. Ich schalte das Licht aus, werfe mich aufs Bett, die Schuhe habe ich noch an, die Gardinen nur halb zugezogen. Von der Straße leuchtet Laternenlicht herein, zeichnet die Schatten der Gegenstände. Ich schließe die Augen und sehe Ramóns Schädel in der Kapuze seiner Daunenjacke, Rahels Brauen wie eine festgefrorene Bewegung von außen nach innen. Der Hund atmet schwer.

Die Kosten des Verzichts I

Der schwarze Bildschirm reflektiert das Schreibtischlicht im Büro und eine verschwommene Möglichkeit meines müden Gesichts. Mit der Hand wische ich einige Fusseln aus dem Lichtstreifen, verschmiere die Spiegelung meines Mundes. Ich habe ihn schon oft so betrachtet: in Schaufenstern, auf Karosserien, in Messingschildern, in ausgeschalteten Monitoren, angebracht auf den Rückseiten von Flugzeugsitzen. Das Rot meiner Lippen, meinen Teint. Waren die Lippen immer traurig, oder habe nur ich sie so wahrgenommen im gedämpften Licht der Straßenlaternen, unter Fremden, in der Enge einer Flugzeugkabine? Mein Mund ist nicht traurig. Er ist verschlossen. Dass die Mundwinkel nach unten gesunken sind, hat nur etwas mit der Schwerkraft zu tun. Und die Müdigkeit? Sehen sie nicht müde aus? Ich bin müde, aber nicht meine Mundwinkel. Vince' Mundwinkel neigen zu einem Lächeln, Nadias Mundwinkel zu einem Biss, Mutters Mundwinkel zu einem Abgrund, Ramóns Mundwinkel zu einem Krampf. Einem Krampf und einem Schnitt in einem blutleeren Körper. Sind Ramóns Lippen blutleer? Er hat volle Lippen, aber sie sind ohne Schwung. Ramóns Mund, der nie geküsst hat, nie wirklich geküsst wurde, auch von seiner Mutter nicht. Wäre sein Mund anders, wenn er Elea geküsst hätte? Von Elea hatte er mir einmal erzählt bei der Fahrt entlang der Bäume und Villen, als ich ihn ins Studentenwohnheim in Grunewald fuhr, wo er eine Zeit lang wohnte. Sein Leben wäre ein anderes. Ein Kuss, ein Leben. Hat Rahel ihn jemals geküsst?

Ich lösche meine Studie, alles, was ich zu den Kosten eines Lebens erarbeitet habe, des Lebens eines Versicherten, ich schiebe meine Unterlagen und Berechnungen in den Papierkorb und beginne von neuem: Um einen Menschen wirklich abzusichern, nicht nur seine Wohnung oder sein Einkommen, sondern alles, bedarf es viel mehr als der Summe der belegbaren Kosten, der Kosten, für die man Quittungen sammeln kann, Rechnungen und Kassenbons, Kontoauszüge. Nicht: Was braucht der Versicherte? Lebensunterhalt, Miete, Freizeit. Sondern: Was hat er aufgegeben für das Leben, das er jetzt führt, und was von dem Aufgegebenen trägt er noch mit? Es muss eine Formel für falsch getroffene Entscheidungen geben. Eine Formel gegen die Sinnlosigkeit. Ich notiere: Die Kosten des Verzichts (KV) ergeben sich aus den Entscheidungen *für* etwas in Einheiten der oft unbewusst und implizit getroffenen Entscheidungen *gegen* etwas – sie sind der Preis der Versäumnisse.

Was ist der Preis eines versäumten Kusses?

Bei gegebenem Budget muss der Investor Entscheidungen treffen: entweder das Haus oder die Yacht. Entweder-oder. Bei gegebenem Budget steht jedem Posten ein anderer, unsichtbarer Posten gegenüber, auf den verzichtet wurde. Der wahre Preis berechnet sich also nicht nur aus dem investierten Anteil des Budgets, sondern auch aus dem Wert der Dinge, gegen die wir uns entschieden haben. Dem Wert des Lebens, das wir hätten haben können, auf das wir aber verzichtet haben, um dasjenige Leben aufzubauen, das wir führen. Die Kosten des Verzichts lassen sich dann berechnen, indem wir den Veränderungswert (Δ) dessen, worauf wir verzichten, gemeint ist die Menge des »Gutes«, auf das verzichtet wird, in ein Verhältnis setzen mit dem Veränderungswert desjenigen zusätzlichen Einsatzes, der möglich wird durch den Verzicht auf etwas anderes.

$$KV = -\frac{\Delta\ Verzicht}{\Delta\ Einsatz}$$

Das Verhältnis wird negativ sein, da sich Δ *Verzicht* verringert, also ein negatives Vorzeichen hat, während sich Δ *Einsatz* erhöht, also ein positives Vorzeichen hat. Die Gleichung gibt an, womit wir letztlich für unseren Einsatz bezahlt haben. Planen wir beispielsweise den nächsten Karriereschritt, kann es sein, dass wir dafür die Familienplanung zurückstellen müssen, dass uns der Aufstieg also nicht nur Engagement und so weiter kostet, sondern dass wir auch dazu bereit sein müssen, auf eine bestimmte Anzahl an Kindern zu verzichten, zum Beispiel zwei Kinder pro Karriereschritt. Natürlich lässt sich das auch umgekehrt formulieren. Die Kosten des Verzichts sind keine moralische Größeneinheit.

Wenn wir zur Berechnung der Kosten des Verzichts nun auch Versäumnisse aus der Zukunft diskontieren, dann wachsen sie ins Unermessliche. Jeder Verzicht ist absurd. Und doch: Jede Entscheidung für etwas bedeutet eine Entscheidung gegen etwas, das gilt nach wie vor. Daraus müsste sich die existentiale Erkenntnis der Volkswirtschaftslehre schlussfolgern lassen: die dunkle Sammlung der Dinge, auf die wir verzichtet haben, das Negativbild

unseres Seins – all das, wogegen wir uns entschieden haben, als wir uns selbst wählten.
Vor mir das Whiteboard, darauf Mutters Gesicht. Habe ich mich gegen sie entschieden? Wetterbedingungen und Piloten bestimmen darüber, wann ich sie besuche.
Es klopft an der Tür, die Direktorin tritt ins Zimmer. Sie geht ein paar Schritte in Richtung des Whiteboards, die Hände in den Hosentaschen ihres grauen Anzugs, ich trete zurück. Da steht: Berechnung des Verhältnisses von Lebens- und Todesneigung eines Menschen. Sie schaut zu mir, dann wieder zum Whiteboard. Sie sagt, das Ministerium möchte unsere Ergebnisse präsentiert bekommen, ob ich es schaffen werde, die Frist einzuhalten.

Auf der anderen Straßenseite meines Büros, zwischen einem Kaffee-Franchise und einem vietnamesischen Restaurant steht ein Phantom. Nadia hat die Hände in die Jackentaschen gesteckt und blickt zu mir herüber. Ich gehe weiter in Richtung S-Bahn. An der Ampel schaue ich zurück: Nadia hat die Straßenseite gewechselt und kommt auf mich zu. Ich warte nicht, überquere die Kreuzung, zügig, aber nicht zu schnell. An einer Baustelle ein provisorischer Übergang für Fußgänger, ein Tunnel aus Holz. In der Mitte bleibe ich stehen, bis ich Nadias Stiefel höre – den gleichmäßigen Schlag ihrer Absätze auf den hohlen Brettern. Jeden Augenblick erreicht sie mich, das Hämmern ihrer Schritte hört auf, sie steht hinter mir. Keiner von uns sagt etwas. Wir könnten gemeinsam weiterlaufen, die Arme ineinander verhakt, durch die Tage, durch die Jahre, zu den Kindern, die wir haben werden, zu der Wohnung, die wir kaufen, mit dem Kredit, den wir gemeinsam

aufnehmen und Monat für Monat abbezahlen. Wer heiratet, bekommt bessere Kredite, und die Steuerersparnis ist nicht zu unterschätzen.
Läufst du weg vor mir? Ihre Stimme ist eher belustigt als zynisch. Ich drehe mich zu ihr um und schaue sie im Halbdunkel des Tunnels an. Das Licht der Straßenlaternen leuchtet gelb durch die Ritzen der Planken und wirft ansonsten Schatten auf uns und auf die Plakate an der Wand. Einer der Schatten läuft Nadia über die obere Gesichtshälfte, sodass ich ihren Blick nicht deuten kann. Unterhalb des Schattens schimmern ihre Lippen. Ihre bissigen Lippen, die ich so oft beobachtet habe während des Studiums, in der Vorlesung zu betrieblichem Rechnungswesen, bei uns in der Wohnung, seit dem Tag, an dem wir uns in der Staatsbibliothek kennengelernt hatten. Ich erinnere mich daran, wie ich sie das erste Mal geküsst habe, in einem Winter, in dem die Stadt und wir unter Schichten von Schnee verschwanden. Später steckte in den Lippen auch noch etwas anderes als Biss und Kuss, es steckte in ihnen auch ein Zittern. Ich weiß nicht mehr, wann dieses Bild in mich eingegangen ist, wann Nadias Lippen zum ersten Mal zitterten wegen Eifersucht oder aus Enttäuschung. Eifersucht, weil sie einmal gesehen hatte, wie ich den Hals einer anderen Frau küsste, und es half auch nicht, dass ich sagte, dass wir da noch gar nicht zusammen waren. Enttäuschung, weil ich ihr wiederum vorhielt, dass sie mit einem anderen Mann zusammen war während des Studiums und uns damit so viele Momente genommen hatte. Und dann das Zittern vor Zorn, wenn wir mit Vince und Michelle an den Abenden kochten und über den Klimawandel und Vegetarismus diskutierten, wobei

Vince entgegen jeglicher wissenschaftlicher Evidenz darauf bestand, dass ohne Fleischproduktion mehr Menschen hungern würden. Nadias Zorn, weil sie sämtliche Quellen und Verweise kannte, die belegten, dass für die Tierzucht so viel Wasser verbraucht und Bodenfläche für den Anbau von Tierfuttersoja verschwendet wurde, dass die Not der Menschen sich steigerte, mal ganz abgesehen von den enormen Auswirkungen auf die Erderwärmung durch den CO_2-Ausstoß der Tiere, insbesondere der Rinder. Wenn schließlich allen am Tisch klar war, dass Nadia recht hatte, wurde die Stimmung wieder leichter, und auch Nadia störte sich nicht daran, dass Vince trotzdem das letzte Wort behalten musste. Er sagte, der Rinderwahn sei eine Erfindung der Umweltlobbyisten gewesen, aber er tat das jetzt nicht mehr mit vollem Ernst, sondern mit einem Grinsen, das sagte, die Fakten mögen auf eurer Seite sein, das Universum ist auf meiner. Wenn Nadia und ich uns später gesättigt und zufrieden fürs Bett fertig machten, hatte sie manchmal einen Vers auf den Lippen: *ob du weißt was du willst / ob ich weiß / was ich / will / ob wir sollen / was wir wollen*. Ich schaute dann vom Kleiderschrank aus zu ihr, die an die Wand gelehnt im Bett saß. Sie könne nichts dafür, sagte sie, es sei nun mal ein Ohrwurm, der selbst bestimme, wann er komme und wieder gehe.

Was machst du hier?, frage ich Nadia. Sie sagt: Mit dir über Feigheit reden. Oder über Gleichgültigkeit. Such es dir aus. Ich sage, dass es mir leidtue. Mir fällt nichts Besseres ein. An ihren Lippen sehe ich sofort, wie sie mein Satz ärgert. Übrigens, sagt sie, das sind keine Eigenschaften, die sich ausschließen müssen. Ein Mann mit seinem Hund und eine Frau mit schweren Einkaufstüten laufen an uns vorbei. Ein einziges Mal, Nadias Stimme ist ganz leise, und du kommst nicht, von allem anderen rede ich noch nicht mal. Also Feigheit oder Gleichgültigkeit? Ich sage: Feigheit. Sie antwortet: Eine feige Wahl.

Anziehung

Das Licht im Treppenhaus erlischt. Ich lehne mich gegen das Treppengeländer. Eine Stufe über mir liegt Ramón vor der Wohnungstür. Die Dunkelheit gehört den Geräuschen, den zuschlagenden Türen in den Wohnungen der Unbekannten, mit denen ich im selben Haus wohne, den Vögeln auf den Simsen der Hinterhausfenster, dem Bellen eines Hundes, dem fernen Klingeln eines Telefons. Von Ramón gehen keine Geräusche aus. Es ist umgekehrt: Er löscht sie. Etwas, das fällt, wenn er in der Nähe ist, fällt nahezu ohne Laut. Nicht, weil es keine Geräusche verursacht, sondern, weil sie in Ramón verschwinden. Niemand weiß, welches Schicksal den Geräuschen widerfährt, die in Ramón verschwunden sind. Klingen sie in ihm weiter, oder verstummen sie? Ich schaue zu dem Hügel vor meiner Wohnungstür, von der Dunkelheit der Etage hebt er sich kaum ab. Ramón ist nicht Klang, Ramón ist eine Verstummung.
Ramón. Meine Stimme hallt im Treppenhaus. Ramón, sage ich noch einmal. Endlich bewegt sich seine Daunenjacke. Seit wann bist du hier?, gähnt er. Ich gehe einen Schritt nach oben und reiche ihm die Hand.

In meiner Wohnung bellen die Hunde. Sie laufen auf Ramón zu, springen ihn an, hecheln, schnüffeln. Ramón streicht ihnen über die Köpfe, während er sich umsieht im Flur und in die Richtung von Vince' Zimmer schmult. Als er in die Küche geht, laufen die Hunde ihm nach. Er

nimmt sich ein Glas vom Geschirrständer, füllt es mit Leitungswasser und lässt sich in den Korbstuhl am Küchentisch fallen. Ich habe nur Blumenkohl, sage ich, und der ist vielleicht schon schlecht.
Ich koche Blumenkohl, der zerschnitten aussieht wie eine Gehirnhälfte. Wir teilen ihn auf zwischen uns und den Hunden, essen gemeinsam. Die Hunde auf dem Boden, wir am Tisch. Ramóns Blick fällt auf *Das neue Zitatenhandbuch*, das unter einem Blumentopf auf der Waschmaschine liegt. Es ist seins, er hat es hiergelassen, und zwar genau dort auf der Waschmaschine. Du siehst, sage ich, es hat sich nicht viel verändert. Dass es Vince nur gut gemeint hätte mit ihm, sage ich, dass er doch immer versucht hätte, ihn zu überreden, zurück an die Uni zu kommen, seine Finanzen mit ihm durchgegangen sei, in der Bibliothek und in Cafés gefragt habe, ob Ramón dort arbeiten könne. Ich sage all das und weiß dabei genau, dass nicht nur Vince ihn herumkommandiert hat, dass auch ich ihm das Reden verbot. Auf einer Feier bei uns zu Hause, auf der Ramón einer Freundin von Nadia durch alle Räume gefolgt war und nicht aufgehört hatte, sie zu fragen, ob sie sich mit dem Kosmos auskenne und sich schon einmal die Frage gestellt hätte, wie die Kernphysik uns linguistisch befreien könne – er hatte nicht aufgehört zu reden, sein Atem roch nach Alkohol, Hunger, Schlaflosigkeit –, hatte ich ihm vor allen Leuten, die in meinem Zimmer saßen, befohlen, in die Küche zu gehen und sich alleine zu »beschäftigen«, bis ich ihn wieder reinholen würde, weil es mir reichte, wie er die Mädchen hier belästigte.
Seine Fürsorge war wundervoll, sagt Ramón. Im Hintergrund das Schmatzen der Hunde und unsere Gabeln, die

auf den Tellern kratzen. Ich frage ihn, wie er seine Tage verbringe. Er sei die meiste Zeit bei seiner Mutter, manchmal auch bei seiner Großmutter oder im Betrieb, in dem er eine Ausbildung machen sollte, selten bei Kai. Der Kai, frage ich, den er seit der Grundschule kenne, aus der Nachbarschaft? Der einzige Freund aus Ramóns Kindheit und Jugend, soweit ich weiß, obwohl Ramón das Wort »Freund« bezogen auf Kai nie verwendet hatte, dieses Wort war Vince und mir vorbehalten. Ihr, hatte er gesagt, seid meine einzigen Freunde. Und doch, wenn ich ihn fragte, ob es nicht noch jemanden gab, im Kindergarten, in der Schule, jemanden, den er traf, zum Fußballspielen oder zum Herumstreunen oder Wodka-aus-dem-Supermarkt-Stehlen, nannte er den Namen Kai.
Einmal hätten die Schüler selbst ihre Sitznachbarn aussuchen dürfen, in der dritten oder vierten Klasse. Die Kinder seien aufeinander zugerannt, und wie beim Zerfall eines Atoms hätte sich die Klasse sortiert, bis alle einen Partner hatten, nur Ramón war übrig geblieben, stand alleine im Raum, schielte zu den anderen, dann auf das Linoleum des Fußbodens, die weißen Kaugummi-Inseln. Vor einer der Inseln standen auf einmal zwei dreckige Schuhe, und als er hochschaute, sah er in Kais Gesicht. Später, als Teenager, blieb Ramón tagelang bei Kai, weil sie dort kiffen durften, solange sie etwas von ihrem Zeug der Mutter abgaben. Kai wohnte mit seiner Mutter in einer Einzimmerwohnung, sie schlief auf dem Sofa, und Kai hatte ein kleines Bett, das er aus dem Schrank herunterklappte. Und wo hast du geschlafen?, fragte ich Ramón, und er sagte trocken, während er wieder auf den Bildschirm seines riesigen Laptops starrte: Bei Kai, mit ihm in seinem Bett. Manchmal grüß-

ten sie sich wochenlang nicht, wenn sie einander in der Nachbarschaft begegneten, ohne dass etwas vorgefallen wäre. Dann teilten sie sich wieder für Tage oder Wochen ein Bett. Teilten sie sich auch eine Decke? Dann gab es die Nächte mit Albträumen, die Stunden gegen Morgen, in denen sich der Atem eines anderen Menschen anfühlt wie die letzte Verbindung in diese Welt. In einer solchen Nacht, stelle ich mir vor, streckt sich Ramón nach Kai, mehr schlafend als wach, und zieht ihn zu sich heran. Der heiße Atem im Gesicht. Die Augen, die sich öffnen. Für den Bruchteil einer Sekunde Verunsicherung, wo er ist. Freischwebende Körper im aufgebrochenen Raum. In der Dunkelheit das Weiß der Augäpfel, verschwommen die Brauen. Der immer heißere Atem und das Herz, das in die Brust des anderen schlägt. Jede Berührung woanders spürbar, zwischen Magen und Milz, in den Fußknöcheln. Ramóns Hand, die in die schweißnassen Haare von Kai fährt.

Ich stelle unsere Teller ins Spülbecken, setze den Wasserkocher auf für Tee, die Hunde folgen mir mit wedelnden Schwänzen vom Tisch zur Spüle, von der Spüle zum Wasserkocher. Ich rede schnell und viel, meine Stimme klingt unbekannt, ich habe sie selbst lange nicht mehr gehört. Ich sage, dass hier noch so vieles an ihn erinnere, nicht nur die Alben von Alicia Keys und Rihanna, da seien sicher auch noch andere Bücher und CDs. Im Flur liege immer noch ein Foto von ihm, von ihm und mir im großen Hörsaal 101 mit der Holztäfelung im Hintergrund. Ich gieße den Tee in Tassen und stelle sie auf den Tisch, Ramón starrt mich an. Was ist los?, frage ich. Nichts, ich höre dir zu. Er redet langsam, sitzt ruhig da, und wenn er nach der Tasse greift, bewegt er den Arm wie eine Schnecke, die ihre Fühler ausstreckt. Im Kontrast zu seiner Langsamkeit spüre ich mein Herz rasen, bemerke ich, wie laut ich gesprochen habe. Jetzt ist es still, und wir trinken Tee, aber die Stille ist eine andere als sonst hier zwischen diesen Wänden – eine, nachdem gesprochen wurde. Ich frage Ramón, ob er manchmal noch zu den Konzerten auf dem Schiff gehe? Lange her, sagt er, und ich rufe – wieder bemerke ich, wie unkontrolliert meine Stimme ist: Los, lass uns da hin. Während Ramón den Kopf von einem der Hunde tätschelt, sind seine Tränensäcke so dunkel, dass ich jeden Moment darin verschwinden könnte.

Wir sprechen wenig in der Bahn. Ich beobachte uns in der Spiegelung der Fenster, im Neonlicht zwischen den Regentropfen und Ampel- und Wohnungslichtern der Stadt. Ich bin lange nicht mehr ausgegangen, sage ich. Vince sehe ich auch nur noch selten. Und die ganzen Jungs von damals eh nicht – leben die noch? Wie hieß der mit den Muskeln? Ich muss lachen. Ramóns Lachen erkenne ich an der erhöhten Feuchtigkeit seiner Augen. Sein Mund bewegt sich kaum, die Mundwinkel sind verkrampft wie so oft, es sind die nassen Augen, die sein Lachen verraten. In der Vorlesung konnte er einen Dozenten auslachen, und allein die Tränen, die ihm beinahe die Wangen herunterliefen, machten seinen Lachanfall sichtbar, was nur ich wusste und Vince und vielleicht noch ein oder zwei andere. Wir waren mit dem Typen doch einmal auf dieser Erstsemesterparty, oder nicht? Wie ein tollwütiger Bulle ist er herumgelaufen, erinnere ich mich, und hat sich immer wieder mit der Faust gegen die Brust geschlagen. Er hat diese

Studenten – Medizinstudenten waren es – gesehen, die ein oder zwei Jahre jünger waren als wir, und wollte ihnen allen den Schädel einschlagen. Was mache ich hier, Kara, hat er gebrüllt, ich bin am Ende doch eh nur ein Bauarbeiter, guck dir diese Kinder an, guck sie dir an, was mache ich hier, Kara, was habe ich hier zu suchen. Ramóns Augen werden noch wässriger, eine Träne hängt ihm zwischen den Lidern. Und du, sagt er, du hast dann mit einer dieser Studentinnen rumgemacht, auf der Tanzfläche, aufgefressen hast du sie. Das Lachen zwischen seinen Lidern tropft ihm jetzt auf die Wange. Ich lache mit dem Mund.

In der Halle des Ostbahnhofs mit den Imbissläden und der Apotheke und dem Blumenstand in der Mitte fragt uns ein Mann mit ausgefransten blonden Haaren nach ein paar Euro für etwas zum Essen. Drei Reisende stehen vor den Tafeln mit den Abfahrtszeiten, der Blumenverkäufer, ein Mann mit Schnauzer, geht vor seinem viereckigen Laden auf und ab, Gestalten schlurfen umher und durchsuchen die Mülleimer nach Pfandgut. Die Decke ist sehr hoch, und nur die Neonröhren lassen erkennen, dass es sich um einen geschlossenen Raum handelt.

Wir treten in die Nacht mit den Leuchtschildern der Taxis und dem Wind, der uns ins Gesicht weht. Wir laufen zur Straße und über die Kreuzung, zur Brücke, vorbei an parkenden Autos, das rote Licht einer Tankstelle in der Ferne, dann Bäume, dann noch mehr Bäume und dann ein braches Feld, das wohl bald bebaut werden wird. Wir steigen die Stufen hinab in einen ausgetrockneten Kanal, der in einen Park umgestaltet wurde, ein kleiner Riss öffnet sich im Ärmel meines Mantels, der jetzt eine Lederjacke ist, meine Schnürsenkel verkürzen sich, die Muskeln in meinen Oberarmen spannen sich an, ich spüre sie plötzlich deutlicher, meine Haare schießen in die Länge, fallen mir in die Stirn und über die Augen, ich werfe sie nach hinten und nehme den Joint entgegen, den mir Vince reicht. Zwei Mal ziehe ich daran und gebe ihn weiter an Ramón, der auf der anderen Seite von mir läuft. Hat doch funktioniert, dann gab es keinen Ärger mehr, lache ich mein jugendliches Lachen. Du meinst, du kannst ihn mit der Bewegung deiner Zunge in fremden Mündern steuern? Was für ein Talent, ruft Vince und nimmt einen Schluck von seinem Bier. Was machen Schildkröten eigentlich nachts?, fragt Ramón. Wir schauen auf den Teich, der in der Nacht eine schwarze Fläche ist. Dort wohnen die Schildkröten. Tagsüber zeigen sie sich, klettern auf ihren Steg, lassen sich ins Wasser fallen. Wir lauschen, ob wir sie jetzt hören können. Es ist still. Nur die Glut knistert ins Papier, in der Ferne rauschen Autos. Schlafen wahrscheinlich, sagt Vince. Die haben ein gutes Leben hier, sage ich, schwimmen den ganzen Tag, und ab und an reichen Touristinnen ihnen Brotkrumen, weil sie sie so süß finden. Ganz wie Ramón, sagt Vince. Wer findet mich denn süß?

Unsere Schritte im Kies. Ramón und ich laufen, ohne zu sprechen. Dann sage ich, warte mal, und stelle mich an einen Baum zum Pinkeln. Der Fall des Urins auf Blätter und Geäst und das Rauschen des Winds. Als ich meine Hose zugeknöpft habe und zurück zu Ramón gehe, steht er genau dort, wo ich ihn zurückgelassen habe, hat sich nicht bewegt, steht regungslos da. Wir gehen weiter, aus dem Park raus. An einem Kiosk kaufe ich Bier für uns.

Vor dem Schiff stehen Menschen und rauchen und trinken, der Boden ist voller leerer Wein- und Bierflaschen. Aus dem Schiffsrumpf dringt Musik. Ein Mädchen, das auf dem Boden zwischen den Flaschen hockt, lacht kreischend, ein Typ fragt uns, ob wir »etwas« kaufen wollen, wir steigen die Stufen hoch zum Deck. Drinnen ist es laut und heiß, auf der Tanzfläche Menschen, die zu einem Körper verschmolzen sind, eine wabernde, dunkle Einheit. Ramón stellt sich sofort an die hintere Wand neben der Bar. Ich kämpfe um die Aufmerksamkeit des Barkeepers, quetsche mich zwischen den Menschen hindurch nach vorn an den Tresen, spüre die Hitze ihrer Körper, und durch all diese Körper führen Adern, und durch all diese Adern fließt Blut, überall schlägt ein Herz, und überall sind Mägen und Lungen, dort ein Mädchen mit blondem Pferdeschwanz und nackten schwitzenden Schultern, unter ihren Schulterblättern Muskelfasern, gleich darunter ihre Lungenflügel, die sich mit der schlechten Luft dieses Raumes füllen, leeren und wieder vollsaugen. All die Lungen und Herzen sind ganz nah beieinander in diesem Raum, als ob sie die Körper wechseln könnten, fast irrelevant, welches Herz in wessen Körper schlägt. Mit zwei Bier kehre ich zurück zu Ramón, der immer noch seine Daunenjacke trägt.
Fäuste und flache Hände ragen aus der dunklen Masse auf der Tanzfläche, zucken im Rhythmus der Bässe. Vor uns, wo das Licht der Bar noch hinreicht, tanzt ein Mädchen mit zerrissener Strumpfhose, es schwingt mit dem Oberkörper hin und her. Ramón und ich scheinen die Ältesten hier zu sein. Selbst der Barkeeper, den ich auf den ersten Blick für älter hielt, ist sicher jünger, er wirkt nur älter, weil ihm sein Job Autorität verleiht. Dabei habe auch ich

einen Job, aber ich fühle mich nicht so, ich bin nicht älter als der Barkeeper, jünger, nicht älter als das zwanzigjährige Mädchen mit der zerrissenen Strumpfhose, gleich alt. Ich mach mal eine Runde, sage ich zu Ramón, er, mein neuer Mitbewohner, nickt. Mit dem Becher Bier in der Hand drängle ich mich vor zur Tanzfläche. Der Bass geht hier durch alle Glieder, durch Muskeln und Organe, ich spüre ihn im Bauch und im Schädel, die Schultern folgen wie von selbst seinem Kommando und zucken im Rhythmus. Ich stehe jetzt hinter einem Mädchen und bewege mich mit ihm. Seine Haare fliegen mir ins Gesicht, ich rieche Zitronen. Mit dem nächsten Bassschlag treibt es mich weiter. Ein Mann, dünn, mit nackten muskulösen Armen, macht Bewegungen mit der Hand, als würde er im Takt des Beats etwas zerbrechen. Unter seiner Haut dicke Adern, die sich wie Baumwurzeln ausbreiten. Da ist ein Junge, der beim Tanzen einem Mädchen zwischen die Schenkel fasst, es reibt seinen Po an seinem Schoß, er hat große Hände und fährt dem Mädchen jetzt damit übers Gesicht. Vier Jugendliche hüpfen auf der Stelle, klatschen sich ab und jaulen. Drei ältere Männer neben einer Gruppe Mädchen, ab und zu schaut eines genervt herüber, die Männer tun so, als würden sie nichts davon mitbekommen. Hier endet die Tanzfläche und an der Wand, auf einem Hocker sitzt eine junge Frau, die traurig in die Menge schaut. Die Lichter zucken über ihr Gesicht, ihre Augen sind grün, vollständig, keine Pupillen. Ich frage, weshalb sie hier so alleine sitze. Sie zeigt keine Regung. Ich will meine Frage wiederholen, da sagt sie: Brauchst du was? Was hast du?, frage ich. Alles, sag, was du willst: Amphetamine, Koks, Ecstasy, Codein. Jetzt erst verstehe ich. Ich sage: Davon will ich nichts. Ihre pupillenlosen Augen wenden sich von mir ab und schauen wieder in das Schwarz, aus dem ich hervorgetreten bin – das Grün ihrer Augen wie das Standby-Licht einer Maschine, die sich abstellt.

Anstelle auf Ramón treffe ich neben der Bar auf das Bild eines Bären. Der Barkeeper schenkt mit ungebrochener Autorität aus. Ich schaue nach in den dunklen Ecken des Raums, auf den Toiletten mit den Bullaugen in den Türen. Ich steige aufs Deck. Obwohl es nicht gerade warm ist, liegt ein Typ halbnackt auf einer Sitzbank, andere stehen in kleinen Grüppchen herum und rauchen. Ein Mädchen lehnt sich über die Reling und kotzt. Auf einer Bank am Bug finde ich Ramón. Die Hände in den Taschen seiner Daunenjacke, schaut er in die Nacht, zu den alten Fabrikgebäuden am anderen Ufer der Spree. Ich habe dich gesucht, sage ich. Das Wasser bewegt sich unter den bunten Lichtern der Tanzfläche, die aus den Fenstern des Schiffsbauchs leuchten. Ich spüre den Bass an meinen Fußsohlen. Lange Zeit, sagt Ramón, war ich wütend, aber jetzt spielt das alles keine Rolle mehr. Es berührt mich nicht mehr, verstehst du? Was berührt dich nicht mehr?, frage ich. Ramón schaut weiter geradeaus, zu den Fabrikgebäuden oder durch sie hindurch. Nur dass mich nichts mehr berühren kann, berührt mich noch, sagt er, als hätte er meine Frage nicht verstanden. Dann dreht er langsam den Kopf, seine Augen sind feucht, und er sagt: So bin ich Gott näher.

Er wundere sich nicht über mein Staunen, sagt Ramón, mit einem Analysten über Gott zu reden, sei so ähnlich, wie einem Gorilla Buchhaltung zu erklären. Wobei, ganz stimme das nicht, er erinnere sich nicht an viel aus dem Wirtschaftsstudium, aber hieran schon: das Experiment mit den Schimpansen und den Brokern. In einer verhaltensökonomischen Versuchsanordnung hatten Forscher Schimpansen Anlageentscheidungen an der Börse treffen lassen. Im selben Experiment mussten die Broker zwischen identischen Alternativen wählen. Die Affen schnitten besser ab. Deshalb würde ein Schimpanse wahrscheinlich mehr Verständnis für Gott aufbringen als ein Ökonom, wie ich einer sei, für den es nichts gebe außerhalb der Kausalität. Danke, sage ich lächelnd, wahrscheinlich hast du recht. Wenn ich mich einmal mit Quantenphysik beschäftigt hätte, würde ich wissen, dass die Art, wie wir die Dinge betrachten, einen Einfluss habe auf die Dinge selbst, erwidert Ramón. In einem physikalischen Experiment, in dem man Licht durch Schlitze strahle, komme das Licht als Welle an der Projektionsfläche an, schaue man aber auf den Ausgang der Schlitze, handele es sich um Teilchen. Naheliegend sei daher, dass sich die Physiker mit den Psychoanalytikern verbunden hätten: Beide Gruppen gingen davon aus, dass es etwas außerhalb der Kausalität gebe, eine Akausalität, die aber kein Zufall sei. Du weißt, sagt Ramón, dass Eva Adam durch Rationalität, durch Argumente dazu verleitet hat, die Frucht vom Baum der Erkenntnis zu pflücken? Ich habe von dieser Theorie gehört, sage ich, sollen wir aufbrechen? Ich versuche, dir zu erklären, weshalb das Einzige, was mich noch berührt, die Tatsache ist, dass mich nichts mehr berührt, aber mit Rationalität allein wirst du nur verurteilen und nicht verstehen – es ist, als würde ich von einem anderen Stern aus die Erde betrachten: Ich sehe, was mit mir ge-

schieht, aber ich bin bereits woanders. Von hier aus ist der Unterschied zwischen einem Kuss und einem Schlag nicht mehr so groß, beide sind nichts anderes als Berührungen von Menschen untereinander.
Wir verlassen das Schiff und laufen zurück zur S-Bahn. Betrunkene säumen unseren Weg. An der Station beschimpft ein Mann die Nacht, er schreit: Du Arschloch. Jugendliche zünden sich Zigaretten an und rauchen mit großen Gesten, weil hier das Rauchen verboten ist.

Ich öffne die Wohnungstür, die Hunde springen sofort an Ramón hoch und lecken seine Hände. Ramón beugt sich zu einem hinab, hält ihm die Schnauze zu, starrt ihm in die Augen, bis der Hund jault, dann lässt er ihn los und streichelt seinen Kopf. Wir legen Decken und Kissen und meinen Schlafsack in die Ecke des Zimmers, wo einmal Vince' Bett stand. Wir besorgen dir noch eine Matratze, sage ich, heute Nacht müssen wir improvisieren. Ramón legt sich mit seiner Daunenjacke auf den Schlafsack. Der Hund, den er eben im Flur angestarrt hatte, schmiegt sich an ihn. Ich lehne mich in der gegenüberliegenden Ecke gegen die Wand. Es ist komisch, sage ich, dass Vince hier nicht mehr wohnt. Seit ich von zu Hause ausgezogen bin, haben wir zusammengelebt. Arbeitet er immer noch so viel?, fragt Ramón. Ich merke, wie mich Müdigkeit überkommt, mein Körper wird schwer, mit etwas Glück könnte ich jetzt schlafen – Ramón, erzähl etwas, erzähl, sage ich, und mir fallen die Augen zu.

Ein Keuchen. Vor Kälte zitternd, wache ich auf. Überall im Zimmer Kerzen. Ramón macht abwechselnd Sprünge und Liegestütze. Anschließend setzt er sich auf den Boden und wischt den Schweiß mit einem Handtuch ab. Dann beginnt er von vorn, legt sich nach einer Weile auf den Bauch und schiebt sich hoch in einen Liegestütz, streckt den Po in die Luft, zieht die Beine ganz nah heran. Ich spüre, wie es in meinem unteren Rücken zwickt. Ramón bewegt die Zunge ein Mal schnell über die Lippen und zieht die Beine noch ein Stück vor, der Schmerz in meinem Rücken verstärkt sich. In den Himmel oder in die Hölle kommst du nicht erst nach dem Tod, sagt er leise, sondern kurz davor, gerade wenn du dabei bist, deine letzten Atemzüge auszuhauchen. Er sagt: Die meisten Menschen, die auf diese Welt kommen, sind biologische Entitäten, die nach einer Anzahl von Metamorphosen wieder verschwinden. Unter Schmerzen drehe ich meinen Kopf nach links und rechts. Ramón lässt sich zurück auf den Bauch sinken und rollt sich dann in die Ecke, wo ich ihm die Decken hingelegt habe. Mir fallen die Augen wieder zu.

Die Hunde stehen vor mir und hecheln. Einer legt seinen Kopf auf meine Knie, die spitzen Zähne schimmern weiß zwischen den Lefzen, und das Weiß seiner Augäpfel – er schielt zu mir – ist fett, als würden sie gleich platzen.
Der Schlafsack liegt aufgeschlagen da. Die Kerzen sind aus.
Ramón ist weg.

Die Kosten des Verzichts II

Ramón trug seine Daunenjacke zum ersten Mal an einem Sommertag. Seine Großmutter hätte sie ihm gekauft. Die Hitze stieg vom Asphalt auf, das Blech der Autos, die in unserer Straße geparkt waren, glühte. Er stand vor der Haustür. Sein vom grellen Licht zerknirschtes Gesicht war voller Schweißtropfen. Ich musste zur Apotheke, er folgte mir. Menschen in leichter Kleidung kamen uns entgegen, ein Mädchen in Hotpants vergrößerte den Abstand, als es an uns vorbeilief, die Arbeiter mit nackten Oberkörpern auf dem Gerüst vor einer Hausfassade starrten uns an. Ramón schien das alles nicht wahrzunehmen. Ist dir nicht heiß, was soll diese Jacke?, fragte ich schließlich nach einer Weile. Ich liebe diese Jacke, und weißt du warum? Weil deine Großmutter sie dir geschenkt hat? Weil man darunter viel verstecken kann. Ich könnte hier zwei Schrotflinten und eine Kalaschnikow drunter haben, merkt keiner, und Pistolen. Und dann? Und dann schieß ich jedem eine Kugel in den Kopf, der mich dumm anmacht, jedem, mein halbes Leben habe ich das mit mir machen lassen.

Er meinte Berlin. Er meinte Hellersdorf. Er meinte »Wer hat Angst vorm schwarzen Mann«. Er meinte die Blicke auf ihm und seiner Mutter, die sagten Hure, die sagten Bastard. Er meinte die Lügen der Nachbarn, sie hätten kein Salz, wenn die Mutter ihn schickte. Er meinte die Kassiererin im Supermarkt, die, als er, die Hände voll mit dem Einkauf, das Geld zwischen die Lippen klemmte, zu ihm

sagte, er solle den Geldschein nicht beschmutzen, wenn sie ihn noch entgegennehmen solle. Er meinte den alten Mann im Bus, der lieber stand, als neben ihm zu sitzen.
Ramón sprach nicht zum ersten Mal vom Tod der Passanten. Er formte die Hände zu einer Pistole und richtete sie auf einen, den ich hier manchmal in der Gegend sah. Einen blonden Typen mit pickeliger Haut, bleich, die Schultern eingefallen, und obwohl er sonst schlank war, trug er eine kleine Kugel vor sich her. Ramón hielt seine Hand auf Kopfhöhe vor sich, der Blonde huschte gegen die Hausfassade. Hör auf! Ich knall die alle ab.
In der Apotheke sagte ich: Ich brauche was gegen Kopfschmerzen, aber der Mann hinter der Theke hörte mir nicht zu, er beobachtete Ramón, der an den Regalen entlangwanderte wie im Schlaf, mit den Beinen federnd, mit den Fingern über die Packungen der Medikamente streichend. Der ist okay, sagte ich, ist mit mir hier. Jetzt schaute mich der Mann mit dem gleichen misstrauischen Blick an wie vorher Ramón. Ich brauche etwas gegen Kopfschmerzen, wiederholte ich, aber Ramón fiel uns ins Wort: Ich habe da mal eine Frage, rief er quer durch den Raum. Sie haben doch bestimmt Mittel hier, die sind gefährlich. Ich meine, ich habe so etwas gelesen, es gibt doch diese Substanzen, die kann man mischen, und dann fliegen sie in die Luft. Ist so etwas frei zugänglich? Ich sagte: Beachten Sie den gar nicht, er denkt, das ist lustig. Geben Sie mir Ibuprofen, und wir hauen ab. War meine Frage unverständlich? Ich bin nur neugierig, ich meine, hier kann doch jeder einkaufen. Ramón, brüllte ich ihn an, jetzt halt die Schnauze. Ich frage doch nur, sagte er und federte danach wieder entlang der Regale.

Niemand sonst wollte ihn bei sich haben, niemand sonst wollte ihn auf seinen Partys. Nur wenn viele Menschen da waren, so viele, dass immer auch ungeladene Gäste dazugehörten, wurde er akzeptiert. Kommilitonen aus unseren Lerngruppen fragten, warum wir den bei uns reinlassen würden, wenn er in Vince' Arbeitszimmer an seinem Laptop saß, während wir in der Küche über den Deckungsbeitrag diskutierten. Weil er cool ist, sagte Vince, im Gegensatz zu solchen Langweilern wie ihnen, die schön brav die Übungsaufgaben lösten, um die Klausuren zu bestehen, sich aber sonst einen Scheiß für irgendwas interessieren würden.

War unsere Freundschaft Teil der versunkenen Kosten für Ramón? Wie viel hatte er in uns investiert, in Vince und mich? Oder in seinen Freund Kai? Was davon muss er noch heute mit sich tragen? Welchen Nutzen hat das Leben für ihn? Und der Tod?

Wenn wir uns den Nutzen (U) des Lebens als eine Kurve vorstellen, ist ihre Steigung $\left(\frac{\partial U}{\partial L}\right)$ dann positiv oder negativ? Nimmt der Nutzen mit einer zusätzlichen Einheit Leben zu oder ab?

$$U(L); \text{ mit } \frac{\partial U}{\partial L} > 0 \text{ oder } \frac{\partial U}{\partial L} < 0?$$

Im Büro verbringe ich den ganzen Tag mit Gedanken an Ramón und arbeite nur wenig an der Studie. Oder ich arbeite die ganze Zeit an der Studie, tue nichts anderes, denn jeder Gedanke an Ramón ist auch ein Gedanke für die Studie: Hat das Leben einen abnehmenden Grenznutzen?

Konventionelle Nutzenfunktionen unterstellen, dass der Nutzen, den ein Individuum an einem bestimmten Gut hat, zunimmt, wenn es mehr davon konsumiert: Für einen Lepidopterologen sind zwei Schmetterlinge, die er in seine Sammlung aufnehmen kann, besser als einer, drei Schmetterlinge besser als zwei. Allerdings ist laut dem Gossenschen Gesetz, das der Volkswirt Hermann Heinrich Gossen in seiner algebraischen Lyriksammlung von 1854, *Entwickelung der Gesetze des menschlichen Verkehrs, und der daraus fließenden Regeln für menschliches Handeln*, beschreibt, der dritte Schmetterling von geringerem Nutzen als der zweite, der vierte als der dritte und so weiter. Die Größe des Genusses (denn Gossen dichtete noch mit Genuss und nicht mit Nutzen) nimmt bei ununterbrochenem Genießen (»ununterbrochener Bereitung des Genusses«) fortwährend ab. Gilt das auch fürs Leben? Mehr Leben ist mehr »Genuss«, aber wo bricht dieser Genuss bei ununterbrochener »Genussbereitung« ab? Ist die dritte Einheit Leben weniger wert als die zweite? Und mit welcher Einheit lässt sich Leben überhaupt messen, was ist seine Währung?

Wenn wir von einem abnehmenden Grenznutzen des Lebens ausgehen, gilt dann wirklich das Gossensche Sättigungsgesetz? Das heißt: Existiert ein Punkt im Leben, an dem ein betrachtetes Individuum das Leben satthat, weil zusätzliche Lebenseinheiten kaum mehr einen zusätzlichen Nutzen bringen?

Der abnehmende Nutzen, als logarithmische Funktion gedacht, beschreibt einen »Genuss«, der sich nicht linear verringert, sondern dessen Verringerung mit Erhöhung der Menge dessen, was genossen wird, progressiv zunimmt.

$$U(L) = \ln L$$

Die dritte Einheit Leben mag also weniger wert sein als die zweite, aber sie könnte doch immer noch fast genauso viel wert sein wie die erste, während erst bei der hundertsten oder fünfhundertsten oder fünftausendsten Einheit Leben eine deutliche Verringerung des Nutzens oder Genusses entstehen könnte. Wenn nun der Einfachheit halber die Lebenseinheiten in Jahren gemessen würden, könnte das bedeuten, dass die Gossensche Sättigung außerhalb des Lebenszeitraums liegt. Dass also folglich der Tod uns davor bewahrt, das Leben sattzuhaben. Allerdings bewahrt er uns dann nicht nur, sondern hindert uns auch an einem vollständigen Genuss des Lebens, nämlich einem Genuss bis hin zur Sättigung. Vielleicht müssten wir fünfhundert oder tausend Jahre leben, um Sättigung zu erreichen. Um befriedigt zu sein.

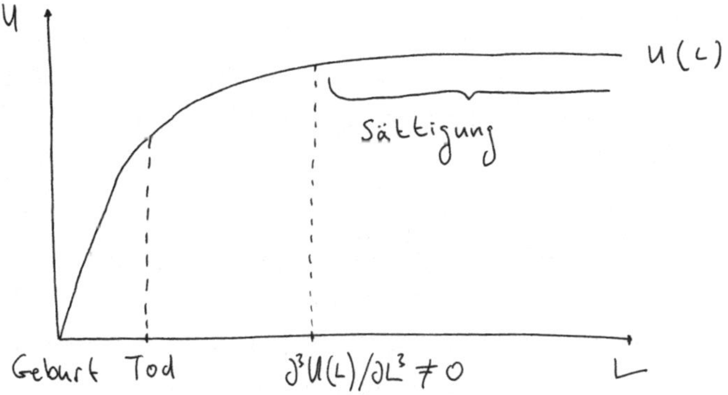

Gibt es eine Möglichkeit, die Sättigung, die erst viele Jahre, womöglich Jahrhunderte nach dem Tod eintreten würde, in den Zeitraum eines Lebens zurückzuführen, bis an einen Punkt kurz vor dem Tod?

Ich fahre nach Hause. Auf halber Treppe sehe ich, dass die Wohnungstür offen steht. Ich schleiche mich hoch, setze die Füße im Flur leise auf, balanciere an der einen Diele vorbei, die immer knarrt. Schritte in der Küche. Ich rufe: Wer ist da? Die Küchentür wird aufgerissen: Da bist du ja! Es ist Vince. Die gegelten Haare fallen ihm strähnig ins Gesicht. Er lehnt sich mit dem Unterarm gegen den Türrahmen, wischt sich mit einer Kopfbewegung am Hemdärmel Schweiß von der Stirn. Etwas außer Atem, sagt er, musst mal sauber machen hier. Er späht hinter seinem Arm hervor und lächelt mich an. Hast du abgenommen?, fragt er. Immer denken alle, auch die, die mich nur für kurze Zeit nicht gesehen haben, ich hätte abgenommen. Irgendetwas habe ich verloren, ob das Gewicht ist, weiß ich nicht. Vince lacht. Schön, dich zu sehen, sagt er. Er müsse aber gleich wieder los, habe nur die Kartons im Flur und ein paar Dinge holen wollen, die hier noch rumlagen. Ich solle mich doch mal gerade hinstellen, sagt er, packt meine Schultern mit seinen kräftigen Händen und drückt sie nach hinten. Aus nächster Nähe wirkt das Lächeln vergessen in seinem Gesicht.

Wie er jetzt, da er zur Geschäftsleitung aufgestiegen sei, Zeit habe für Umzugskartons, die er gar nicht braucht, will ich wissen. Ich musste mal raus, sagt er, und dass er ohnehin gleich wieder ins Büro fahren und dort bis spät in die Nacht, womöglich die ganze Nacht bleiben werde – ihm sei jedenfalls danach gewesen, bei mir vorbeizuschauen. Er lässt mich los, diesmal will ich ihm auf die Schulter klopfen, aber er dreht sich weg, und ich bekomme nur seinen Latissimus zu fassen. Wie findest du nur die Zeit zum Trainieren?, sage ich. Während er den Flur hinunterläuft,

weiß ich, da ist ein Lächeln auf seinen Lippen. Ich frage, wie es Michelle gehe. Er bleibt stehen. Er streckt den Arm nach der Toilettentür aus, langsam, nicht mit einer Hand, die eine Klinke herunterdrückt, sondern mit weich ausgestreckten Fingern, wie um etwas zu streicheln. Ohne mir zu antworten, geht er dann jedoch in die andere Richtung, in sein Zimmer. Was sind das hier für Decken?, fragt er. Schläfst du besser auf dem Boden? Ich schlafe gar nicht. Wem sagst du das.
Er weiß nicht, dass es aus ist zwischen Nadia und mir. Früher hätte er das sofort gewusst. Wobei. Das stimmt nicht. Nach einigen Wochen hätte er gefragt, warum sich Nadia nicht mehr blicken lasse, und ich hätte gesagt, dass er sich jetzt keinen Kopf mehr wegen erhöhter Strom- und Heizkosten machen müsse. Kopfschüttelnd hätte er gefragt, ob wir ausgehen wollen, Berlin sei voller Suchender.
Wir brauchen nicht zu schlafen, sage ich. Wenn die Nutzenfunktion des Lebens logarithmisch ist, liegt die Sättigung vermutlich weit jenseits der Stunden, die wir zur Verfügung haben. Vince, der sich auf Ramóns Decken gelegt hat, lacht, für so etwas würde ich bezahlt werden, oder? Sein Lachen klingt seltsam abgehakt. Er glaube wirklich, sagt er, ich sei der Einzige, der das Studium ernst genommen hätte. Obwohl das natürlich nicht stimmen könne, global gesehen und wenn man bedenke, dass sämtliche Gesetze und oft auch die Politik auf diesen Theorien basieren. Er hört plötzlich auf zu lachen, starrt mir kalt in die Augen und sagt, vermutlich hast du recht, lehnt den Kopf in die Zimmerecke und ergänzt beinah flüsternd, kann sein, daher die ganze Unersättlichkeit.
Einer der Hunde steht an der Schwelle des Zimmers, setzt

sich vor die Tür. Vince hat die Augen geschlossen. Es ist so ruhig hier, sagt er, wüsste ich es nicht besser, würde ich nicht darauf kommen, dass das Berlin ist. Ich sage: Ramón ist zurück. Vince öffnet langsam die Augen. Der Hund ist verschwunden.

Unendlich

Ich parke den Wagen vor der Philharmonie, gegenüber der Staatsbibliothek. Wenn Ramón nicht bei uns war, dann war er am ehesten hier. Ich rufe Vince an, lasse klingeln. Hunderte Autos bleiben an der Kreuzung Potsdamer Straße stehen, fahren los, wieder neue bleiben stehen, fahren weiter. Ich könnte sie für immer beobachten, während ich dem Signalton lausche. Ich will gerade auflegen, da nimmt er ab: Kann ich dich später zurückrufen? Er ist weg, sage ich. Wer? Ramón. Der wird schon irgendwo sein – du, ich ruf dich später zurück, bin im Büro.
Vince hat recht. Soll sich Ramón doch in die Spree werfen oder seine Mutter erschlagen oder sich in einem Kaufhaus in die Luft sprengen. Wahrscheinlich sitzt er einfach nur irgendwo und schaut sich American-Football-Videos an oder studiert das Heilige Römische Reich oder Meister Eckhart. Und ich? Ich sollte zu Vince fahren, mit ihm nach Feierabend ein Bier trinken gehen, und wenn er keine Zeit hat, gehe ich allein.

Ramón hat in der Staatsbibliothek tagelang an einem Tisch gesessen und nur Bücher gelesen, die er selbst mitgebracht hatte, oder auf seinem Laptop, seinem uralten Laptop Politdokus und Sport-Clips geschaut. Manchmal hat er andere Studenten nach Kleingeld gefragt, wenige haben ihm etwas gegeben. Er wartete lang, wenn es keinen Platz gab, weil Zeit für ihn keine Bedeutung hatte, wartete, bis irgendwann etwas frei wurde. Niemand setzte sich neben ihn. Wenn er mit Vince und mir in der Bibliothek war, hockte jeder über seinen Büchern, wir, weil wir für die Prüfungen lernten, er, weil er nichts Besseres zu tun hatte. Noch häufiger aber war da kein Ort, ich wusste nur, er ist irgendwo in dieser Stadt, liegt nachts im Görlitzer Park, schläft in einer Ecke der Neukölln Arcaden, streunt zwischen den Villen in Grunewald umher.

So lange war ich nicht mehr hier, doch nichts hat sich verändert. Dasselbe Foyer mit den weißen Säulen, den Schließfächern links und mit den Cafétischen in Fensternähe. Neben dem Aufgang über einem Schaltkasten mit bunten Lämpchen hängt mehrere Meter in der Höhe Prometheus, gegossen aus Zement, aber nicht der gefesselte, sondern der lichttragende. Ich steige die Stufen hoch zum Lesesaal, der graubeige Teppichboden absorbiert die Geräusche meiner Schritte. Ich ziehe meine Bahnen zwischen den Tischreihen, auf der einen Seite nur Rücken, auf der anderen Seite angestrengte Gesichter, hoch über uns die Decke wie ein Himmel, Leuchter, geformt wie Raumschiffe und Planeten, am Ende des riesigen Saals mit Hunderten Lesenden und etagenweise Bücherregalen die enormen Fenster wie in einem Hangar. Ich streife weiter durch den Raum, ein Mädchen tuschelt mit einem jungen Typen hinter einem Bücherregal, sie wissen, dass sie leise sein müssen, und verstummen, als ich an ihnen vorbeigehe. Hinter den Fenstern der Cafeteria halten Studierende ihre Kaffeebecher wie wichtige Leute. Ich gehe weiter, Doktoranden krümmen die Rücken in gemieteten kleinen Räumen, ein alter Mann in einem Trenchcoat, die Haare zur Seite gekämmt,

Brille mit dicken Gläsern, liest in einem schweren Buch. Ich spiegele mich in einem Lampenschirm, mein verzerrtes Abbild wächst zu dem Studenten, der ich vor sieben, acht Jahren war. Meine Schultern sind eingefallen, das geht so schnell in den Lernphasen, Vince und ich sollten bald wieder ins Fitnessstudio und ein paar Gewichte heben. In zwei Wochen sind Prüfungen, überall Kommilitonen, wer soll sich hier konzentrieren, die Gänge zwischen den Bücherregalen werden zum Laufsteg. Ich kann so keine Funktionen mit mehreren abhängigen Variablen ableiten, jedes Mal komme ich auf ein anderes Ergebnis, immer hat sich irgendwo ein Fehler eingeschlichen, ein kleiner Fehler, der nach drei Rechenschritten die Gleichung so verkompliziert, dass ich ewig brauche, um sie zu lösen, um sie falsch zu lösen, zwei, manchmal drei oder mehr Stunden statt der vorgesehenen fünfzehn Minuten. Vince hat mir einen Platz freigehalten. Er trägt einen glitzernden Trainingsanzug. Wo warst du denn?, fragt er. In der Zukunft, sage ich, bist du schon fertig mit den Übungsaufgaben? Komm, wir drehen eine Runde. Fürs nächste Mal müssen wir dir eine neue Jogginghose besorgen – wenn ich mit dir hier rumlaufe, schauen die ganzen Mädels immer weg. Vince steckt die Hände in die Taschen seiner dunklen, glänzenden Jogginghose, und wir laufen Richtung Cafeteria, nehmen die Treppen in den zweiten Stock. Menschen liegen mit geschlossenen Augen in Lesesesseln, wir stellen uns an die Balustrade. Von hier kann man fast den ganzen Saal überblicken. An einem Tisch, uns zugewandt, sitzt ein Mädchen mit dunklem lockigem Haar, sie hebt den Kopf und schaut zu uns rüber. Mist. Was ist?, fragt Vince. Die hat gesehen, wie ich sie angestarrt habe. Was starrst du auch so, du Geier. Halt bloß die Fresse, sage ich, weißt du, wer das ist, ich habe die noch nie gesehen, ist die bei uns an der Uni? Ich habe mindestens drei Kurse mit ihr, sie heißt Nadia, sagt Vince. In den Kursen ist sie meist genervt, aber das sind wir ja eigentlich alle. Auf dem letzten Sommerfest haben wir uns unterhalten, die gibt irgendwie Boxkurse oder so. Mist, sage ich, die guckt wieder. Jetzt steht sie auf. Sie trägt eine Bluse, die ihr bis kurz über den Hosenbund reicht, ihre Jeans liegt eng an und zeigt die Bewegung ihrer Oberschenkel, die sich heben und senken wie die Beine einer großen Zitterspinne, während sie in Richtung Treppe läuft. Sie verschwindet unter der Balustrade, schaut aber kurz davor noch zu uns hoch. Dann steigt sie aus der Wendeltreppe auf unsere Ebene und steht vor uns. Was bewirkt dieses Starren bei euch Jungs eigentlich?, fragt sie. Könnt ihr euch dann zu Hause besser einen runterholen? Es hilft schon ein bisschen, sagt Vince, aber ich unterbreche ihn, bevor er seine Selbstbefriedigungsgeschichten auspackt, und strecke ihr die Hand entgegen: Ich bin Kara.

Was machst du hier? Vor mir steht Ramón. Die Bibliothek schließt gleich. An den Tischen sitzen noch vereinzelt junge Menschen mit Büchern. Viele räumen zusammen. Nadias Tisch ist frei, der Tisch, an dem ich sie vor vielen Jahren das erste Mal gesehen habe. Und ich muss an unsere Schneefahrt denken, als die Stadt völlig zugeschneit und vereist und alles weiß war. Weiß die Häuser, weiß die Straßen, weiß die blattlosen Bäume und weiß die parkenden Autos. Niemand war so verrückt, durch die zugeschneiten Straßen zu fahren, nur wir: ich, der fuhr, Vince, der auf dem Beifahrersitz aufs Armaturenbrett klopfte, und

Nadia und Ramón, die hinten saßen. Wir fuhren durch die Nacht, ziellos, wahllos. Die Gebäude im Regierungsviertel, das wir irgendwann erreichten, waren Ungeheuer auf einem weißen Feld, das Bundeskanzleramt mit dem Bullauge ein Zyklop, der den Mond anbetete. Nadia und ich schlitterten auf dieses Feld fern der anderen, tauchten in den Schnee. Am nächsten Tag beschlossen wir ängstlich, dass wir Freunde bleiben wollten und dass aus uns kein Paar werden konnte. Später erzählte mir Nadia, dass die Beziehung mit ihrem Freund danach gelaufen war, auch wenn sie noch einige Monate zusammenblieben und Nadia und ich erst nach dem Studium, Jahre später zusammenkamen. Das alles hatte hier angefangen. Doch wo Vince damals stand, steht jetzt Ramón, der sich anders als Vince nicht lässig gegen die Balustrade lehnt, er hängt mehr, als dass er steht. Sein Kopf ist zur Seite geneigt. Die drahtige Brille ist viel zu klein für sein Gesicht. Man erkennt an ihr die Nachlässigkeit, mit der er beim Optiker nach einem günstigen Modell gegriffen hat, ohne es anzuprobieren, ohne in den Spiegel zu blicken. Ich mag diesen Ort. Hier habe ich zum ersten Mal Nadia gesehen, sage ich und zeige Ramón von unserem Stockwerk aus, das in den Hangar des Lesesaals hineinragt, den Tisch. Ramón schaut in die Richtung, die ich ihm zeige, aber sein Blick geht noch woandershin. Schaut er zu Vince vor sieben, acht Jahren? Sieht er sich selbst mit uns an einem dieser Tische sitzen? Er sitzt nach wie vor an diesen Tischen, unverändert, derselbe Laptop, dieselbe Haltung, derselbe Mensch. Nur die Zellen dürften sich einmal komplett erneuert haben, aber was ändern naturwissenschaftliche Erklärungen? Er sieht nicht älter aus. Ich sage: Komm, wir gehen.

Ramón folgt mir mit einigem Abstand. In meinem Rücken spüre ich seinen hängenden Kopf, in meinen Armen spüre ich das Gewicht der durchsichtigen Tüten, die er trägt, mit Büchern und Laptop. Wir laufen an den Regalen entlang, durch die Tischreihen. Ein Gesicht lugt hinter einem Bücherstapel hervor und mustert uns. Wir schieben uns an ihm vorbei, aus dem Augenwinkel sehe ich, wie Ramón den Stapel streift, aber der Bücherturm fällt nicht um. Wir steigen die Treppe hinab. Ramón zieht seine Daunenjacke von einem Kleiderhaken und fährt hinein. Ich werfe die Ausgangstür auf, Ramón bemüht nicht die Hände, schiebt mit der Schulter. Wir wehen über die Straße. Ramón, ein Gespenst in seiner übergroßen Jacke, unsichtbar in der anbrechenden Nacht, ein Auto, das ihn sonst anfahren würde, glitte jetzt durch ihn hindurch. Und mit seiner nimmt auch meine Unsichtbarkeit zu, zwischen diesen Autos und ihren Lichtern, die durch uns hindurchleuchten. Erst in Ramóns Anwesenheit fällt mir die Krümmung meiner Schultern auf, das Fallen meiner Schritte. Vor dem kubistischen Gebäude der Philharmonie, deren angestrahlte Fassade golden leuchtet, steigen wir in den Wagen. Wo willst du hin?, frage ich Ramón. Ist mir egal, antwortet er. Ich starte den Motor und fahre nach Osten, weil die Straße in dieser Richtung weniger befahren ist, biege kurz darauf links ab.

Da ist das Rauschen des Motors. Da sind die beleuchteten Monumente Unter den Linden. Ich könnte die Straße hoch- und runterfahren, zum Fernsehturm, zurück zum Brandenburger Tor, bis spät in die Nacht, bis die Touristen schlafen, die Straßen leer sind. Die Humboldt-Universität, der Lustgarten, der Berliner Dom und auf der anderen

Seite die Baustelle, wo sie das Berliner Stadtschloss wiederaufbauen. Sie hätten den Palast der Republik gar nicht erst abreißen dürfen, sage ich, einfach so tun, als hätte es die DDR nie gegeben – ob man das Ding jetzt schon in die Luft jagen sollte oder warten, bis sie fertig sind? Der alte Eisenzahn passt mir besser, sagt Ramón. Eisenzahn? Der hat den Grundstein für den Schlossbau gelegt, im fünfzehnten Jahrhundert, Friedrich II. von Brandenburg – gab auch einen aus Sachsen zu der Zeit, den Sanftmütigen. Woher weißt du so was? Hab ich irgendwo gelesen. Der hat den Schwanenorden für Ritter begründet, also der aus Brandenburg – Geistliche und Adlige sollten zusammengeführt werden, außerdem haben sie dann versucht, die Fehden des Adels zu regulieren. Dabei geht es in der Schwanenrittersage ja gerade um einen namenlosen Ritter, der im Gericht aufkreuzt und mit seinem Schwert Gerechtigkeit herstellt. Ich schaue ihn fragend an. Kinderkram, sagt Ramón. Der Schwanenritter? Nein, Politik. Hast du das nicht mal studiert? Aber nicht, um auswendig zu lernen, dass wir alle rational handeln und dass uns deshalb der freie Markt befreien wird. Er schaut aus dem Seitenfenster.

Ich halte vor dem Suppenladen in der Adalbertstraße in Kreuzberg. In dem Restaurant hängen eingerahmte Fotos an den Wänden – der Koch und die Kellner, die sich mit Prominenten haben fotografieren lassen. Keiner der Tische ist frei. Wir setzen uns zu zwei Männern, sie unterbrechen ihr Gespräch kurz, dann sagt der ältere: Elyas, Junge, diesmal lass ich sie nicht rein. Du kannst doch nicht die ganze Zeit darauf rumreiten, antwortet der jüngere.

Ich frage mich, was die beiden verbindet, ob sie Verwandte sind. Der ältere scheint jedenfalls nicht der Vater zu sein, sonst würde er den anderen nicht mit »Junge« anreden, oder doch? Nicht der Vater, aber jemand, der ihn schon lange kennt, seit er auf der Welt ist. In meinem Leben gibt es das nicht. Außer meiner Mutter kennt mich niemand seit meiner Geburt. Vater hat uns verlassen, meine Großeltern sind tot. Bevor sie gestorben sind, habe ich sie nur selten gesehen.

Der Kellner kommt an unseren Tisch, die beiden Männer zahlen. Ramón und ich bestellen Linsensuppe. Vor Jahren waren wir hier schon einmal zusammen essen. Seit ungefähr zehn Jahren kennen wir uns jetzt. Bedeutet das etwas? Bedeutet es Ramón etwas? Oder Vince? Mir schon, hier an diesem Abend, in diesem Laden, in dem ich seit einer Dekade Linsensuppe bestelle, bedeutet mir die Anzahl der Jahre meiner Bekanntschaften etwas. Aber was? Ich bin nicht nostalgisch.

Ramón starrt auf die Fläschchen mit Essig und Olivenöl, die in einer kleinen Metallhalterung auf dem Tisch stehen. Der Kellner, der uns die Suppen bringt, trägt Hemd und Weste, das fällt mir jedes Mal auf, wenn ich hier bin. Ramón fängt sofort an zu löffeln. Ich rühre meine Suppe nicht an.

Er hat sich nie gekümmert, ist immer nur gekommen, um zu essen, um zu schlafen, um an seinem Laptop in der Küche zu sitzen, sich Geld zu leihen. Und Vince hat ihm Geld gegeben und ihn in die Hasenheide geschickt, damit er Gras kauft. Während ich in meinem Zimmer war mit Nadia oder allein oder mit jemand anderem. Und trotzdem war er manchmal da, Ramón war da, wenn ich an allem zweifelte. An meiner Wahl des Studiums, an Vince, an meinem Leben. Er war nicht für mich da, nicht wie ein Freund, der einen in den Arm nimmt, der sagt, wir schaffen das, aber er war da, im Zimmer, neben mir, jemand, der atmet und dessen Körperwärme sich, wenn auch marginal, auf die Raumtemperatur auswirkt. – Komm rein, aber halt bloß die Schnauze, ich will nichts hören. Ist ja gut. Das war schon zu viel. – Manchmal habe ich die Wohnungstür geöffnet und nichts gesagt und ihn an mir vorbei in die Küche ziehen lassen, wo er mit seinen großen schmutzigen Schuhen auf unser Sofa gestiegen ist. Ich habe ein Brett aus dem Spülbecken gezogen, es abgetrocknet, Zwiebeln und Knoblauch geschnitten und für uns gekocht, während er auf dem Sofa lag und in seinen Laptop starrte. Er hat den Laptop erst beiseitegelegt und sich zu mir an den Tisch gesetzt, wenn das Essen schon auf den Tellern war. Ich weiß nicht, hat Ramóns Anwesenheit jemals das Gefühl der Verlassenheit wirklich verringert, das mich immer wieder überkam, oder, im Gegenteil, immer nur vertieft? Dass er mir gegenübersaß und kaute, mit mir in einem Raum war, beruhigte mich manchmal schon.

Ich schiebe ihm meine Schüssel Linsen zu. Kein Appetit. Er isst weiter, ohne den Blick zu heben. Seinen dünnen langen Oberkörper hat er über den Tisch gebeugt. Ich sehe seinen Haaransatz von oben und seine spitz zulaufende Nase, unter der der Löffel verschwindet, nachdem er ihn in die Suppe getaucht hat. Die Ellenbogen hat er nach außen gedreht, die Hand ohne Löffel presst er mit gespreizten Fingern auf die Tischplatte. Der Löffel kratzt auf dem Blech der Schüssel. Meine Arme werden schwer, mein Rücken, ich lehne mich gegen den Stuhl, und während Ramón mit dem Löffel am Blech kratzt, schaue ich an ihm vorbei durch die Fenster auf die Straße. Ein Taxi fährt in Zeitlupe vorüber, in Zeitlupe wechseln zwei Frauen lachend die Straßenseite, Ramóns Löffel, die Schale, das Kratzen. Lass uns so bleiben, lass uns lange so bleiben, Ramón, nur das Geräusch des Löffels, das Kratzen am Blech, darf nicht aufhören.

Der Columbiadamm ist zwischen Hasenheide und Tempelhofer Feld dunkel, trotz seiner Größe. Links und rechts keine Häuser, selten Menschen, an den Straßenrändern sind Anhänger geparkt. Ich bin diese Strecke unzählige Male gefahren. Auch mit Ramón, aber das ist lange her. Da sind die schwarzen Bäume, da stehen Figuren am Straßenrand, ein fetter, drei Meter hoher Koch mit Löffel und Mütze, eine Akrobatin, die auf dem Kopf steht, ein Tiger im Sprung, Werbung für einen Zirkus. Der Motor rauscht, Ramón sitzt neben mir auf dem Beifahrersitz, die Lichtstreifen der Straßenlaternen fahren ihm übers Gesicht. Wenn ich Ramón früher ins Studentenwohnheim fuhr, benötigte ich von unserer Wohnung zu ihm und wieder zurück bis zu eine Stunde. Er hätte mich nie gefragt, ob ich ihn fahre, nicht aus Höflichkeit oder Zurückhaltung, sondern weil er sich für nichts zu schade war. Ich schätze, dass das manchmal der friedlichste Ort für mich war, nachts, wenn die Straßen fast leer waren, die Stadtautobahn, die hohen Bäume und dunklen Alleen in Grunewald. Soll ich nach Hause fahren? Nach einer langen Pause antwortet Ramón: Wie du willst.

Was ich will: dass es still ist, dass es Nacht bleibt, dass es regnet, dass es Winter ist im Sommer und Herbst im Frühling, dass der Columbiadamm zehntausend Kilometer lang ist und streckenweise durchs Wasser führt. Ich will nicht in den Himmel, nicht in die Hölle und keinen Neuanfang. Eine Endlosschleife will ich, und der einzige Sound ist das Rauschen des Motors. Diese Straße in der Nacht als Spurrille einer Vinylplatte, in die die Nadel immer wieder zurückspringt. Ich will keine Karriere und keine Familie, kein Geld und keine Liebe, ich will keine Ziele, nur immer diese Straße.

Halt mal den Wagen an. Hier? Fahr bitte rechts ran. Ich halte den Wagen im Schatten, den ein Dinosaurier von einem Anhänger auf uns wirft.

Ramón, kurz nach dem Abitur, die Zeit vor seinen Abbrüchen, Studiums-, Arbeits-, Lebensabbrüchen, ein Jahr nach dem Jahrtausendwechsel. Er hat gute Noten, obwohl die meisten Lehrer ihn nicht mögen, eine Eins in Mathe, eine Zwei in Physik. Ramón, der beim Streetball-Turnier des Abiturjahrgangs mitspielen darf, weil er einer der Größten ist. Er macht zwei Körbe, lässt sich dann freiwillig auswechseln und bleibt bei den folgenden Spielen bekifft auf der Ersatzbank sitzen. Auf der Party am Ende des Turniers stößt er trotzdem mit dem gesamten Team an, auch er wird umarmt, etwas geht zu Ende, und weil das, was Vergangenheit ist, mit einem selbst wie mit den anderen zu tun hat, lieben sich alle. Bald spricht jeder mit irgendwem, tanzt oder holt Getränke – jeder hat seinen Platz auf dieser Party, einer der letzten des Jahrgangs. Ramón geht raus, stellt sich vor die Tür der Sporthalle, hört den Stimmen und der Musik von draußen zu, bleibt einige Momente lang stehen, lauscht, auch für ihn geht ein Lebensabschnitt zu Ende. Dann bewegen sich seine Beine, er lässt es geschehen – die Musik und die Stimmen werden immer leiser, und er steigt in die Bahn, fährt in die Stadt. Seine Beine tragen ihn zum Schiff. Er weiß, dass sie heute dort spielt, ohne sagen zu können, woher er das weiß. Er steigt die Treppen hoch in den Schiffsbauch. Der Raum ist voll. Ramón ist dünn, sein langer Körper biegt sich wie ein Papierbogen, er faltet sich durch die Menschen hindurch, bis er eine dunkle Ecke erreicht, in der er sich gegen die Wand lehnt. Überall sind Hände: an der Bar mit Scheinen, vor ihm in der Luft, die Hände der Tanzenden und Jubelnden. Nur weil Ramón so groß ist, sieht er die Sängerin, Elea. Sie steht auf der Bühne, die Haare, dünne Rastazöpfe, schmiegen sich wie Schlangen von ihrem Kopf über die Schultern. Über die Augen hat sie eine rosafarbene Maske gemalt.

Wie alt war sie?, frage ich, frage ich jetzt, als Ramón davon erzählt, wie damals in Grunewald, nur dass wir jetzt am Straßenrand auf dem Columbiadamm stehen. Ich weiß nicht. Aber ich habe auch nicht wirklich darüber nachgedacht. Ich weiß nur, dass die anderen noch in der Turnhalle waren. Später habe ich Fotos aus der Nacht gesehen, alle hingen sich in den Armen, und ich war auf dem Schiff und hörte Eleas Musik.

Ramón hört in meiner Erinnerung eigentlich kaum Musik. Einmal kam er zu mir mit fünf CDs und sagte, dass ich sie haben könne, er brauche sie nicht mehr. Ich sagte, er könne sie doch verkaufen. Aber er antwortete, er wolle auch nicht, dass jemand anders sie höre, jemand Fremdes. Tu mir den Gefallen, nimm die CDs. Das und das Zitatenhandbuch waren die einzigen Gegenstände, die ich jemals von Ramón bekommen habe. *As I Am* von Alicia

Keys, auf dem Cover eine Nahaufnahme ihres Gesichts, schwarzweiß, die Lippen leicht geöffnet, die Schneidezähne symmetrisch, ihre Haut glatt und porenlos und hell. Wer es nicht besser wusste, konnte glauben, dass sie eine weiße Sängerin ist. Dass gerade über diesem Bild *As I Am* steht, konnte Ramón nicht ertragen. Und dann war er auf dem Schiff, ganz hinten in der dunkelsten Ecke an der Wand, und hörte Eleas Musik, schaute zu ihr auf die Bühne. Ihre Stimme füllte den Raum, sie war voller Kraft und Klarheit, und sie traf Ramón. In diesem bier- und schweißnassen Raum mit all den Menschen, die er nicht kannte, mit ihren Hüten und Tüchern und Ketten und aufgeknöpften Hemden, die ihm egal waren, auf diesem Schiff durchdrang Ramón zum ersten Mal Zeit und Raum.
Was soll das heißen?, frage ich.

Wir haben uns an den Bäumen entlanggetastet, bis sich unsere Augen an die Dunkelheit gewöhnt haben, und jetzt liegt da im Mondlicht ein silbernes Feld, durch das wir waten. Ramón läuft voraus, ich folge ihm über die Lichtung in der Hasenheide. Wir finden eine Bank und schauen von dort zurück zu den Bäumen und hoch zum sternenlosen Himmel, der aber nicht schwarz ist, die Bäume sind schwarz, der Himmel ist violett, die Wolken liegen in ihm wie gigantische Finger.
Ihre Stimme, sagt Ramón, als sie sang, in dieser Stimme war ich aufgehoben. Ich spürte meinen Atem, ich hörte mein Herz schlagen, ich spürte das Blut in den Adern, und alles andere hatte es nie gegeben.
Ramón, der noch nie eine Frau angesprochen hatte, der noch nie irgendjemanden angesprochen hatte, ging nach

dem Konzert hoch aufs Deck, wo Elea mit ihrer Band stand, Plastikbecher mit Cocktails in den Händen, wo ihr Lachen so hell war, dass es alle anderen Geräusche übertraf, wo alles leuchtete, und stellte sich vor sie und vor den Mann, der neben ihr stand und, Ramón wusste es nicht, ihr Freund hätte sein können. Ramón ignorierte ihn und alle anderen, die in der Gruppe standen, und sagte: Ich muss mit dir reden. Er stand viel zu nah an Eleas Gesicht, stelle ich mir vor. Worüber?, fragte sie. Ramón drehte sich abrupt um und ging, er hörte noch, wie jemand sagte: Was ist denn mit dem? Aber mit dem war gar nichts, er, der seinen Körper biegen konnte wie Papier, bog sich zur Reling, an ihr entlang, zur Treppe, nach unten, setzte sich auf eine Bank zwischen Verliebte und Verlassene und schaute aufs Wasser, zu den Fabrikgebäuden auf der anderen Uferseite. Er saß dort zwei Stunden, traute sich nicht, aufzustehen, sich umzudrehen – jetzt nicht auf den Blick von Elea treffen.

Die Finger im Himmel lösen sich auf und hinterlassen einen zarten Nebel vor dem Violett. Mir ist kalt, ich presse die Kiefer zusammen. Ramón schaut wieder auf die Lichtung, die heller geworden ist, und ich, ich betrachte ihn, wie er hier aufs Feld schaut oder vom Schiff aufs Wasser und die Fabrikgebäude am anderen Ufer der Spree.

Kennst du diese Momente?, fragt er mich. Er meint, so übersetze ich es mir, die Momente, in denen wir nicht mehr wissen, ob wir im Universum sind oder das Universum in uns. Er meint die Momente großer Erfüllung und Magie, nicht weil die Absurdität aufgehoben wird, sondern weil sich das Leben in einem einzigen Augenblick verdichtet und diesen Augenblick so über jedes Schicksal

erhebt. Ramón schaut mich nicht an, immer noch bin ich es, der sein Profil betrachtet. Eine Antwort erwartet er gar nicht. Ramón stellt keine Fragen aus Neugier oder Interesse am anderen.
Kenne ich diese Momente? Ich weiß nicht viel, nur dass mir kalt ist und dass der Himmel seine Farbe ändert. Während ich Ramón immer noch von der Seite anschaue, sehe ich Nadia vor dem Musikfachgeschäft. Wir hatten uns länger nicht mehr gesehen. Ich schrieb gerade meine Abschlussarbeit. Es war eine spontane Verabredung, ich hatte sie angerufen, angeblich ohne Grund. Sie trug ein kurzes, blaues Kleid, das mich im Wind ans Meer erinnerte, und schaute sich die Jazz-Alben im Schaufenster an. Ich stand hinter ihr, und mein Gesicht tauchte in der Spiegelung des Schaufensters zwischen Bessie Smith und Fazıl Say auf, Nadia drehte sich um, und dem Regen und der Oberflächenstruktur ihrer Lippen entwuchs dieser Moment, in dem die Zeit anhielt. Ich wusste nicht, ob ich nur eine Sekunde oder ein ganzes Jahr mit Nadia vor diesem Geschäft stand.
Es hatte mehr solcher Momente gegeben: mein erster Kuss, viel zu spät, da hatte ich bereits seit Monaten davon geträumt und glaubte nicht mehr an die reale Möglichkeit von Lippen, die sich für mich öffnen würden, und dann geschah es fast beiläufig in einem Kaufhaus. Sie hatte gerade ein Kleid in ihre Tasche gesteckt, und wir spielten Paarsein, sie küsste mich, dann sagte sie, dass sie Halsschmerzen und mich jetzt wahrscheinlich angesteckt hätte. Das hatte sie. Zwei Tage später bekam ich die heftigsten Halsschmerzen meiner Jugend, aber das war es wert gewesen. Ich weiß noch, wie ich bereit war, ohne mit der

Wimper zu zucken, meine Mandeln entfernen zu lassen für diesen Kuss von ihr. Und dann Janine. Ich hatte nicht gewagt, sie anzusprechen, weil ich verliebt war und die älteren Jungs ihr nicht von der Seite wichen, und als wir nachts aufeinandertrafen und ein Stück zusammen liefen, aus den Clubs in die Wohnungen unserer Eltern, passierte es an der Kreuzung, an der wir uns trennen mussten. Ihr Mund wie schmelzende Butter, ihr Geruch nach Zigaretten, Bier und Pfirsich. Das waren diese Momente. Oder als ich vor einer großen Menschenmenge am Opernplatz stand, spontan zum Mikrofon der Kundgebung griff und einen Vers, der mir auf der Zunge lag, zu den Menschen sprach. Alle waren still, alle hörten zu, meine Stimme fuhr aus allen Richtungen in die Menge, und dort stand diese eine Person – schulterlanges Haar, roter Mantel –, die mir in die Augen schaute, und es war, als würde ich nur für sie sprechen, als wäre die ganze Menschheit in diesen Augen zusammengefasst. Oder Vince am Morgen, als wir zusammen von der Fähre stiegen, irgendwo in Italien, das erste Mal ohne Eltern verreist, und ich ihn so deutlich neben mir stehen spürte, wie ich nie vorher einen Menschen an meiner Seite gespürt hatte.
Ja, sage ich zu Ramón, ich kenne diese Momente. Er schaut immer noch vor sich hin, und ich lege meine Hand in seinen Nacken. Er fühlt sich knochig an. Ramón reagiert nicht, aber dass er nicht aufsteht und geht, ist fast ein Kuss.

Wochenlang fuhr Ramón fast jeden Tag zum Schiff. Manchmal hatte es geschlossen, dann ging er spazieren. Er legte sich auf die Wiesen, streckte Arme und Beine von sich, starrte in den Himmel. Er zog Leergut aus den Mülleimern und unter den Bänken hervor, kaufte sich von dem Pfandgeld Pommes, schlief auf einer Bank vor den Hausbooten und fuhr gegen Morgen mit der ersten Bahn nach Hause. Das machte er so, bis er von einem auf den anderen Tag aufhörte damit und einfach zu Hause blieb, auf der Couch lag und Bücher las oder in die Schule ging – die Abiturklausuren hatte er zwar schon alle geschrieben und wie es aussah auch bestanden, aber das Schuljahr war noch nicht vorbei – oder sich in die Schaukel auf dem Spielplatz setzte, bis die Nazis kamen. Er hörte sie aus der Ferne und wurde zum Schatten an der Häuserwand, schlich unauffällig davon.

Und dann?, frage ich.

Der Sommer war vorbei, Ramón dachte schon gar nicht mehr an Elea, er stieg wieder in die Bahn, er kannte die Bäume und Laternen im Park, er aß einen Döner, er pisste vom Steg der Hausboote und rülpste in den Abend. Dann stieg er die schmale Treppe des Schiffs hinauf in den Tanzsaal. Wie immer war es voll, der Barkeeper zapfte Bier, aufgeknöpfte Hemden, hochgesteckte Haare, Köpfe, Hände, gedimmtes Licht, Bass, Ramón. Er drängte sich in die Mitte der Tanzfläche und ließ seine dünnen, langen Arme wie zwei Pendel hin- und herbaumeln, seine Füße machten winzige Schritte vor und zurück, der Kopf wippte. Er sah auf, und im Scherenschnitt zwischen einem Dutt und einem offenen Mund schwebte Eleas Gesicht. Diesmal waren ihre Haare nicht geflochten, in dem roten Licht waren sie eine Sonne, die von ihrem Kopf aufstieg. Zwischen Elea und Ramón tanzten acht, neun, zehn, elf Menschen, Elea tanzte nicht. Ramón beendete die winzigen Schritte seiner Füße, nur die Arme pendelten noch. Sah sie ihn an? Sah sie an ihm vorbei? Er schlängelte sich durch, bis er vor ihr stand. Eleas Augen, die langen Wimpern, der feste Mund.

Und dann der Park in der Nacht ohne Laternen, in den er mit Elea lief. Jeder Schritt ein Tritt in die Finsternis. Irgendwo mussten Bäume sein, irgendwo war Wasser, auf den Wiesen lagen Obdachlose, Sternschnuppen auf Schulterhöhe, der Mond war eine Frucht an einem Baum. Zwischen den Gräsern des Parks lag jetzt auch Eleas Duft. Ramón atmete tief ein, und mit jedem Atemzug atmete er auch die Wälder und die Seen und die Städte und Wolken, den Beton und die Toten und die Lebenden, die Spielplätze und die Autobahnen, die Jahrhunderte und die Wochentage ein. Ramón stand knietief in der Nacht, und er war kein Kind mehr, er war ein erwachsener Mann, konnte kommen und gehen, wann er wollte, kam manchmal gar nicht, kannte die Geschichte der Griechen und der Römer, das Alte Testament, rasierte sich mit Einmalklingen, die er aus der Drogerie stahl. Ich weiß nicht, wo wir sind, wo du bist, wo ich bin, ich weiß nicht wann, sagte er. Ich mag den Song, erwiderte Elea. Sing ihn, rief Ramón. Oh, so fordernd plötzlich, lachte sie.

Die Lichter der Uferpromenade tauchten auf, und Ramón und Elea hielten gleichzeitig an. Komm, sagte Elea, hier setzen wir uns hin. Warte, sagte Ramón, zog die Jacke aus und warf sie auf den Boden. Die Nacht kühlte Ramóns Körper schnell aus, aber er zitterte still. Du bist ja ganz kalt, sagte Elea, als ihr Ellenbogen irgendwann versehentlich seinen streifte, legte den Arm um ihn, ihre Hand berührte heiß seinen Rücken oberhalb der Niere. Hitze fuhr durch Rücken und Brust, breitete sich in Ramóns Körper aus wie warmes Wasser, das man ausgekippt hatte und das sich jetzt in ihm verteilte. Sie sprachen kaum noch, aber sie wärmte ihn, und er hörte auf zu zittern. Dann sagte er endlich wieder etwas, er, dem es so schwerfiel zu sprechen mit einer Person, die er mochte. Er, der, abgesehen von seiner kleinen Schwester, nie zuvor mit einer Person gesprochen hatte, die er mochte, sagte Elea, dass er auf ihrem Konzert gewesen sei, am Tag des Streetball-Turniers, und ihre Stimme gesehen habe, ein blauer Nebel, den er einatmete, und seitdem atme er anders. Elea musste lachen – ein Lachen, silbern, nach oben hin ein Trapez. Ramón rückte ein Stück von ihr ab, ein unwillkürlicher Impuls, das Lachen hatte ihn beunruhigt, aber er schämte sich nicht für sein Geständnis. Tiefblau, dunkelblau, einmal leuchtendblau, fastschwarzblau: Elea sang einen Nebel, ein Streif wuchs und wuchs und wurde immer durchsichtiger, bis er sich auflöste, ein zweiter schwebte vom Himmel und legte sich über die Grashalme und auf die Haare von Elea, auf Ramóns Nasenspitze und auf Eleas Lippen – blaue Punkte wie Sterne und Fische. Da war der Moment. Aber da war auch der Verzicht.

Elea stand auf, zog Ramón hoch, warf ihm die Jacke über. Sein Körper fror jetzt an den Stellen, die sie berührt hatte. Auf dem Weg zurück zum Schiff begegneten ihnen Gestalten im Dunkel, die gebückt liefen und Säcke trugen. Hallo, sagte einer. Habt ihr Flaschen?, sagte ein anderer und suchte den Boden ab. Elea und Ramón entfernten sich. Am Schiff sagte er, er müsse jetzt nach Hause. Sie sagte, sie gehe wieder rein. Ramón nickte und schaute ihr nach, wie sie die schmale Treppe hochstieg.

Und?, frage ich.
Nichts. Also fast. Wochen später, Monate, Jahre später traf er sie wieder, zufällig. Er schleppte damals schon die durchsichtigen Plastiktüten mit sich, die bald nicht mehr durchsichtig waren, weil er sie so oft knickte und in seine Jackentaschen stopfte. Er trug in ihnen den uralten, schweren Laptop mit großem, umständlichem Netzteil und die dicken Bücher. Die Tüten baumelten von seinen langen Armen, drückten das Blut seiner Finger ab, die Schultern fielen leicht nach vorn unter ihrer Last – das blieb auch so, wenn er die Tüten ablegte. Es war Sommer, in den Parks drückten unzählige fast nackte, glänzende Körper die Grashalme der Wiesen nieder. Vince, Ramón und ich streiften zwischen diesen Inseln umher. Was machst du? Hör mal auf zu gaffen. Ich suche nur einen Platz für uns, sagte Vince. Wir hockten uns endlich hin, aber Ramón war nicht mehr da. Wir entdeckten ihn am Ende der Wiese, eine hohe Gestalt, die mit dem Gras wiegte. Er sprach eine Frau an. Sie trug ein rotes Top, das ihre Schultern frei ließ. Ich fasse es nicht, sagte Vince. Wer ist das? Keine Ahnung.
Hast du sie danach noch einmal gesehen?, frage ich Ramón.
Nein.

Wir laufen entlang der Bäume tiefer in den Park hinein, schweigen eine Weile, dann frage ich: Was passierte in der Nacht mit den Nazis? Ramón reagiert lange nicht, und ich glaube schon, er hat mich nicht gehört, da antwortet er: Die haben mir ins Gesicht getreten, als ich auf dem Boden lag, aber das war nicht so schlimm. Hinterher tut es weh, während du getreten wirst, spürst du nichts.

In Ramóns Gesicht wurde es warm, er wusste, dass das Blut war. Tränen schossen ihm in die Augen. Eine körperliche Reaktion, keine seelische. Er lag auf dem Boden und schaute hoch, sah Hosen mit Reißverschlüssen und Knöpfen, Gürtel, grinsende Gesichter im Laternenlicht. Er spürte Hände, die ihn von hinten packten, hochrissen, spürte seine Schultern, seine Arme, seinen Kopf. Etwas Warmes traf sein Gesicht, sein Kiefer wurde aufgedrückt, und dann kamen ein zweiter und ein dritter Strahl, und eine Flüssigkeit sammelte sich in seinem Mund, und er hörte sie lachen, ein süßlicher Gestank stieß ihm die Galle hoch. Dann nahmen sie endlich die Hände aus seinem Gesicht. Da war der Gestank der Pisse schon in ihn eingedrungen, ein Teil von ihm, er schaute noch einmal auf und sah einen kahlgeschorenen Kopf, und er erkannte Kai, der ihm in die Augen blickte.

Nur wenn Äste brechen unter unseren Schuhsohlen höre ich noch etwas anderes als das Pfeifen des Winds. Ramón läuft mir wieder ein kleines Stück voraus. Die Umrisse seines Schädels zeichnen sich gegen die Dunkelheit ab. Eine geschwungene Linie führt von seinen Ohren zum Kiefer. Eine traurige Linie, denke ich. Dabei weiß ich, die Linie ist nicht traurig, sie ist nur die Unterkante seines Kiefers, betrachtet aus ungewohntem Winkel, in der Nacht im Park.

Ramón schleppte sich nach Hause. Seine Mutter und die Schwestern schliefen. Er schleppte sich ins Bad, zog die Jacke aus, den Pullover und alles, bis er mit nacktem Oberkörper dastand. Er betrachtete sein Gesicht im Spiegel über dem Waschbecken. Die rechte Augenbraue war aufgeplatzt, Blut und Dreck klebten auf der Wange darunter. Das Auge war zugeschwollen, genauso die Nase, ein di-

cker Fleischklumpen, der schief im Gesicht saß. Er öffnete unter großen Schmerzen die Lippen. Seine Zähne waren blutrot. Beim Waschen spürte er nicht, wenn er sich selbst im Gesicht berührte, alles schien taub. Als er wieder in den Spiegel blickte, sah er Rahel dort stehen. Seine kleine Schwester, damals noch ein Kind. Sie hielt ihm ein Handtuch hin. Er trocknete sich damit ab. Rahel nahm es wieder entgegen und wusch das Blut unter der Dusche aus.
Die ersten Tage danach blieb Ramón zu Hause, blieb in seinem Zimmer, ging nicht raus, nicht ins Wohnzimmer, nicht auf die Straße. Rahel brachte ihm Essen, wenn die Mutter nicht da war. Wenn sie da war, bestand sie darauf, dass Ramón am Tisch aß, und ließ ihn sonst hungern. Erst nach Wochen verließ er das Haus wieder regelmäßig, blieb aber in Hellersdorf. Später meldete er sich zum Zivildienst, arbeitete in einem Krankenhaus und zog zusammen mit einem anderen Zivi in eine WG in Lichtenberg. In der Klinik stahl er Tabletten. Neuroleptika: Risperdal, Serdolect, Dogmatil oder Zeldox. Ramón schluckte einfach alles. Manchmal konnte er wochenlang nicht schlafen, war gleichzeitig unruhig und müde, konnte nicht stillhalten, obwohl ihm die Kraft für jede Bewegung fehlte, und dann fand er sich im Krankenhaus wieder mit einer Infusion im Arm. Vom Zivildienst wurde er suspendiert, die Staatsanwaltschaft ließ die Klage wegen Fahnenflucht aber fallen. Nachdem er aus dem Krankenhaus entlassen worden war, zog er wieder zu seiner Mutter. Hier herrschte zum ersten Mal so etwas wie Frieden. Der Freund der Mutter sprach nicht mit ihm, er schnarchte sogar weniger, zumindest kam das Ramón so vor. Ramón durfte kommen und gehen, wie er wollte. Er tat das ohnehin, aber diesmal, ohne

von seiner Mutter angeschnauzt zu werden oder das Essen verweigert zu bekommen. Sie kaufte ihm sogar die Bücher, die er sich wünschte. Dass Rahel neben ihm den Fernseher laut aufdrehte und stundenlang Werbung und Trickfilme anschaute, während er las, störte ihn nicht. Eines Tages traf er wieder auf Kai. Der hatte sich die Haare wachsen lassen, trug sogar einen Bart. Sie blieben dicht voreinander stehen und sagten lange nichts, bis Kai gerufen wurde von seiner Mutter, die am Eingang ihres Hauses auf ihn wartete. Kai drehte sich um und ging. Einige Tage später klingelte Ramón bei ihm und durfte in die Wohnung. Die Mutter hatte Nudeln gekocht, die sie ohne Soße aßen. Es war schon spät, und Kai klappte das Bett herunter. In der Nacht hörte Ramón ihn Gebete sprechen.

Wir laufen entlang der Straße zurück zum Wagen, vorbei am Koch, der Akrobatin, dem Tiger. Unter dem Dinosaurier steht der Wagen. Wir fahren vorbei an der Moschee, vorbei am Radarturm des ehemaligen Flughafens und an dem großen Nazibau des Flughafens selbst, wo jetzt Menschen aus Syrien, dem Irak und Afghanistan untergebracht sind. Wir fahren, und es ist, als würde ich Elea hören, wie sie singt, als würde ihre Stimme aus der Stille Ramóns klingen, sich in das Motorrauschen mischen, aus dem Wagen aufsteigen in den Nachthimmel und zu einem Polarlicht werden, schwer zu erkennen aufgrund des gelben Lichts der Straßenlaternen.

Monate nachdem Ramón Kai wiedergetroffen hatte, schrieb er sich an der Uni ein, und ich stand mit Vince vor dem großen Hörsaal, und eine Kommilitonin kam mit ihm im Gepäck und sagte: Das ist Ramón, der ist neu hier, scheint in Ordnung zu sein. Später saß er auf der Rückbank des Wagens und kam mit zu uns.

Ramón schweigt jetzt. Auch ich sage nichts. Wir fahren die Martin-Luther-Straße hoch in eine andere Zeit. Auf Höhe des Landwehrkanals sieht man die Hochhäuser am Potsdamer Platz aus der Skyline ragen wie die Hände einer Stadt, die ein Zeichen gibt, dass sie noch existiert, irgendwo darunter. Die goldene Viktoria, die über Berlin schwebt, geführt vom Adler auf ihrem Helm, lassen wir hinter uns. In die Lichtkegel der Laternen der Straße des 17. Juni fallen Schneeflocken, so auch vor den Scheinwerfern des Wagens. Innerhalb weniger Sekunden besteht die Landschaft aus strahlendem Schnee, die weißen Bäume des Tiergartens links und rechts, unsere Fahrbahn, das Brandenburger Tor, alles ist eingehüllt. Wir fahren im Kreis. Neben mir trommelt Vince auf das Armaturenbrett. Ramón kauert auf der Rückbank, und im Spiegel begegne ich immer wieder den nach innen leicht schrägen und daher streng wirkenden Augen Nadias. Mal schaut sie raus in den Schneesturm, mal nach vorn, direkt in den Rückspiegel, und ich bin mir nie sicher, ob sie mir dabei in die Augen sieht.
Hinter dem Bundeskanzleramt hebt sich die Straße unter dem Schnee nicht von der Freifläche ab. Wir sind allein in der Nacht mit Ungeheuern: Das Bundeskanzleramt ist ein Zyklop, der Reichstag ein in den Himmel geöffnetes Maul. Wir rutschen unter den Augen der leuchtenden Ungeheuer im Schritttempo. Sie staken aus dem Nichts am Ende der Felder. Wir könnten noch Hunderte Kilometer

in dieses Nichts fahren, ewig geradeaus, die Erde ist eine Scheibe. Der Wagen schleudert, wir drehen uns um die eigene Achse, alle schreien, ein einziges Gebrüll, das Bild der offenen Münder, der Zähne und aufgespannten Nasenflügel ist entkoppelt von den hellen und tiefen Stimmen, und um uns herum fällt der Schnee quer, das sind wir in einer Schneekugel.

Während wir uns in einer anderen Zeit im Schnee weiterdrehen, kommen Ramón und ich jetzt in meiner Straße an. In der Wohnung springen uns die Hunde wieder entgegen, laufen mit uns in Vince' Zimmer. Wir schalten kein Licht ein. Im wenigen Licht der Laternen, das in die Wohnung reicht, bleiben die Hunde unsichtbar, nur ihre Augen glänzen, schweben durch den Raum wie Maikäfer. Ramón lässt sich auf die Decken in seiner Ecke fallen. Ich bleibe vor ihm stehen.

Der Wagen dreht sich langsamer, dreht sich schließlich gar nicht mehr und rutscht nur noch über den Schnee. Kurz ist alles still. Dann brechen Vince und ich in Gelächter aus. Ramón, ich sehe das im Rückspiegel, schaut sich grinsend um. Nadia schüttelt ernst den Kopf, aber ich weiß genau, sie verkneift sich das Lachen. Nacheinander gehen die vier Türen auf: vorne rechts, vorne links, hinten links, hinten rechts. Wir steigen aus dem Raumschiff, mit dem wir in dieser menschenleeren Nacht gelandet sind, die Türen lassen wir offen. Wir setzen unsere Fußspuren in die unbekannte Landschaft, tragen jeder ein Grinsen vor uns her wie eine Fackel. Nadia und ich waten durch den Schnee in Richtung des Zyklopen. Nach einigen Metern bleiben wir stehen. Vince und Ramón sind verschwunden, nur Vince' Lachen hallt zwischen den Gemäuern der Regierungsgebäude wider. Wir zeichnen ein Himmel-und-Hölle-Spiel in den Schnee. Nadia zieht die Kästen, ich schreibe die Nummern. Sie wirft meinen Handschuh. Ich lande jedes Mal in der Hölle und muss wieder von vorne anfangen. Komm schon, sagt sie, gib dir Mühe. Ich springe aus dem Spiel, sie rennt los, ich hinterher, aber sie ist schneller. Ihre Haare, lang und dunkel, wehen unter der Mütze hervor. Die enganliegende Jeans, die braunen Winterstiefel mit Fell unterhalb der Knie, ihre Jacke knapp über dem Hosenbund. Ich kann sie nicht einholen, renne weiter, bin außer Atem. Da ist ihr Haar, da ist ihre Mütze, rot, da ist ihre Jeans. Ich werde schneller oder sie langsamer, ihr Haar kitzelt mein Gesicht. Mit aller Kraft beschleunige ich noch ein Mal, rutsche aus, gleite ihr unter die Füße. Wir fallen, schlittern dem Zyklopen entgegen, rutschen, lachen, liegen übereinander im Schnee. Ihr Gesicht im Mondlicht aus nächster Nähe, ihre Lippen und Wangen, kalte Haut, heiße Atemwolken.

Ich schaue in Ramóns Gesicht, es leuchtet im Licht der Straße.

Ein Gesicht aus Pergament. Ihr Mund, mein Mund, mein Mund auf ihrem Mund, ich schmecke ihren Atem, die Wange, den Hals. Ich öffne ihre Jacke und grabe mich mit der Hand unter die Schichten der Kleidung. Mit jeder Schicht wird es ein Stück wärmer, der Pullover ist noch kühl, die Bluse darunter ist lauwarm, dann ist da noch ein Unterhemd, darunter strahlt die Wärme hervor. Ich ziehe daran, es steckt fest im Hosenbund, ich ziehe, bis es hochrutscht und meine Hand durchpasst. Ihre Lippen glühen an meinem Mund, öffnen sich, und ich berühre die Zunge mit meiner, sie ist ganz weich. Durch die Jacke,

durch Pullover und Bluse hämmert es, die Mitralklappen unserer Herzen suchen den Durchschlag.
Jeder Kuss speichert alle vorangegangenen Küsse eines Menschen, jeder Kuss speichert alle vorangegangenen Küsse der Menschheit. Und in jedem Kuss wiederholen sich alle Küsse aus drei Millionen Jahren Menschheitsgeschichte. Der Herzschlag Jugendlicher, heimlich hinter Müllcontainern auf dem Schulhof, die ersten Menschen in Afrika, Antonius und Kleopatra, Matrosen im Hafen von Marseille im achtzehnten Jahrhundert, das Knittern des dicken Stoffs barocker Frauenkleider. Wer einmal küsst, bettet sein Bewusstsein in das Unbewusste der Welt, durch die Küssenden geht ein Strom, der durch den ersten Menschen und durch alle Nachkommen fließt.
Nadia und ich fahren durch den Schnee, ihr Mund schließt sich um meinen, mein Mund schließt sich um ihren, ihr Atem erhitzt meine Wangen. Sie liegt unter mir, wälzt sich mit einem Mal auf mich. Der Schnee ihrer Haare rieselt mir ins Gesicht. Sie rutscht mir auf die Oberschenkel, öffnet meine Hose. Kälte zieht mir in den Schoß. Da ist der Himmel, jetzt mondlos, nachtgraue Wolken, schwarzes Licht. Nadia entfernt die Kälte mit ihrem Mund. Ich streife ihre Mütze ab, greife mit den Fingern in ihre Locken und lasse meine Hand von ihren Kopfbewegungen führen, die Wolken verdauen die Lichter der Stadt. Etwas in mir drückt sich zusammen, ich ziehe Nadias Kopf hoch. Sie steht auf, öffnet ihren Gürtel, lässt ihre Hose herab, setzt die braunen Stiefel neben meine Arme und kniet sich auf mich nieder, ich kralle mich in ihre Knie, hebe den Kopf, ihr Bauchnabel bewegt sich immer schneller, Wind geht ihr durchs Haar, sie hebt und senkt sich, immer noch

Wolken über uns, Nadias Haar im Wind, ihr Mund, die Nacht, ich packe ihre Schenkel und drücke mich mit aller Kraft an sie. Dann lasse ich mich fallen, sie lässt sich fallen. Sie liegt zwischen meinen Füßen und ich zwischen ihren Stiefeln im Schnee. Nur allmählich zieht die Kälte in unsere Körper. Nadia rutscht von mir runter, wir ziehen die Hosen hoch, liegen nebeneinander. Und beide gleichzeitig, aus dem Nichts, müssen wir lachen. Wir schaufeln liegend Schnee aufeinander, sind nach drei Würfen erschöpft und pusten unseren Atem in die kalte Luft. Wir ziehen uns näher aneinander, aber im Schnee liegend wird es nicht wärmer. Unsere Lippen berühren sich.

Jeder Kuss ist ein Speicher aller vorangegangenen Küsse, jeder Kuss ein Speicher der Zeit – meine Mundwinkel berühren die Lippen Ramóns. Die Kälte weicht aus Vince' Zimmer. Ramóns Hand an meinem Knie ist warm. Ich spüre die Wärme durch die kalte Jeans hindurch, sie fließt durch mein Bein. Sein Gesicht in der Dunkelheit, die lange Nase. Der Atem der Hunde. Seine Wangen sind kalt. Ramóns Wange so nah an meinem Auge. Der Schatten eines Hundes hinter uns an der Wand. Wir liegen still beieinander.

Nadia setzt sich auf, schaut sich um: Was ist denn hier passiert?, ruft sie. Um uns herum fallen Schneeflocken vom Himmel, jede so groß wie die Federn von weißen Vögeln, von Möwen, Gänsen, Schwänen. Nadia öffnet die Hände, und eine Feder liegt auf ihrer Handfläche, die sie mir reicht. Über uns der Himmel. Unter uns das Feld. Arm in Arm waten wir durch den Schnee. Der Wagen wird sichtbar. Jemand winkt uns zu, er kommt näher, es ist Vince. Wir haben vor dem Bundestag einen geraucht, sagt er, dem

Deutschen Volke. Ramón schläft im Wagen. Wir steigen leise ein. Ich fahre los. Im Rückspiegel sehe ich, wie Nadia Ramón durchs Haar streicht.
Meine Finger spüren sein krauses, sehr kurzes Haar.
Die Ungeheuer verabschieden uns, das Bundeskanzleramt, der Zyklop, fährt neben uns her, den ganzen Weg, bis wir das Regierungsviertel verlassen. Auch Vince schläft jetzt, zusammengekauert auf dem Beifahrersitz. Im Rückspiegel liegt Nadias Hand noch auf Ramóns Stirn, sie hat den Kopf zurückgelehnt.
Unsere Gesichter ganz nah, die Augen schieben sich übereinander, sehen aus wie ein einzelnes Auge. Ich lasse mich nach hinten fallen, in die Decken an der Wand, sein Kopf in meinem Arm.

Gegen Morgen das Röcheln der Hunde, ich möchte ihm für immer zuhören. Draußen ist es noch dunkel, aber die Zunahme der Geräusche – ein Motorrad, das Piepen eines Rückwärtsgangs – verrät, dass der Tag bereits begonnen hat. Der Rücken schmerzt vom harten Boden. Ich lehne mich neben Ramón gegen die Wand. Die Hundekörper sind kleine Inseln, in der Dunkelheit des Raums verteilt. Ramón schläft mit offenem Mund. Seine Nase ragt fast über die Oberlippe. Meine Zähne klappern leise, ein Geräusch nur in meinem Schädel.

Die Kosten des Verzichts III

Ich balanciere an den Hunden vorbei, raus aus Vince' Zimmer. Ich habe Gänsehaut im Nacken und Schweiß auf der Stirn. Was will ich hier? Ich stehe in der Mitte meines Zimmers. Dann schleiche ich mich aus der Wohnung. Auf dem Weg zur S-Bahn wird es heller. Angekommen an der Station ist es schon ganz Tag. Ich steige in die Bahn. Das Neonlicht schmerzt in den Augen.

Lange sitze ich vor dem Bildschirm, bewegungslos. Daumen, Zeigefinger, Mittelfinger, Ringfinger, kleiner Finger, Hand. Meine Hand. Ich schlage die Notizen zu meiner Studie auf, aber da sind nur Buchstaben. Ich verstehe nicht, was sie ausdrücken. Was sind die Fixkosten eines Lebens? Was sind die versunkenen Kosten eines Lebens? Ein Fehler, der erkannt wurde und weitergeführt wird, weil es zu teuer wäre, damit aufzuhören. Eine Ehe, eine Freundschaft, eine Vorstellung von Leben.
Drei Tauben balancieren auf der Regenrinne am Dach des Hauses gegenüber. Eine Etage tiefer tippt jemand in eine Tastatur. Leben als Abwesenheit von Tod zu definieren, reicht nicht. Es gibt Grade der Lebendigkeit. Und es gibt Anteile von Tod im Leben. Wichtiger ist die unmittelbare Erfahrung des Lebens. Wie maximiere ich meine Lebendigkeit in Abhängigkeit der Anteile von Leben und Tod? Die Literatur sagt: *Misstraue denen, die der Liebe, dem Ehrgeiz, der Gesellschaft den Rücken kehren. Sie werden*

sich dafür rächen, darauf verzichtet zu haben. Daraus folgt, dass Liebe, Ehrgeiz und Gesellschaft die Lebensanteile bestimmen können. An anderer Stelle heißt es: *Verzicht auf das Wagnis, einmal zur Gewöhnung geworden, bedeutet im geistigen Bezirk ja immer den Tod, eine gelinde und unmerkliche, dennoch unaufhaltsame Art von Tod.* Die Anteile von Tod können also als Verzicht auf Wagnis beschrieben werden.

Der Verzicht auf eine bestimmte Menge Wagnis geht einher mit einer Zunahme an Sicherheit. Das Verhältnis der Veränderungen von Wagnis (Δw) und Sicherheit (Δs) kann als ein Ausdruck für die Kosten des Lebens gedacht werden. Wobei ein Verzicht auf Wagnis nicht immer gleichermaßen einen Effekt auf die verschiedenen Lebensanteile haben muss, allerdings unabhängig davon, welcher Lebensanteil betroffen ist, immer zu einer Verringerung des Lebens ($-\Delta L$) und einer Zunahme des Todes führt ($+\Delta T$). Paradox ist hierbei, dass ein radikales Wagnis, also das genaue Gegenteil des Verzichts auf Wagnis, auch zur Auslöschung des Lebens führen kann und Sicherheit es durchaus vermag, die Existenz zu verlängern – hierin liegt ja gerade der Nutzen von Sicherheit. Daraus folgt, dass die Lebensanteile (Liebe, Ehrgeiz, Gesellschaft) durchaus erhöht werden können bei gleichzeitiger Verringerung oder sogar Auslöschung des Lebens beziehungsweise der Existenz. Ein sehr großes Wagnis, das womöglich das Ende eines Lebens bedeutet, kann gleichzeitig, wenigstens theoretisch, die Lebensanteile, genauer: die Erfahrung der Lebensanteile, so sehr erhöhen, wie es ohne dieses Wagnis in der Summe einer ganzen Existenz nicht geschehen wäre. Gesetzt, diese Kausalitäten lassen sich halten, kann daraus

auch der Schluss gezogen werden, dass nicht nur das Leben einen Nutzen hat, sondern auch der Tod.
Welchen Wert aber haben Todesanteile fürs Leben? Gibt es einen Grenznutzen des Todes $\left(\frac{\partial U}{\partial T}\right)$? Nimmt der »Genuss« des Lebens bei einer zusätzlichen Einheit Tod zu oder ab? Der Verzicht auf Wagnis erhöht Todesanteile. Ist das gleichzusetzen damit, dass er Lebensanteile reduziert? Kann ein solcher Verzicht aufgrund erhöhter Sicherheit die Existenz verlängern (Δ *L*–, aber: Δ *Lebenszeit* +), wodurch sich die Todesanteile verstärken (Δ *T* +), während der Tod selbst hinausgezögert wird? Was ist die optimale Kombination von Lebens- und Todesanteilen?

Kennst du diese Momente?, hat mich Ramón gefragt. Er meinte, so übersetze ich es mir jetzt, die Momente, in denen wir unserem anderen Sein begegnen, dem Sein, gegen das wir uns entschieden haben, als wir uns selbst wählten. Aber wann und wie ist eine solche Begegnung mit dem Selbst, auf das wir verzichtet haben, möglich? In der Verdichtung des Lebens in einem einzigen Moment – nicht durch Flucht, sondern durch vervielfachte Erfahrung? Auch wenn diese vervielfachte Erfahrung durch maximales Wagnis die Erfahrung des Todes bedeuten kann? Warum hat Ramón Elea nie geküsst? War es ein Verzicht auf Wagnis? Welche Lebensanteile hat er dadurch verloren? Jeder Kuss speichert alle vorangegangenen Küsse eines Menschen, jeder Kuss speichert alle vorangegangenen Küsse der Menschheit.
Und mein Wagnis mit Nadia? Zwei Wochen nach unserer ersten Begegnung in der Bibliothek saß Nadia alleine auf der Wiese vor dem Institutsgebäude, die Grashalme

strichen ihr um die nackten Fesseln. Wie laufen die Klausuren?, fragte ich sie. Unwichtig. Warum hast du dann tagelang in der Bibliothek gehockt? Damit du dich endlich überwindest, mich anzuquatschen. Ich setzte mich zu ihr ins Gras, sie legte das Gesicht auf die Knie und schaute vor sich hin. Dann würde ich dich jetzt gerne »anquatschen«. Versuch mal. Ich sagte: Ungefähr fünfzig Meter von uns hat in diesem Kasten da vorne vor wenigen Minuten eine Vorlesung zum Deckungsbeitrag begonnen, auf der anderen Seite des Gebäudes steht ein schwarzer Kleinwagen, für den ich die Schlüssel habe, und etwa drei Kilometer westlich von hier befindet sich ein See. Bist du gerade noch dabei, mich anzuquatschen, oder war's das schon? Was hältst du davon, wenn wir jetzt aufstehen, uns die Vorlesung zum Deckungsbeitrag gemeinsam nicht anhören und zum See fahren?

Breitbeinig saß sie auf dem Beifahrersitz, der Stoff ihres Kleides wallte über das Sitzpolster zwischen ihren Schenkeln, die Härchen auf ihrem Oberarm hatten sich aufgestellt. Ihre schwarzen Locken fielen über die großen, runden Ohrringe. Ihr linkes Ohr hatte an der Außenseite eine kleine, spitze Ausbeulung, was mich an Teufelchen oder Kobolde denken ließ. Ich legte zurückgenommenen französischen Hip-Hop ein – eine CD, die Vince im Wagen vergessen hatte: *Si seulement tu m'aimais comme je t'aime / On n'en serait pas là*. Nadia sagte nichts, während wir unter den Bäumen Zehlendorfs durchfuhren. Die dunkle, feste Stimme des Rappers füllte den Innenraum des Wagens, der Loop der kurzen Klaviermelodie trug ein weiches Rot und flatterte zwischen den Bäumen wie Spatzen.

Der Hügel, der zum See hinabführte, war voller Jugendlicher. Nadia sagte, sie kenne eine ruhige Stelle, aber auch dort spielten Jugendliche Karten, und die schlaksigen Jungs sprangen ins Wasser, behaupteten, die Kälte mache ihnen nichts aus. Nadia zog mich zu einem umgekippten Baumstamm, auf dem wir über das Wasser balancierten, die Füße baumeln ließen, dass nur die Zehen die Wasseroberfläche berührten. Also, sagte sie, erzähl mal, was du weißt, immerhin verpasse ich deinetwegen die Vorlesung. Ich nehme die Schuld voll auf mich: Der Deckungsbeitrag ist der Teil des Erlöses, der die fixen Kosten decken muss. Bravo, du Streber, und was sind deine Fixkosten? Na so etwas wie Miete, Studiengebühren … O bitte, unterbrach sie mich, ich frage nach deinem Leben, den Fixkosten deines eigenen so individuellen Lebens, Lehrbücher kann ich selber lesen. Die Sonne glitzerte auf den winzigen Wellen des Sees, ein Mädchen schwamm mit seinem Hund raus. Nadias Stimme klang albern, aber ihr Blick war ernst. Ich sagte: Ich habe immer Angst, ein Leben zu leben, das nicht meins ist. Das Mädchen und sein Hund entfernten sich immer weiter, sie wirkten jetzt kaum größer als die kleinen, dunklen Punkte, die Enten waren. Nadia ließ den Fuß, den sie auf den Baumstamm gestellt hatte, wieder zurück ins Wasser fallen.

Seit diesem Tag traf ich Nadia häufiger. Gelegentlich hockten wir gemeinsam in der Cafeteria. Meistens setzte sich Vince zu uns, und manchmal stand Ramón mit seinen Tüten im Türrahmen, und wir winkten ihm, dass er herkommen solle. Wenn er uns nicht sah, weil er niemanden wahrnahm, weil für ihn nur existierte, was in seinem Kopf vorging, weil er über Kommunikationstheorie und das Footballspiel der letzten Nacht nachdachte, dann lief

er an den Tischen vorbei, streifte mit seiner Daunenjacke die Stühle, die Rücken von Studierenden, die an diesen Tischen saßen, warf sich in eine Ecke, packte dort seinen Laptop aus oder ein Buch und seine bunten Marker. Einer von uns holte ihn nach ein paar Minuten an unseren Tisch, manchmal ließen wir ihn aber auch dort sitzen, weil er an solchen Tagen eh nur auf seinen Bildschirm starren oder einen um den anderen Satz markieren würde. Vince sagte, wir bräuchten eine Geschäftsidee oder einen Banküberfall, er könne nicht sein Leben lang für Klausuren lernen. Nadia sagte: Banküberfall. Wenn wir schon eines Tages für die arbeiten müssten, sie es also seien, die uns ausraubten auf lange Sicht, sei ein kleiner Überfall jetzt eine verzeihbare Jugendsünde. Kann aber sein, dass wir wen erschießen müssen, entgegnete Vince, zum Beispiel auf der Flucht, aber das würde er übernehmen.
Zusammen besuchten Nadia und ich auch die Seminare der kritischen Wirtschaftswissenschaftler, die, selbst organisiert von den Studenten, die Überlegenheit des freien Marktes hinterfragten. Nadia war es, die die Diskussionen unterbrach, weil sie eine feministische Perspektive vermisste: Begann die Industrialisierung denn nicht mit der Enteignung der Frau? War es nicht in Wirklichkeit die Frau, die für den Mehrwert zahlte, wenn sie es doch war, die in einer heteronormativen Ordnung für die Reproduktion der Arbeitskräfte sorgte? Und würde sich das nicht in abgewandelter Form bis heute durchziehen? Bis hier ein Pack schöngeistiger, milchbärtiger Studenten sitze, die kritisch sein wollten, aber nie darüber nachgedacht hätten, dass die gewaltvolle Durchsetzung der Marktwirtschaft auf dem Rücken der Frau ausgetragen worden sei.

Dass Nadia einen Freund hatte, erwähnte sie eigentlich nur, als sie einmal unerwartet losmusste. – Wo willst du denn hin? Mein Freund holt mich ab, wir waren verabredet, hatte ich vergessen. – Gesehen habe ich ihn nie. Später habe ich auch nur erfahren, dass er älter war und dass sie ihn in einem Malkurs kennengelernt hatte. Es seien seine Bilder gewesen, in die sie sich zuerst verliebt hätte.
Zwei Jahre lang waren wir zwar nur Freunde, aber unzertrennlich: Vince, Nadia und ich. Wir wohnten quasi zu dritt in unserer WG, mit Ramón, der in der Küche schlief, zu viert und mit der damaligen Freundin von Vince sogar zu fünft. Erst dann, in der Nacht mit den Ungeheuern, hatte sich etwas geändert, obwohl wir am nächsten Tag beschlossen, Freunde zu bleiben. Bald danach erzählte Nadia in der Cafeteria, dass sie ab jetzt keine Vorlesung mehr besuchen werde, weil sie diese Religiosität nerve, diese Anbetung des freien Marktes. Man habe dem freien Markt nie wirklich eine Chance gegeben, entgegnete ihr Vince, deshalb sei es leicht, ihn ständig zu kritisieren. Erstens sei das genau ihr Problem, sagte Nadia, der Markt werde hier seltener kritisiert als Jesus in der Kirche, und zweitens: Wolle er uns eigentlich verarschen? Der Markt habe nie eine Chance bekommen? Ich sagte, dass sie sich beruhigen sollten, wir müssten uns die Argumente beider Seiten anschauen, die Fakten. Sie hielten inne, schauten mich an. Vince sagte, immer müsse ich ausbremsen.
Wir gingen zusammen ins Kino, in Clubs, Nadia und ich oder zu dritt, mit Vince, diskutierten weiterhin mit den kritischen Wirtschaftswissenschaftlern. Dann sahen wir uns immer seltener, hatten bald kaum noch Kontakt, bis auf jenes Treffen vor dem Musikfachgeschäft. Es dauerte

mehr als anderthalb Jahre, bis wir im Wald miteinander telefonierten. Als ich zurück war, hatte Vince eine Agentur gegründet und eine neue Freundin, Michelle, die in unserer Küche Gesichtsmasken und entkoffeinierten Cappuccino anrührte. Nadia arbeitete für eine politische Stiftung und gab nebenbei Marxseminare für die Stipendiaten, und ich konnte es kaum erwarten, sie wiederzusehen. Ich rief sie an, sagte, dass ich nicht viel Zeit hätte, aber falls sie mal in der Gegend sein sollte, könnte ich mir sicherlich die eine oder andere Minute für sie nehmen. Sie antwortete, dass sie viel Zeit habe, aber diese mit Relevanterem zu füllen wisse als meiner kümmerlichen Existenz und folglich wohl kaum in meine Gegend stolpern werde. Daraufhin antwortete ich, dass das für mich selbstverständlich vollständig nachvollziehbar sei und ich deshalb nicht zögern würde, mich von allen Beschäftigungen zu befreien, bei allen Risiken, die das für den Werdegang meiner kümmerlichen Existenz sowie für den Gang der Dinge im Allgemeinen berge, um auf der Stelle zu einem Ort ihrer Wahl zu kriechen. Bald darauf lebten wir wieder zu viert in der Zweizimmerwohnung, auch Ramón kam noch regelmäßig vorbei. Ich begann zu arbeiten, reiste viel, um die Versicherbarkeit von Beschäftigten weltweit zu studieren oder um auf internationalen Konferenzen die Position der Arbeiter-Unfallversicherungsanstalt darzulegen, und wenn ich zu Hause war, sah ich Vince kaum noch. Morgens war er bereits aus dem Haus, und meistens kam er erst wieder, wenn ich schon schlief. Drei- bis viermal in der Woche ging er ins Fitnessstudio. Manchmal, wenn wir uns doch zu Hause trafen, zeigte er mir Fotos von jungen Frauen und sagte, er habe sich verwandelt. – Eine Transformation,

Vince? Eine Metamorphose. – Wo immer er hingehe, warte dort bereits eine Frau auf ihn, die mit ihm mitwolle, und wenn er verneine, bestehe sie darauf. Auf Verführungscoachs könne er verzichten, er sei es, der verführt werde, er müsse etwas an sich haben, das ihn unwiderstehlich mache. Und Michelle?, fragte ich.
Und dann, eines Nachts schrie sie, Michelle brüllte, Gegenstände fielen zu Boden, Glas splitterte, Vince' Zimmertür knallte. Im Krankenhaus sagte er: Dass du auch immer übertreiben musst! Weil ich die Polizei gerufen habe? Ja, deshalb sind wir jetzt im Krankenhaus gelandet. Ich habe dir das Leben gerettet, sie wollte dich umbringen – was hast du getan? Ach, sie hat ein Bild auf meinem Telefon gesehen, wird sich wieder beruhigen. Jetzt muss ich hier nur rechtzeitig raus, in drei Stunden habe ich eine Präsentation, ich glaube, die haben angebissen. Zwanzig Minuten später verließ er das Krankenhaus, ohne sich beim Pflegepersonal abzumelden. Die braucht ein Kind, krächzte er, als ich ihn nach Hause fuhr, dann hat sie was, worum sie sich kümmern kann, und ich habe meine Ruhe. Er sagte noch, wie sehr er Rollkragenpullover hasse, als er einen überzog, um die Spuren der Nacht zu kaschieren. Ich saß erschöpft in seinem Sessel. Warum bin ich eigentlich so müde, dass ich weinen könnte, und du nicht?, fragte ich. Hat Michelle dich geschlagen oder mich? Manche kommen schon geschlagen auf die Welt, sagte er. Es klingelte. Der hier zum Beispiel, sagte Vince und zeigte auf Ramón, der jetzt in der Wohnung stand, habe mal vorbeischauen wollen, ist ja auch nur sechs Uhr morgens. Ihr seid doch wach. Hast du dich geprügelt? Schnauze, sagte Vince mit einem Gesichtsausdruck, als wollte er ihn anspucken. Hat

dich wieder deine Freundin geschlagen?, grinste Ramón. Vince drehte sich mechanisch vom Spiegel weg, ging auf Ramón zu und versetzte ihm einen Schlag ins Gesicht. Vincent!, schrie ich. Ramón schaute Vince in die Augen, ohne die Miene zu verziehen, nach einigen Sekunden floss Blut aus seiner Nase. Weißt du, was ich an dir nicht ausstehen kann, sagte Vince, dass du nichts machst, und ich sage dir das, weil du ein Freund bist, sonst würde es mich nicht jucken. Was soll ich denn machen? Mir scheißegal, entführ ein Flugzeug oder schlitz deinem Stiefvater die Kehle auf oder komm zu mir ins Büro, ich finde etwas für dich, aber, zur Hölle, mach etwas! Vince, rief ich, hör auf!

Heilige

Wieder wache ich auf in der Nacht, die Vorhänge – warum sind sie weiß? – lassen ein diffus gefiltertes Licht ins Zimmer. Mein Herz rast. Mit gleichmäßigen Atemzügen versuche ich, mich zu beruhigen. Irgendwo wimmert jemand. Ich lausche und bemerke erst als das Herz wieder zu laut schlägt, dass ich den Atem anhalte. Ein Weinen, wie unter einem Kissen oder wie wenn jemandem der Mund zugehalten wird. Dann Stimmen. Ich höre nicht, was gesagt wird, aber es kommt aus der Tür zwischen den beiden Zimmern. Auf der einen Seite steht mein Regal davor, auf der anderen haben wir sie vor Jahren mit Styropor isoliert. Oder kommen das Wimmern und die Stimmen ganz woandersher, aus der Decke, aus den Wänden, den Dielen? Ich stoße die Bettdecke zur Seite und setze mich auf. Es ist wieder still. Habe ich mir die Geräusche nur eingebildet? Obwohl es kalt ist, lege ich mich, ohne mich zuzudecken, wieder hin, die Hand auf der Brust. Das Hämmern meines Herzens beruhigt sich ein wenig, ich spüre es dennoch deutlich. Das Wimmern kehrt zurück. Es ist nicht laut, aber dominiert den Raum. Es pulsiert wie eine Wunde. Anders als vorhin – vor Stunden, vor Minuten? – klingt es jetzt sehr regelmäßig, fast wie eine Sinuskurve. Dahinter wieder eine Stimme, tief, vibrierend. Ich krabble vom Bett aus vor zum Regal. Die Beine lasse ich auf der Matratze, laufe auf den Händen. Das Wimmern kommt, jetzt bin ich mir sicher, aus Vince' Zimmer. Ich ziehe erst das

rechte, dann das linke Bein vom Bett und krieche weiter vor. Vorsichtig räume ich einige Bücher zur Seite, sodass ich mit dem Kopf fast ganz bis zur Tür gelange. Ich höre das Raunen der tiefen Stimme, bei jeder Amplitude des Wimmerns erhöht sich mein Puls. Es klingt jetzt so regelmäßig, dass ich mir unsicher bin, ob es nicht eine Art Maschine ist. Aber was für eine Maschine soll das sein? Ich halte das Ohr an die Stelle, an der einmal das Schlüsselloch gewesen sein muss. Beruhig dich, höre ich die tiefe Stimme sagen, wir müssen standhalten. Was man uns von klein auf einredet … Eine weibliche Stimme antwortet: Ich weiß, trotzdem ist es nicht leicht. Und dann eine andere Stimme: Lasst uns klären, was es zu klären gibt, dann geht ihr besser. Das ist Ramón. Du hast uns doch hierherbestellt, sagt die Frauenstimme, wegen dieser Paris-Sache. Die tiefe Stimme sagt: Entscheidend ist, ob sich etwas an deinem Standpunkt geändert hat. Wieso sollte sich etwas geändert haben?, fragt Ramón. Und was ist, es spricht wieder die Frau, mit deiner Schwester? Seit Monaten reden wir davon, wieso kommt sie nicht?
Rahel? Ich sehe sie vor mir mit ihren weißen Socken, die im Teppich versinken, der Kapuze, ihren Locken, die der Kapuze entweichen. Ihre Augenbrauen wie die haarigen Beine einer Tarantel. Was wollen diese Menschen mitten in der Nacht in meiner Wohnung? Und Ramón? Warum lädt er sie hierher ein?
Sie wird kommen, wenn sie es für richtig hält. Sie ist es, die entscheidet, was richtig und was falsch ist? Das ist ein seltsames Verständnis von der Idee. Tut nicht so, als wärt ihre alle Theologen, sagt Ramón. Du hast doch nicht etwa Zweifel bekommen? Wieso sollte ich? Weil wir seit

einem halben Jahr auf deine Schwester warten und sie noch nicht ein Mal gesehen haben, deshalb! Wieder die Frauenstimme, viel leiser fügt sie hinzu: Aber jetzt ist es eh nicht mehr so wichtig. Die tiefe Stimme raunt: Es ist immer wichtig, Sa… Ich verstehe das letzte Wort nicht genau. Das Wimmern beginnt wieder. Es ist gekoppelt an meinen Herzschlag – ein umgekehrtes EKG. Du hast, sagt die tiefe Stimme, von einem Vater erzählt, der sich umgebracht hat, nachdem seine Tochter verschwunden ist. Und du glaubst, ich hätte das gesagt, weil ich zweifle? Der Vater verzweifelte aus Eitelkeit, nicht aus Liebe. Ich will dich nur warnen vor diesen Abschweifungen. Zweifel und Eitelkeit sind die Hölle auf Erden. Ich habe keine Zweifel, sagt Ramón, meine Idee ist vielleicht eine andere als eure, aber das ist egal, vollkommen egal. Ich ziehe den Kopf aus dem Regal.

Im Flur knarren die Dielen, aber die lautesten kann ich umgehen. Es ist dunkel, bis auf den Lichtspalt unter der Tür zu Vince' Zimmer. An der Schwelle bleibe ich stehen, bis sich meine Augen ans Dunkel gewöhnt haben. Einer der Hunde steht vor der Wohnungstür im Flur, ich erkenne nur seine Silhouette. Er lahmt zu mir, berührt mit der Schnauze mein Bein. Gar nichts, höre ich die tiefe Stimme wieder, wir haben viel geredet, du und ich, nächtelang, ich kenne dich. In unseren Gesprächen, wenn wir alle Müdigkeit überwunden hatten, hast du deutlicher als ich von den Verbrechen gesprochen, die man gegen die Unsrigen begangen hat. Von all den Auswüchsen ein und derselben Überheblichkeit. »Überheblichkeit« war das Wort, das du immer wieder verwendet hast. Ich habe es von dir gelernt. Ein treffendes Wort. Es ist nur ein Wort, sagt Ramón, vieles ist mit Worten nicht erreichbar, hören wir auf, darüber zu sprechen. Ich muss die Klinke berührt haben, das Herz zerspringt mir in der Brust, der Hund an meinem Fuß richtet sich auf, klopft mit den Tatzen auf den Boden, stößt die Tür vollends auf, ich will sie noch festhalten, doch es ist zu spät. Langsam öffnet sie sich und zeigt mir, wie bei einer Kamerafahrt, das Zimmer: Kerzenlicht flackert an den Wänden, überall im Raum die unterschiedlichsten Kerzen, es sind sehr hohe dabei, dicke und dünne. In der Ecke, wo die Schlafdecken lagen, steht Ramón, die Hände in den Hosentaschen. Daneben ein Mädchen, es sitzt auf dem Boden neben der Balkontür, hat lange, etwas fransige, strohblonde Haare. Einer der Hunde hat die Schnauze auf ihren Oberschenkel gelegt, sie massiert ihm mit weißen langen Fingern das Fleisch unter dem Fell, zieht die Hand zurück, als sie mich sieht, zeigt auf mich mit den nackten Fingern, die aus den abgeschnittenen Lederhandschuhen ragen. Ganz rechts, halb hinter der Tür steht ein kräftiger Mann mit kahlgeschorenem Schädel und randloser Brille. Er ist, so wie auch das Mädchen, ganz in Schwarz gekleidet. Die Flammen flackern, alle Gesichter im Raum haben die Farbe des Feuers. Der Mann kommt einen Schritt auf mich zu, er lächelt neugierig, sein Schatten an der Wand wächst. Ich stehe wortlos vor der Schwelle zu Vince' Zimmer, zu Ramóns Zimmer. Kara, sagt Ramón, komm rein, setz dich. Der Mann macht noch einen weiteren Schritt auf mich zu. Du bist Kara?, fragt er. Es freut mich, dich kennenzulernen. Es sei ihm wirklich eine Ehre, immer wieder hätte Ramón uns erwähnt, mich und Vince, wir seien seine besten Freunde, habe er gesagt, aber er hätte auch erzählt, dass er uns lange nicht mehr gesehen habe, viele Jahre nicht mehr. Und doch sei er sich immer sicher gewesen, sagt der Mann, dass wir ihm jederzeit wieder die Tür öffnen würden. Sei Freundschaft nicht ein Ort, an den sich immer zurückkehren lasse? Dafür danke er uns jedenfalls, mir und Vince. Und jetzt hätte ich mich ja bei Ramón gemeldet, ohne dass er aus Not vor meiner Tür habe stehen müssen. Das Mädchen unterbricht den Mann: Wie lange hätte ich schon da gestanden und sie belauscht? Sara!, sagt Ramón, aber sie ist schon aufgestanden und steht vor mir. Ja, was?, zischt sie. Ihre Augen blitzen wie vor Wut, obwohl sie ansonsten seelenruhig wirkt. Sara, sagt Ramón, das ist Kara, er wohnt hier. Er hätte ja trotzdem klopfen können, sagt sie und läuft zwei Mal auf und ab, bevor sie sich wieder setzt. Ramón blickt mich an und erzählt, dass Saras Bruder gestorben sei. In dem Moment wimmert es wieder. Sara fährt mit beiden Händen in das Fell des Hundes und knetet das Fleisch bei vollem Einsatz beider Arme, als wollte sie ein Leben aus ihm holen, das der Hund verschluckt hat, das ihm nicht gehört. Ihre Bewegungen sind gleichmäßig wie ihr Wimmern. Auch der Hund wimmert. Oder ist es nur der Hund? Ich weiß wieder nicht mehr, woher das Geräusch kommt. Es hat sich gleichmäßig in den Raum gelegt. Das blonde Haar fällt dem Mädchen vors Gesicht, während es knetet und knetet. Tut mir leid, sage ich. Setz dich doch bitte, sagt Ramón, zieht eine Hand aus der Tasche und weist in die Zimmerecke ihm gegenüber. Es ist spät, antworte ich, aber ich habe keine Stimme, krächze nur. Wir bleiben nicht lange, raunt der Mann. Jetzt setz dich, Kara. Ich knie mich genau in die Ecke, die mir Ramón zugewiesen hat.

Den Tod lieben, sagt der Mann zu Sara gewandt, denn er ist es, den wir erreichen, nicht das Leben. Ins Leben wurden wir einmal geworfen, seitdem bewegen wir uns auf den Tod zu. Der Hund wimmert, der Hund allein, oder Saras Wimmern geht durch den Hund hindurch oder klingt in ihm. Was uns von denen da draußen unterscheidet, der Mann macht eine Bewegung mit dem Arm, als wolle er seine Hand auf die Straße werfen, ist, dass die Dinge bei uns nicht austauschbar sind. Er schmult bei dem Satz rüber zu mir. Der Unterschied zwischen uns und denen ist, dass uns Dinge berühren. Die Blicke von Ramón und mir treffen sich – mich berührt, dass mich nichts mehr berühren kann, hatte er gesagt. Immerhin berührt ihn also noch etwas. Ein roter Apfel auf einer großen Hand vor meinem Gesicht. Ich schaue auf: Der Mann hat dunkle Flecken unter den Augen, die Haut seines Gesichts ist großporig. Die da draußen, sagt er, kennen den Tod nicht, sie glauben nicht an ihn, ihnen ist alles käuflich und verkäuflich. Ich nehme den Apfel aus seiner Hand, bedanke mich leise und ärgere mich gleichzeitig darüber, Gast in meinen eigenen vier Wänden zu sein, während er einen Schritt zurück tritt. Das Leben ist mehr als Angebot und Nachfrage, sagt er, und dies deshalb, weil es den Tod gibt.
Ist es nicht umgekehrt?, entgegnet Ramón. Wenn es den Tod nicht gibt, ich den Tod nicht kenne, dann berühren mich die Dinge doch viel mehr, weil alles eine Bedeutung hat, da es nie zu Ende geht und für immer bleibt. Wenn du weißt, dass du stirbst und dass jeder andere stirbt und dass die ganze Welt stirbt, der ganze Planet und auch alle anderen Planeten und alle Sterne und alle Galaxien irgendwann einfach weg sind und dass keine Spur davon, keine

Erinnerung an irgendwas bleiben wird, weil es nichts und niemanden mehr gibt, wird dann nicht alles gleichgültig? Das ist eine ganz andere Gleichgültigkeit, Ramón. Eine Gleichgültigkeit, die sich aus der Erhabenheit der Idee ergibt. Sie beugt dem Fehltritt vor, sich wichtiger zu nehmen als den Tod und so maßlos zu überschätzen, alles, was einen selbst betrifft, und gleichzeitig dieses Selbst und alles, was es betrifft, zu negieren, indem es käuflich wird oder austauschbar. Der Tod ist nicht austauschbar. Das ändert alles. Jetzt schaut er durch seine randlose Brille zu mir: Der Austausch ist wichtig, ohne ihn erstickt der Mensch an dem beleidigenden Pragmatismus des Alltags. Ich merke, wie ich mir die Finger in die Oberschenkel gekrallt habe, ich will irgendetwas machen, von dem Apfel abbeißen, den er mir gereicht hat, aber das Kaugeräusch wäre unerträglich. Auch setzt eine Erschöpfung ein, ich muss die freie Hand unter meinen Beinen auf die Dielen pressen, um nicht umzukippen. Wie war das noch mal in deiner Studie mit dem Todesnutzen?, fragt Ramón. Was?, frage ich. Woher kennt Ramón die Studie? Er kommt ein paar Schritte auf mich zu. Auch der Mann und das Mädchen sind aufgestanden, die Hunde stehen um mich herum, ihre Schatten an den weißen Wänden, sie hecheln, oder ist es wieder das Wimmern? Ramón beugt sich zu mir vor, inspiziert mein Gesicht, ruhig wie ein Richter, der nach Hinweisen für sein Urteil sucht. Der Mann, der jetzt unmittelbar vor mir steht, sagt, dass er, bevor sie gehen, noch über die Bedeutung asketischer Ideale sprechen wolle. Wir können nicht den Pragmatismus verurteilen und dann aufbrechen, nur weil die Stunde schlägt, sagt er. Ich schaue auf zu ihm, in seinem Gesicht sind kleine Schatten, das Kerzenlicht leuchtet ihn von unten an. Hinter ihm im Fenster der Balkontür zieht ein violettes Licht in die Fassaden der Häuser gegenüber.

Das asketische Ideal, der Verzicht, habe verschiedene Bedeutungen, beginnt er mit raunender, aber sanfter Stimme, eine Bedeutung liege in der Betrachtung des Schönen. Wir würden Verzicht üben durch Kontemplation von Schönheit, nur so lasse sich die Tortur ertragen, diese Folter durch ein Verlangen, das in dieser Welt immer verstärkt, aber niemals vollständig befriedigt werde. Eine weitere Bedeutung des asketischen Ideals sei die Befreiung des Geistes. Vollständige Geistlichkeit durch den Verzicht auf die Ehe. Keine Kinder, die nach Aufmerksamkeit verlangen und immer genau dann die Windeln vollscheißen würden, wenn uns von der Idee nur ein Schritt, ein Gedanke trennt: Du hast gefastet, hast meditiert, mit einer Peitsche aus gegerbter Lammhaut hast du das Fleisch deines Rückens blutig geschlagen, voller Schweiß, Blut und Psalmen stehst du also vor der Idee, und genau dann durchdringt dich der Schrei eines Säuglings, und eine Frau ruft dich bei deinem Namen, und du weißt, du trägst Verantwortung für ein Kind, für die Scheiße eines Kindes – jeder Epiphanie wird so ein Ende gesetzt. Natürlich brauchen wir Nachwuchs, aber wir müssen auch befriedet losziehen. Und verschließen wir die Augen nicht vor dem *horror vacui*, davor nämlich, dass das asketische Ideal kein Zweck, sondern nur Mittel ist: *Der Mensch brauche ein Ziel – und eher würde er noch das Nichts wollen als nicht wollen.* Die materiellen Dinge unserer Zeit taugten nicht als Motivation. Die Seele entlarve sie. Die Askese gebe uns einen Grund, verhelfe uns dazu, uns auf die Gebete und innere Ruhe zu besinnen

und auf diese Weise den Tod anzuerkennen, das Irdische zu transzendieren für göttliche Nähe. Wenn nun Schicht um Schicht Mauern gezogen würden durch alltägliche und vergängliche Freuden, die in Wirklichkeit nichts seien als Ablenkung, dann müssten wir uns verteidigen und auf den Weg begeben für das Heilige.
Er macht noch einen Schritt auf mich zu, streckt mir seinen Arm entgegen. Ich stehe auf, schlurfe aus dem Zimmer, ohne etwas zu sagen, einer der Hunde folgt mir. Wir legen uns in meinem Zimmer hin, ich aufs Bett, der Hund auf die Dielen davor, die Tür lasse ich angelehnt. Hinter der dünnen Wand und durch den offenen Spalt höre ich noch ihre Stimmen.

Ab und zu bellen die Hunde im Flur. Nur der Hund in meinem Zimmer bellt nicht. Er steht auf, dreht eine Runde, schnüffelt am Sofa, an den Büchern, am Schreibtisch und legt sich wieder auf seinen alten Platz. Alle Geräusche dringen aus der Ferne zu mir, diffundiert und gedämpft, sogar das Kratzen der Hundepfoten auf dem Dielenholz klingt wie aus einem anderen Raum. Und noch weiter weg, hinter den Stimmen nebenan, sehe ich Ramón, höre ich Nadia. Und ich höre Vince, und Nadia steht in meinem Zimmer. Wo bist du?, frage ich sie. In Istanbul, komm, hier ist das Meer, auch wenn sie mit Fahnen durch die Straßen ziehen. Vince ist ausgezogen, sage ich, du bist weg, mir rinnt die Zeit durch die Finger, komm zurück, lass uns eine Zeitschrift herausgeben. Was für eine Zeitschrift? Über Anarchismus und moderne Kunst. Hör auf, die großen Ideale zu entpolitisieren. Wie ist es hiermit: Zahnzusatzversicherungen und Dostojewski? Deine

Titelentwürfe sind zu lang für die Umschläge. Wir arbeiten großformatig. Kara, was ist los mit dir? Ich verliere den Zugang, den Zugang zu dir, zu Vince, zu mir selbst, wo werde ich sein, wenn ich mich ganz verloren habe? Nadia kommt mir aus der Ecke meines Zimmers entgegen, ihr Haar bewegt sich im Wind, der vom Meer her weht. Es macht mich so müde, den Jahren zuzusehen, sage ich, eine Horde Fußball spielender Kinder, die an mir vorbei die Straße hochläuft, aber sie spielen mir den Ball nicht zu, erwidern kein Lächeln. Du bist müde, weil du nicht schläfst, Kara. Nadia setzt sich an den Bettrand, der Hund legt sich ihr vor die Füße. Vince gründet eine Familie, sage ich, er füllt seine Konten, bereitet sich vor, vielleicht ist das der Weg, vielleicht geht nur das: Familie. Alles andere bedeutet Krieg. Kara, ich bleibe jetzt hier, in Istanbul, ich weiß nicht, wann ich zurückkomme, nach Frankfurt oder Berlin, hier bin ich nur mit mir, hier habe ich Ruhe gefunden, von meinem Balkon aus sehe ich den Bosporus. Da ist eine Wut in der Welt, sage ich, die sich gegen mich richtet, die mir sagt, du bist der Störfaktor, und die Verbindung zu mir selbst bricht ab, ich störe die Rotationsdynamik des Planeten. Dem Planeten bist du völlig egal, aber das ist nicht schlecht, die Gleichgültigkeit der Dinge ist eine Zärtlichkeit. Kann etwas Gleichgültiges zärtlich sein? Sei nicht so kleinkariert, etwas kann sich zärtlich oder rau anfühlen, ohne Intention – weder das Leben noch der Planet haben eine Intention.
Eine Familie wäre möglich gewesen, denke ich. Meine Askese bleibt unbegründet. Wovor soll mich der Schrei eines Kindes abhalten? Wovor der Ärger mit einer Frau? Gott suche ich nicht, die Ruhe für eine Verbindung zu ihm

dürfen die Priester behalten. Für meine Studie, auf die die Welt so sehr wartet? Notier eine Formel, schreib ein Gedicht, wofür? Doch lieber ein Gürtel mit Sprengstoff? Wofür?

Ich fahre meinen alten Computer hoch, mit den Bildern von Nadia und mir, Vince und mir. Bildern, auf denen Vince und ich noch keine zwanzig sind, in einer Küche in Hannover. Ein Bild zeigt Nadia, die nackt, bis auf die Strümpfe, die sie sich bis zu den Knien hochgezogen hat, auf mir draufliegt, und ich halte das Telefon in den Spiegel des Kleiderschranks und fotografiere uns. Im Spiegel ist auch Nadias Wäsche zu erkennen, die auf dem Boden verteilt liegt, die schwarze Stereoanlage im Regal, CDs auf den Dielen, die schmutzigen Vorhänge im Hintergrund. Sah ich anders aus als heute? Im Nachhinein wirkt es immer so, als hätte man gelebt. Müsste das nicht beruhigend sein? Mein Haar war voller. Sieht man das? Weniger Fältchen in den Augenlidern. Der Impuls, das Bild auszudrucken als Symbol einer Zeit. Nackt, schwarze Kniestrümpfe, Musik, schmutzige Vorhänge. Tage und Nächte ohne Essen, nur Körper. Erst zog ich ihr die Kleidung aus, dann die Schminke, die Frisur, dann uns beiden die Farbe. Mitten in der Nacht wachte ich auf und hörte die Schritte der Nachbarn und wusste dadurch, dass ich an einem bestimmten Ort auf diesem Planeten, in diesem Land, in dieser Stadt, in einer bestimmten Zeit in diesem Jahrhundert, diesem Jahrzehnt existierte. Aber es war gar nicht mitten in der Nacht, sondern Nachmittag, mit Lust und Erschöpfung hatten wir die Zeit überwältigt.

Doch jetzt ist da keine Lust mehr in mir, und das Verlangen ist eine Erinnerungsspur aus der Geschichte eines anderen Mannes, der nur aufgrund biografischer Fakten mit mir verbunden ist und der auf den Fotos grinst und behauptet: Da war Leben. Was hat mich dieses Leben gekostet, wie hoch sind meine versunkenen Kosten? Die Kosten von dem, was ich für mein Leben halte? Kosten aus der Vergangenheit, die heute irrelevant sein sollten, weil sie nun einmal angefallen sind und sich nicht mehr revidieren lassen. Sogar dann, wenn auch zukünftige Zahlungen aufgrund von Entscheidungen in der Vergangenheit unvermeidbar sind, bleiben die versunkenen Kosten irrelevant. Aber das tun sie eben nicht, sie bleiben nicht irrelevant, sondern ziehen uns bei jeder Entscheidung aufs Neue zu Boden.

In meiner Diplomarbeit hatte ich diese Formulierungen streichen oder mathematisch ausdrücken müssen: $A_{t_1} = A_{t_1} (\Pi_{t_2}, VK_{t_0})$; wobei $\frac{\partial A}{\partial VK} < 0$; mit A_{t_1}: Entscheidungsalternative heute; Π_{t_2}: Gewinn in der Zukunft; VK_{t_0}: Versunkene Kosten aus der Vergangenheit. Aus zwei Gründen blieben versunkene Kosten jedenfalls relevant. Erstens: Der Mensch handelt nicht immer rational. Hohe versunkene Kosten speichert er als negative Erfahrung ab und ist bei einer zukünftigen Entscheidung zu vorsichtig, obwohl diese nichts mit den Entscheidungen seiner Vergangenheit zu tun hat. Das ist der sogenannte Psychologische Effekt. Zweitens: Ein Leben verträgt nur eine begrenzte Menge versunkener Kosten. Ab einem bestimmten Betrag X, der für jedes Individuum unterschiedlich sein kann, folgt bei einer marginalen zusätzlichen Einheit versunkener Kosten Wahnsinn oder Suizid. Weil sich ab diesem einen bestimmten Betrag nicht revidierbarer Kosten der Abgrund der eigenen Existenz offenbart, ohne dass genügend Zeit

bleibt, um diesem Abgrund gewachsen zu sein. Das ist der Existentiale Effekt.
Professor Zarr sagte damals, er unterstütze das, garantiere aber nicht das Wohlwollen des Zweitgutachters. All die Tage in der Bibliothek oder hier in der Wohnung arbeitete ich an den versunkenen Kosten und vergaß dabei vielleicht meine eigenen. Immer dann, wenn ich kurz davor war, etwas zu verstehen, trat Vince auf genau die eine und einzige Diele im Flur, die so laut knarrte, dass das noch von der Straße her zu hören sein und jedem, der das hörte – außer Vince –, sofort aufgehen musste, dass diese eine Diele die Schmerzen aller Bäume enthielt. Ich wollte jemandem eine Nachricht schicken, jemandem, der nicht Vince war, überhaupt keinem Mann, erst dachte ich irgendjemandem und wusste nicht wem, aber dann wusste ich, Nadia. Ich schrieb: Ich habe eine Diele im Flur, die war in einem früheren Leben Totenbrett in Japan. Nadia schrieb nach zwei Tagen zurück: Ich war einmal in Japan. Wenn ich tot bin, hätte ich auch gerne ein Totenbrett. Wir sollten uns nicht erst dann treffen. Das zweite Mal, dass ich an Nadia dachte, war einen Tag später gegen Abend: Ich bemerkte, dass ich mich nicht auf die Kostenrechnung konzentrieren konnte, weil mich etwas ablenkte. Nach einer Weile, während ich mit einer Hand die Seiten der Formelsammlung durchblätterte und die Variablen las wie jemand, der einen heiligen Text in einer Sprache liest, die er nicht versteht, die Bibel auf Latein, Stellen des Alten Testaments auf Aramäisch, fiel mir auf, dass ich mit der anderen Hand immer stärker meine Hose rieb und dass ich unter dem rauen Stoff meiner Jeans einen Harten hatte. Ich klappte die Formelsammlung zu, hörte auf zu reiben. Kurze Zeit

später ertappte ich mich wieder dabei, und während ich mit der ganzen Hand unter den Stoff fuhr, nach meinem harten Schwanz griff, erinnerte ich mich, was mich selbst überraschte, voller Melancholie an die Bewegungen von Nadias Sommerkleid über ihren braunen Beinen an unserem Nachmittag am See. Ich rief sie an. Sie nahm nicht ab. Ich dachte, sie sei bei ihrem Freund, legte das Telefon weg und ging raus. Es war Abend, und es regnete, die Geschäfte waren geschlossen, nur der Imbiss am Ende meiner Straße hatte geöffnet, ein Mann besoff sich am Spielautomaten, in den er fluchend Münzen warf. Ich nahm ein Bier aus dem Kühlschrank und setzte mich in die Ecke, trank umgeben von Fettgeruch und Neonlicht und dachte, dass ich diese scheiß versunkenen Kosten schnell zum Ende bringen und abhauen musste.

Ich suche die Abschlussarbeit in meinem Bücherregal. Ich hatte sie schwarz einbinden lassen, ein Exemplar für Professor Kurt Zarr, die vom Prüfungsamt vorgeschriebenen Exemplare für die Uni und eins für mich. Der Hund wacht mit meinem Sprung zum Regal auf und schnuppert an den Ordnern, die ich daraus hervorziehe, an den Steuern und Formeln. Auch hier Fotos: Nadia und ich im Urlaub, sie trägt ihr blaues Kleid. Vince und ich in einem Club in der Anfangszeit des Studiums, seine Augen sind zusammengekniffen, wie immer, wenn er betrunken ist. Mutter mit mir in Griechenland, sie strahlt übers ganze Gesicht. Fotos sollten nur noch virtuell gespeichert und die Datenformate mit der Zeit ungültig, reale Fotoalben sollten mit staatlicher Verordnung aus den Haushalten eingefordert und vernichtet werden. Man sollte sie, wenn überhaupt, nur noch aufbewahren, wo sie nicht verstauben, dafür aber leicht vergessen werden können, in der Hoffnung, dass sie mit der Zeit unmerklich verschwinden. Nicht alle auf einmal, aber langsam, ein Bild nach dem anderen, und erst wenn es zu spät dafür ist, als dass das noch von Bedeutung sein könnte, fällt mir auf, dass all die Bilder aus meinem Leben verschwunden sind, all die Bilder, die ein Leben behaupten, das es nicht gab. Das ist auch der Grund für die technologische Weiterentwicklung der Fotografie, nicht der Kapitalismus, nicht der Wettbewerb. Besessen davon, sich ein Leben einzureden, hat man immer kleinere Objektive entwickelt und sie schließlich in die Telefone integriert. Vor wenigen Jahren noch mussten ganze Schränke in vollgestellten Wohnzimmern herhalten, um die Fotoalben zu verstauen: Das war ich als Kind, dort bin ich zur Schule gegangen, in den Sommerferien waren wir auf dem Bauernhof oder in Italien, in der Türkei, 1992, das war ein heißer Sommer. Das bin ich als Student. Ja, für kurze Zeit hatte ich einen Schnurrbart, das war damals Mode. Mein bester Freund und ich, wir sind zusammen durch Asien gereist. Eins war ihm immer wichtig: Blaubeertorte. Er musste einmal am Tag seine Blaubeertorte essen. Ein kleines Stück reichte, es musste nicht die beste Konditorei Wiens sein, aber finde mal in Hanoi Blaubeertorte. Behauptungen von Leben.

Ach, komm, sagt Vince, übertreib nicht. Er steigt aus der Wand zwischen unseren Zimmern. Ich übertreibe nicht, Vince, glaubst du, dass das ein Leben ist? Was soll das sonst sein, Kara? Das ist das Leben, es ist schön, Michelle ist schwanger. Das weiß ich doch längst. Ist dir das ganz egal, Kara? Du wirst Onkel. Er löst die Arme aus ihrer Verschränkung, sodass sich sein perfekt sitzendes Jackett etwas öffnet und auch das Hemd, unter dem seine weiße, unbehaarte Brust zu sehen ist. Er grinst, das eingeübte Grinsen eines Gigolos. Er ist keiner, aber er sagt sich, jederzeit könnte ich einer sein – wenn das mit Michelle nicht klappt: Monaco. Jetzt aber erst mal ein Selfie! Wir hätten nie so kleine Kameras entwickeln dürfen, Vince! Meine schafft dreihundert Bilder die Sekunde, du brauchst nur draufhalten, die Software schmeißt dann die unscharfen raus. Stark, Vince, stark!

Der Unterschied zwischen Vince' Kamera und einem Maschinengewehr liegt darin, dass das eine Leben vervielfacht und das andere Leben auslöscht. So die Illusion. Aber vervielfacht die Kamera wirklich Leben? Die Bilder überlagern ein nie da gewesenes Leben mit Täuschungen, sie füllen das Nichts mit Seinslügen. Die Kamera vervielfacht das Leben nicht, ihre Bilder überdecken nur das Nichts, aus dem das Leben besteht. Und das Maschinengewehr? Zunächst öffnet es Wunden in Körpern. Meistens führen diese zu einem schnellen Tod durch die Zerstörung lebenswichtiger Organe wie Herz, Hirn, Lunge. Immer aber bleibt eine Zeit von der Öffnung des Körpers bis zum Tod, und wenn sie noch so kurz ist. Das Maschinengewehr löscht also nicht sofort Leben aus. Von Sterbenden ist bekannt, dass die letzten Momente ihres Lebens ihnen besonders kostbar sind. Nach Jahren des Siechens und Verschwendens, des Wartens auf Schulbänken, in Vorlesungen, auf Ämtern, in Büroräumen, in Bahnhöfen und Flughäfen, in Restaurants und vor Internetbrowsern, nach Jahren des Zeittotschlagens wird die Zeit im Moment des eigenen Totschlags zum Leben erweckt. Nachdem so selten etwas gespürt wurde – ja, Vince, vielleicht wirklich erst

bei der Geburt des eigenen Kindes –, ist da endlich für den Bruchteil einer Sekunde Leben, ausgelöst von einem Maschinengewehr.
Interessanter Gedanke, sagt Vince, hast du dir das selbst ausgedacht? Ich hatte diese Notlandung, Vince, da war plötzlich so viel Zeit, während ich fiel. Die Notlandung war vor kurzem erst, aber es ist, als wäre es Jahre her. Wir müssen meinen Junggesellenabschied planen, vielmehr: Du musst meinen Junggesellenabschied planen, Kara, denn du bist Trauzeuge, und ich will, erstens, in einen Stripclub und, zweitens, auf einen Schießstand, da hattest du echt eine gute Idee. Er hebt den Arm und formt die Hand zu einer Pistole, schließt das eine Auge und zielt auf die Wand gegenüber. Oder, sage ich, ich kaufe mir eine Shotgun und ziehe damit durch die Straßen, erschieße jeden Passanten, der mir entgegenkommt. Nach dem Junggesellenabschied! Ach Vince, auch du hast einmal an die Revolution geglaubt. Wir reden über Revolution? Das war mir nicht ganz klar, du sprachst von Shotguns und Passanten. Das ist mir so rausgerutscht, was wir brauchen, ist eine Revolution. Da bin ich ganz bei dir, aber: nach dem Junggesellenabschied. Vince! Okay, okay, ich bin der Erste, der für deine Revolution zu haben ist. Du arbeitest für die Werbeindustrie! Erstens sehe ich den Widerspruch nicht, zweitens kann es sein, dass wir uns nicht ganz einig über die Regierungsform nach dem Umsturz werden, ich werde jedenfalls Finanz- und Wirtschaftsminister, das ist meine Bedingung, du kannst von mir aus Arbeit und Soziales übernehmen oder Umwelt, meinetwegen werde Kanzler, oder wie auch immer wir das dann nennen. Du bist also dabei? Natürlich bin ich dabei, hier muss sich endlich etwas ändern, man

muss kein Genie sein, um das zu begreifen. Aber erst einmal organisieren wir die Hochzeit, und du, mein Freund, bist dafür verantwortlich. Ohne Hochzeit keine Revolution, verstanden? Vince läuft in die Wand zwischen unseren Zimmern. Was bleibt, ist der Fleck einer zerquetschten Mücke auf der Tapete.

Ich hocke mich wieder vor das Regal, aber finde die Abschlussarbeit nicht. Vielleicht liegt sie im Keller, oder ich habe sie weggeschmissen. An das Bücherregal gelehnt sitzend, die Schnauze des Hundes auf meinem Schoß, erinnere ich mich, wie ich Nadia damals im Regen getroffen habe. Ich hatte gesagt, Abschlussarbeit, nur kurz. Sie erfand eine Freundin, die in meiner Straße wohne und von der ich nie wieder etwas hörte, und setzte sich in Kreuzberg in die U-Bahn. Wenig später stand sie unter dem Vordach des Musikfachgeschäfts in der Akazienstraße. Ich sah sie schon von der Kreuzung aus. Und dann stand ich hinter ihr, hinter ihren schwarzen Locken und sah die Spiegelung ihres Gesichts zwischen einer Schallplatte von Bessie Smith und einer von Fazıl Say, die ich beide nicht kannte, aber deren Alben ich in Erinnerung dieser Begegnung später in genau diesem Fachgeschäft kaufte. Ich trat näher an sie heran und roch den Regen, der zwischen unseren Körpern verdunstete.

Dass es Augenblicke gab, viel später, in denen ich sie hasste, kann ich nicht leugnen – wann hatte das begonnen? Warum? Weil ich nicht sie hasste, sondern etwas in der Welt, etwas in mir, mich? Aber war das echter Hass, der sich so leicht, so schnell wieder auflöste? Auflöste in eine Gleichgültigkeit, die so leer von Leben war, dass die Hasserfüllten den beneideten, der von ihr befallen war?

Ich hole mein Telefon, suche Nadia in den Kontakten, starre auf den Bildschirm, lege das Telefon wieder weg. Ruf sie an. Ramón steht in der Tür, er hat die schwarze Kapuze vom Kopf gezogen. Der Kopf ist frisch rasiert. Er trägt sich in mein Zimmer, sinkt auf den Boden – ein Heißluftballon, der Luft verliert. Woher weiß er, dass ich an Nadia denke? Ich sage: Du verstehst das nicht. Ramón lächelt, aber er sieht dabei aus wie jemand, der weint. Ich sage: Sie will etwas anderes als ich. Was willst du?, fragt Ramón. Leben. Wir wollen alle leben. Du auch?, frage ich. Den ganzen Tag lang grübelst du vor dich hin, sagt er, brütest über irgendwelchen Formeln, denkst tote Gedanken für tote Regierungen – ihr beratet doch die Regierung? –, und wenn es ums Leben geht, verstehst du nichts? Du machst das doch, Ramón, du kehrst dich doch vom Leben ab, erwidere ich. Seit ich dich kenne. Jedes Studium, jede Arbeit: abgebrochen. Alles immer erstickt. Warum, warum machst du das, was willst du damit beweisen? Was ich denke oder mache, hat keinen didaktischen Anspruch, sagt Ramón. Und mich beeindrucken Kausalitäten auch nicht mehr. Ist es Rache?, frage ich ihn. Hast du nie das Bedürfnis danach gehabt?, entgegnet er. Nicht, sie auszuführen. Und du sagst, ich würde mich vom Leben abwenden, aber wovon hast du dich abgewandt? Er macht eine Pause, dann sagt er mit ruhigerer Stimme: Was hindert dich daran, Nadia anzurufen? Sag ihr, du hast verstanden, ohne sie kannst du nicht, dass du dich für das Leben entscheidest, und wer sich für das Leben entscheidet, wendet sich nicht von der Liebe ab, der sagt nicht: Wir wollen andere Dinge. Wenn du willst, bin ich dein Bote, ich fahre zu ihr, überbringe deine Nachricht, gleich mit dem ersten Zug.

Du musst natürlich die Fahrtkosten übernehmen. Ausgerechnet du redest von Liebe, sage ich. Überleg's dir, sagt er, da ist er bereits aufgestanden und im Flur. Ich bleibe hier nicht mehr, danach bin ich weg, überleg's dir – du und Nadia ... Das Ende seines Satzes höre ich nicht mehr. Wo willst du denn hin?, rufe ich noch.

Das Licht in meinem Zimmer kreischt. Ich will Ramón nach Frankfurt schicken, mit einem Brief. Er soll Nadia sagen: Ich komme, dir diesen Brief zu überbringen, Kara hat ihn geschrieben, er misstraut den Postboten, er schickt mich. Warum ist er nicht selbst gekommen? Das hat er nicht gewagt. Er wartet am Bahnhof? Ja. Hier? In Berlin, er wartet dort, bis ich zurück bin, er isst nicht, er hat sich keine Zeitung gekauft, er trinkt nicht, er trägt nur trockenes Brot bei sich für die Tauben und wartet, er hockt zwischen den Reisenden, und wenn sie bei Einfahrt der Züge aufstehen, bleibt er sitzen, bis der eine Zug kommt, aus dem ich steige, mit deiner Antwort. Was soll ich antworten, er ist es, der mich verlassen hat. Niemals, er hat sich mit einem Filzstift die Halsschlagader angemalt und mit Frischkäse beschmiert, um die Ratten anzulocken. Die Ratten? Er sagt, dass sie bald kommen werden. Ist das die Nachricht, die du mir überbringen solltest? Diesen Brief soll ich dir geben, und ich soll dir sagen, dass er sich für das Leben entschieden hat und dass du das Leben bist. Ach, Kara. Er hat auch etwas von versunkenen Kosten erzählt, aber das führt er in seinem Brief aus. Mit einem Gedicht hatte ich auch nicht gerechnet. Er hat gesagt, Ramón, hat er gesagt, komm nicht mit leeren Händen zurück, ich warte hier, wenn du heute Abend kommst, hier sitze ich, wenn du morgen kommst, hier, auf dieser Bank, wenn du in einer Woche kommst, hier bin ich – ich habe ihm gesagt, das hat Abraham geantwortet, als Gott ihn prüfen wollte: Hier bin ich. Ramón, es war mir lieber, als du vom Heiligen Römischen Reich sprachst. Das tue ich, denn auch ich bin ein Ausrufer des Heiligen Reiches, und jetzt folge mir. Aber was ist mit Kindern, was ist mit einer Familie? Das ist nicht relevant. Für mich ist es relevant – ist es ihm egal? Nur in dem Maße, wie den Sternen, die durch das kleine Zellenfenster eines zum Tode Verurteilten leuchten, gleichgültig ist, dass der Verurteilte am Ende dieser Nacht hingerichtet wird. Wovon redest du? Von Gleichgültigkeit. Also ist es ihm egal? Auf die lebendigste Art und Weise: Ja. Kann er denn dann Kinder lieben, kann er mich lieben? Mit jeder Faser seines sterblichen Körpers. Ramón, was soll dieses morbide Gerede? Verzeihung, komm jetzt, lass uns fahren, Kara wartet. Ich habe morgen früh einen Termin im Büro. Tu das nicht. Was? Kara hat sich fürs Leben entschieden, kehr du dich jetzt nicht ab. Wir können ja leben, aber die Miete muss auch gezahlt werden. Das ist schrecklich, Nadia. Ja, das ist schrecklich.

Es ist aus. Durch die Gardinen dringt Tageslicht. Ich stehe mit großer Entschlossenheit auf. Ich will zu Ramón, aber bleibe mitten im Raum stehen. Ich notiere mit wasserfestem Stift auf dem Spiegel: Rache und versunkene Kosten. Rache als eine Konsequenz der versunkenen Kosten. Versunkene Kosten könnten – man müsste es überprüfen – bei Ausschluss des Rachetriebs entscheidungsirrelevant sein. Aber Triebe lassen sich nicht ausschließen. Wer Rache will, der ist verletzt worden und spürt seine Verletzung, der hat so viel Leben in sich, dass er handeln muss. Wenn er auf Rache verzichtet, verliert er seine Lebendigkeit. Was sagt die Direktorin dazu? Dass es vom Standpunkt einer Lebensversicherung aus besser ist, wenn die Versicherten bei voller biologischer Funktionsfähigkeit so tot wie möglich sind. Was würde Nadia dazu sagen? Was soll ich dazu sagen: Geh schlafen, Kara, du machst dir zu viele Gedanken. Du bist hier? Natürlich, ich bin immer bei dir. Ramón! Ich rufe. Ich laufe in den Flur, in Vince' Zimmer. Ramón!

III

Aber warum bist du so besorgt, daß ich abreise?
Wir haben doch noch Gott weiß wieviel Zeit bis dahin.
Eine ganze Ewigkeit an Zeit, eine Unsterblichkeit!

Fjodor Dostojewski, *Die Brüder Karamasow*

Erlöser

Ich laufe das Labyrinth einer Drogerie ab, aber finde nicht, was ich suche. Winzige Finger stoßen von hinten in meine Augäpfel, ziehen sie zurück in die Stirnhöhle, mein Lächeln verrutscht. Eine Gruppe von vier Menschen steht flüsternd im Gang. Ich zwänge mich an ihnen vorbei. Ich weiß, dass die Anordnung der Regale und das System ihrer Befüllung nicht den Kriterien der bestmöglichen Orientierung folgen – ich kenne die Kreuzpreiselastizitäten. Der Einkauf ist für die Drogerie optimiert, nicht für mich, der Weg durch die Gänge führt mich an Waren vorbei, für die ich gar nicht hier bin. Ich soll sie brauchen, soll sie kaufen – aber ich will sie nicht, ich will Reinigungsmittel. Ich finde Putzlappen, Waschpulver, aber keine Reinigungsmittel. Immer wieder haste ich durch dieselben Gänge. Eine Mitarbeiterin kniet vor dem Tierfutter. Hören Sie mich? Sie sieht mich an.
Ich folge ihrer Beschreibung und finde die Reinigungsmittel in einem Gang, durch den ich schon drei Mal gelaufen bin. Vor den Cremes im Regal daneben stehen zwei Männer und eine Frau. Auch sie flüstern. Ein Flüstern auf hoher Frequenz. Ein Kribbeln auf dem Trommelfell. Ich reiße mich weg von den Alles- und Badreinigern. Die drei heben die Köpfe, schauen zu mir. Einer von ihnen, der Kleinere, feixt. Ich kaufe keine Reinigungsmittel.

Auf meinem Heimweg taucht auf den Straßen, an Häuserecken immer wieder eine Gruppe auf, die der aus der Drogerie ähnelt. Vor allem der größere der beiden Männer, ihm begegne ich zwei Mal auch alleine. Grinsend läuft er – einen Scherenschnitt im Bart – aus dem Schwimmbad, an dem ich vorbeikomme, direkt auf mich zu, als habe er mich erwartet. Er wusste, wann er die Glastüren des Schwimmbads aufstoßen musste, um mich zu treffen. Mathematisch genau treibt er aus seinem Loch – eine Parallelverschiebung.
Vor einem Café sitzen sie zu dritt, trinken Tee, naschen Kekse. Als ich vorbeilaufe, beginnen sie zu flüstern, was nicht heißt, dass sie leiser werden, im Gegenteil: Ihre Lautstärke nimmt zu. Sie stehen an den Ausgängen des S-Bahnhofs, sie sitzen in den vorbeifahrenden Autos. Sie halten an den Ampeln und überqueren die Straßen. Sie schauen aus den Fenstern der Häuser. Ihr zischendes Flüstern erstickt den Lärm der Stadt.

Bei mir zu Hause ist es ruhig, das Flüstern verschwunden. Ich schließe Fenster und Türen, ziehe die Vorhänge zu. Die üblichen Geräusche der Straße dringen leise zu mir. Motorräder, ein Kofferraum, der drei Mal zugeschlagen wird – warum nur, warum reicht nicht ein Mal? –, der Summer der Haustür, den ich durch das Gemäuer höre, nicht durch die Fenster. Und zwischen all diesen Geräuschen liegt das Rauschen in meinen Ohren, das Klingeln. Immer rauscht und klingelt es dort, die Sirenen des Nichts, sie schellen in meinem Schädel – seit wann? Seit ich falle. Das Pfeifen eines Körpers beim Fallen, wenn bei hoher Geschwindigkeit der Wind an ihm bricht. Die Sirenen schellen in meiner Hand. Vibrieren in meiner Hand. Und dann: Wo steckst du? Vince' Stimme. Ich weiß nicht, wo ich bin, Vince, ich weiß es nicht, will ich ihm antworten. Seit Tagen erreiche ich dich nicht, sagt er. Hallo? Bist du da? Nein, ich bin nicht da, ich war es nie – ich weiß nicht, wo ich bin. Warum ich nichts sage, was denn los sei, fragt Vince. Ramón ist weg, sage ich. Immer noch? Wieder, er sei wieder weg, ich hätte ihn gefunden und er habe in seinem, in Vince', Zimmer gewohnt, wir seien, wir hätten, das Schiff, antworte ich. Kara, ich verstehe kein Wort. Wir sollten uns treffen, er komme jetzt aus dem Büro, wo ich sei, er käme zu mir. Ich sage, die Menschen draußen würden alle gleich aussehen, lauter Duplikate liefen herum, die Menschheit sei fast verschwunden, untergegangen, wie einst die Dinosaurier, und der letzte Mensch habe sich vervielfacht und jetzt gebe es nur noch ihn und seine Duplikate und sie würden von überall auf einen zurennen auf den Straßen. Wo bist du, Kara? Ich liege auf den Decken in der Ecke des leeren Zimmers.

Vince setzt sich auf den Boden. Er ist wirklich gleich gekommen. Die Hände über den Knien, betrachtet er die Glut seiner selbstgedrehten Zigarette, führt sie an den Mund, nimmt einen Zug. Qualm steigt auf, verteilt sich unter der Zimmerdecke, ich fasse danach. Vince greift nach meiner Hand, zieht mich hoch, während er, die Kippe zwischen den Lippen, selbst aufsteht. Wir schauen uns an. Er spuckt den Stummel auf den Boden und zieht mich zu sich, wir stehen in der Stille des Raums. Was ist los mit dir, Kara? Ich sage ihm, dass Ramón hier war. Das wisse er schon. Die Haare hat er sich nach hinten gegelt. Dünne Strähnen, die der Kamm hinterlassen hat, glänzen in Abhängigkeit von Lichteinfall und Kopfbewegung. Die Geheimratsecken ziehen sich tief in den Haaransatz. Sein Dreitagebart ist perfekt gestutzt. Die Fältchen unter seinen Augenlidern: Jemand muss ihm die Tränensäcke abgenommen und damit eine Stadt wie Berlin geschmirgelt haben, bevor er sie ihm zurück ins Gesicht drückte – unzählige winzige Fältchen. Er packt mich an den Schultern und starrt mir aus nächster Nähe in die Augen. Ich betrachte seine fleischigen Lippen, die er schon als Kind hatte. Das Wenige in seinem Ausdruck, das ich noch kenne, das ich in diesem Augenblick noch kenne aus unserer Jugend, aus Sommernächten im Stadtwald, aus den Sprint-Wettkämpfen vom Hauptbahnhof über die Fußgängermeile bis nach Hause, verschwindet schon. Aber wenn noch etwas davon übrig ist, dann sind es seine Lippen. Und vielleicht die Augenbrauen, die sich fragend hochziehen und ihm jede Härte, jede von ihm so herbeigesehnte Männlichkeit nehmen. Wenn er so zu mir herüberblickt, ist er wieder ein Kind, ein Junge. Was er mit Ramón gemacht habe, frage ich ihn, warum Ramón gegangen sei damals. Was redest du, Kara, was soll ich mit ihm gemacht haben? Du hast doch auch hier gewohnt, du warst doch hier. Ich habe nicht mitbekommen, dass er verschwunden ist, sage ich, wann ist er gegangen, warum? Ich habe das auch nicht wirklich mitbekommen, er hat mir irgendwas erklären wollen, und dann war er einfach weg. Aber warum?, schreie ich Vince an. Er packt mich noch fester an den Schultern. Sein großer Kopf sinkt auf mich herab, unsere Nasen berühren sich fast. Ich packe ihn am Jackett, sage, wie konnte uns das egal sein, wie konnten wir ignorieren, dass ein Typ, der fast sechs Jahre mit uns gelebt, der unser Essen gegessen, der in unseren Räumen geschlafen hat, mit dem wir durch die Stadt gelaufen sind, der uns nachts geweckt hat, wie konnten wir nicht mitbekommen, dass der plötzlich weg war? Und nachdem wir es gemerkt hatten, wie konnten wir so tun, als wäre nichts gewesen, einfach weiterleben? Ich sage dir, warum er nicht mehr zu uns gekommen ist, Kara, es ist ganz einfach: Ich habe ihm irgendwann keine Drogen mehr gegeben, da hatte ich keinen Bock mehr drauf, ich bezahle, der läuft los und besorgt uns das Zeug, dann teilen wir – ich konnte das nicht mehr mit ansehen, mit ansehen, wie er vor die Hunde geht, und da habe ich gesagt, ab jetzt keine Drogen mehr, Schluss, und dann ist er nicht mehr gekommen. Und uns war es scheißegal? Wir sind nicht seine Mutter. Doch, genau das sind wir gewesen, wir sind alle unsere Mütter – du meine und ich deine und wir seine, und wir haben als Mütter versagt, und das ist nichts anderes als die tragischste Form des Versagens. Ich packe mit beiden Händen seinen Kopf und drücke seine Stirn auf meine, der Geruch von Zigaretten und Alkohol, mit aller Kraft presse ich Vince an mich.

Es war uns scheißegal, was mit ihm passiert. Alles war wichtiger. Die Arbeit, der Feierabend, der Sex, Nadia, Michelle, alles. Er ist gegangen, und wir haben drauf geschissen. Wir, die Einzigen, die er hatte, die einzigen Freunde, seine Mütter. Was macht jetzt noch Menschen aus uns, Vince? Er greift nach meinen Händen, mit aller Kraft presse ich ihn weiter an mich, aber er ist stärker, er zieht meine Hände weg, drückt mich gegen die Wand, sagt, beruhig dich. Ich sage: Was, wenn er durchdreht? Vince lässt mich los, lockert seinen Hemdkragen und atmet tief aus,

beruhig dich, sagt er noch einmal, lässt sich an der Wand mir gegenüber hinuntergleiten, bis er wieder auf dem Boden sitzt, das eine Bein ausgestreckt, das andere angewinkelt, eine gegelte Haarsträhne ragt ihm in die Stirn. Warum ist er gegangen?, frage ich, lasse mich auch an der Wand hinabgleiten. In dem sonst leeren Raum sitzen wir jetzt einander gegenüber.
Michelle geht mir auf die Nerven, sagt Vince. Sie macht mich manchmal wahnsinnig, seit zwei Monaten sind wir in der neuen Wohnung, erst vor kurzem haben wir die letzten Dinge rübergetragen, aber die rückt mir auf den Leib – ich weiß nicht, wie viele Frauen ich in den letzten Wochen getroffen habe, es waren viele, verdammt viele. Aber sie ist doch schwanger, oder? Das hat nicht geklappt – weißt du, der wievielte Versuch das war, weißt du, dass ich einen toten Fötus aus dem Klo gezogen habe? Er streut erneut Tabak auf ein Blättchen, und ich denke, nein, das wusste ich nicht. Er rollt das Blättchen und leckt die offene Seite an, und ich denke, wir sind doch Freunde, und er steckt sich die Zigarette an, nimmt mit geschlossenen Augen einen tiefen ersten Zug. Wann war das?, frage ich. Vor einem Jahr etwa, sagt er, hier, er streckt den Arm aus und zeigt in Richtung Toilette, der glühende Stumpen ganz vorne zwischen Zeige- und Mittelfinger, den er dann zum Mund zurückführt und zwischen die Kinderlippen hängt. Das wusste ich nicht, sage ich. Nein, sagt er.
Wir hatten uns in den letzten anderthalb Jahren, in denen wir zusammenwohnten, kaum noch gesehen. Einige Monate nachdem Michelle Vince krankenhausreif geschlagen und ich die Polizei gerufen hatte, fing das an, vielleicht auch schon davor. Vince hatte ein großes Projekt an Land

gezogen, seiner Firma einen enormen Vorschuss in die Kasse getragen und leitete mehrere Gruppen an, die für verschiedene Aspekte der Corporate Identity großer Firmen verantwortlich zeichneten. – Faszinierend, Vince! Ja, Mann, ganz große Nummer. – Vince trug jetzt Anzüge. Er bestellte sie günstig im Internet, aber sie saßen trotzdem wie maßgeschneidert, schwarze, blaue, türkisfarbene Anzüge. Von seinem Büro aus hatte er einen Blick auf die Spree und beobachtete manchmal müde die kleinen Wellen auf dem Fluss. Mehr eine Bewegung des Wassers, sagte er, als eine Welle, sehr viel kleiner, fast unsichtbar. Das waren die wenigen Momente, in denen er seine Müdigkeit spürte. – Ich brauche keinen Schlaf. – Und hier und jetzt stelle ich mir vor, wie er aus seinem Büro und Ramón vom Schiff denselben fast nicht existenten Wellengang auf dem Fluss beobachteten, um sich zu beruhigen. Doch zu dem Zeitpunkt damals wussten wir bereits nicht mehr, wo Ramón steckte. Diese Lungenflügel, in einem gebeugten, schmächtigen Körper, getragen durch Plattenbausiedlungen und Bibliotheken, füllten sich nicht mehr mit Sauerstoff und Abgasen, wir hatten sie eliminiert aus unseren Räumen, aus unserem Gedächtnis, für uns hatten sie aufgehört zu existieren.

Er ist von selbst gegangen, Kara, sagt Vince. Weißt du, Vince, das schätze ich an ihm, dass er in der Lage war, zu sagen »genug« und für immer und verbindlich seine einzigen Freunde zu verlassen. Freunde, als hätte der Freunde, als wüsste er, was Freundschaft ist. Und ist das seine Schuld oder die Schuld seiner Freunde? Was redest du? Ist das allein sein Verschulden, oder liegt das nicht auch an den Menschen, die seine vermeintlichen Freunde wa-

ren und an denen er hätte erfahren können, hätte erfahren müssen, was Freundschaft heißt?
Vince saß bis nachts im Büro, manchmal weil er eine Deadline einhalten musste, manchmal wegen der Stadtlichter auf den winzigen Flusswellen oder weil er ins Reden kam. Er öffnete ein Bier oder eine Flasche Wein, oft auch eine Flasche Gin und stellte auch seinen Kollegen, denen, die zu dieser Uhrzeit noch da waren, ein Glas hin und erzählte ihnen etwas, redete über Wirtschaft und Politik. Einmal hatte er auch mich belehren wollen und entdeckte in sich wieder den Anarcho, der er niemals wirklich gewesen war. Er deklamierte, vielleicht aus Nostalgie, vielleicht aus Nähe zu mir, dass wir eine Revolution bräuchten. – Was für eine? Wir brauchen eine Revolution oder einen Krieg, einen großen, einen totalen Krieg. Hörst du eigentlich noch, was du redest? Wir stecken alle tief in der Scheiße, und ich meine alle, und wenn ich alle sage, meine ich tutti, meine ich den gesamten Scheißplaneten, und vielleicht muss alles vollständig zu Bruch gehen, ich meine vollständig, wir brauchen eine Stunde null. – Einmal war ich bei Vince im Büro, da dozierte er über einen ehemaligen Kollegen, der sich ihm anvertraut habe, denn ihm, Vince, vertraue man, er wisse, was es bedeute, integer zu sein. In diesem Büro, auf dieser Terrasse hätten sie gestanden, sagte Vince zu einem seiner Mitarbeiter, der jetzt mindestens so betrunken war wie er selbst, und zu mir, der ich auf dem Sofa im Büro saß und eigentlich nur gekommen war, um Vince abzuholen. Der ehemalige Kollege habe erzählt, dass er jetzt umziehe, in eine andere Stadt, weil das Mädchen, das er vor zwei Monaten kennengelernt habe, schwanger sei von ihm. Vince hätte gesagt, dass er, der Kollege, ein

Idiot sei, sich zum Idioten habe machen lassen von diesem Mädchen, das doch, um sich abzusichern, nur einen solchen naiven, liebenswerten, gebrochenen Typen wie ihn gesucht hätte. Und als einer dazwischenrief, dass er den ehemaligen Kollegen gut gekannt und ihn vor kurzem erst wiedergetroffen habe und es eine Freude gewesen sei, ihn dabei zu sehen, wie er in seiner Rolle als Vater aufgehe, wie sehr er doch ein anderer Mensch geworden sei, unterbrach Vince ihn: Dem widerspreche er ja gar nicht, natürlich könne es sein, dass das Kind väterliche und andere Gefühle geweckt und dem ehemaligen Kollegen einen Sinn gegeben habe, wonach er vorher nur vergeblich auf der Suche gewesen sei. Und dennoch: Es sei Schwäche gewesen und keine selbstbestimmte Entscheidung. Andere hätten für ihn entschieden, in dem Fall das Mädchen, das sich habe schwängern lassen. Und das liege allein daran, dass die Menschen nicht zurechtkämen in der Welt, daran, dass sie nicht in der Lage seien, zu überwinden, was ihnen in ihrer Kindheit oder wann anders zugefügt worden sei, und das sei traurig, denn er, Vince, wisse zu genau, dass man über sich hinauswachsen könne, weit hinaus, hinaus in göttliche Höhen, und das sei es und nichts Geringeres, was er von seinen Mitmenschen erwarte, aber nur die Wenigsten – zu traurig! – seien fähig dazu.

Danach war er durch die Bars und Clubs der Stadt gezogen, wie immer. Es war keine neue Angewohnheit, neu war nur die Regelmäßigkeit. Es gab Wochen, da blieb er jeden Tag bis elf, manchmal bis zwölf im Büro und zog dann, bereits stark alkoholisiert, los. Alleine setzte er sich in Kneipen, alleine machte ihm das mittlerweile mehr Vergnügen als mit Michelle oder mit mir. – Wo warst du denn? Ich habe auch viel gearbeitet. Aber wo warst du, Kara, wo, dass wir uns mal unterhalten können. Ich habe da schon geschlafen. »Geschlafen«, dein Leben verschläfst du. Ich will nicht schlafen, ich bin jung, ich sehe gut aus, mir gehört die Welt, da soll ich schlafen? – Er machte neue Bekanntschaften in den Kneipen und Clubs, klopfte den Türstehern auf die Schulter, zog den DJs freundschaftlich am Ohr, schlief mit den Barkeeperinnen. Eine der Barkeeperinnen, Ana, studierte Physik und beschäftigte sich nachts, nach der Arbeit, mit Kernphysik und Astronomie, obwohl das in ihrem Studium noch lange nicht Thema war. Vince erzählte von ihrer wütenden Art, den Kopf zu heben hinter der Theke, wie ihre goldenen Locken über die blitzenden Augen fielen, und einmal war ich sogar mit ihm mitgekommen, hatte sie gesehen. Wenn sie nicht schlafen konnte, schrieb sie Vince eine Nachricht, und er nahm ein Taxi zu ihr und vögelte sie auf jedem Quadratzentimeter ihrer Wohnung. Er nahm sie auf dem Bett, neben dem Bett, auf dem Schreibtisch, im Flur, an den Schrank gelehnt, und wenn er nicht mehr konnte, zog er was und fing noch mal an. Manchmal fesselte sie ihn und ließ ihn stundenlang auf dem Boden liegen, rückte irgendwann mit gespreizten Beinen nah an seinen Kopf und masturbierte, ohne dass er sie anfassen durfte, anfassen konnte. Alles, was Vince wollte, war ihre Befriedigung. Er wollte nicht erniedrigen, er wollte befriedigen. Sie sollte jetzt, mit ihren zwanzig Jahren, Orgasmen bekommen, von denen sie noch mit fünfzig träumen würde, sie sollte eine Erfahrung machen, die sie niemals vergessen würde, an ihm sollte sie lernen, was sexuelle Transzendenz heißt. – Sexuelle Transzendenz, Vince? Ich diene ihr nur, es geht

nicht um mich, ich biete ihr nur meine Künste an, um ihr die volle Erfüllung zu verschaffen, und dafür belohnt sie mich, wenn sie das möchte. Ich sage immer, wir machen nur das, was du möchtest, was ich will, ist unbedeutend. Wie selbstlos, Vince. Weißt du, was das Problem ist? Die meisten Männer sind einfach schlecht im Bett, das ist ein großes Unrecht, das den Frauen angetan wird. Und du willst Gerechtigkeit schaffen? Ich gebe mein Bestes. – Immer mehr Mädchen kamen hinzu, alle unter dreißig. Vince führte immer vier oder fünf Affären gleichzeitig. Wenn er merkte, dass eine davon mehr wollte als die sexuellen Begegnungen gegen Morgen, beendete er die Affäre, und es kam ein neues Mädchen hinzu.
Wie ist es jetzt mit den Frauen?, frage ich ihn. Geht das immer noch so? Wann hat das eigentlich angefangen? Er zuckt mit den Schultern. Es gab eine Zeit, da hast du nachts auch mal geschlafen. Es fing, glaube ich, mit Ana an, sagt Vince. Warum hast du mich nie angerufen?, frage ich ihn. Nachts? Außerdem geht es mir gut. Ich weiß nicht, Vince. Er brauche die Intensität. Das sei das, was ich in meinen Formeln fände, da sei auch etwas Göttliches, sagt er. Mathematik ist das Gegenteil von Gott, sage ich. Ach wirklich? Er habe mich beobachtet, wie ich an meinen Formeln saß, wie ich Seite um Seite vollgeschrieben hätte, wie bald meine Zettel mit Gleichungen mein Zimmer ausgefüllt hätten, wie sie in den Flur und in die anderen Räume der Wohnung geweht seien, wie er, Wochen später noch, wenn er aufgeräumt, wenn er die Wohnung geputzt hätte, in Ecken und Winkeln der Zimmer, der Schränke und Regale Blätter mit meiner Algebra fand. Meine Schrift sei so perfekt gleichmäßig gewesen, die Rundungen so

schwungvoll, dass er sogar darüber nachgedacht hätte, einen dieser Zettel einrahmen zu lassen. Meine Berechnungen seien Gebete gewesen, und ich wolle ihm erklären, dass Mathematik nichts mit Gott zu tun habe? Mathematik sei nur ein anderer Weg, und er, Vince, habe diesen Weg nicht und auch keinen anderen, vielleicht finde er einmal einen, aber jetzt würden ihn nur Häute und Schöße dahin bringen. Ohne mit der Wimper zu zucken, würde er sich, gefesselt auf dem Boden liegend, aufschlitzen lassen von Ana, wenn es das wäre, was sie bräuchte für die große Befriedigung, durch die sie sich selbst und diese Welt transzendiere. Die Drogen würden ihm dabei helfen, sie machten etwas mit seinen Händen. Vince drückt die Zigarette auf einer Diele aus und streckt mir die Innenflächen seiner Hände entgegen: Siehst du das? Ich krabble rüber zu ihm. Auf allen vieren spüre ich das Gewicht der Welt, das nur das Gewicht der Glieder meines müden Körpers und ohne weiteres erklärbar ist durch die Relation meiner Kraft zu meinem Körpergewicht: Bei abnehmender Kraft steigt die Anstrengung beim Tragen der eigenen Glieder infolge der Gesetze der Schwerkraft – nicht das Gewicht der Welt erhöht sich, es ist die eigene Tragkraft, die sich verringert. Auch das ist nur eine Hypothese, nur eine wenn auch makellos schlüssige Annahme. Die Kinder im Strampelalter müsste man fragen, ob es nicht sie sind, die strampelnd das Gewicht der Welt tragen, während ich Berechnungen über Körperkraft, -gewicht und Gravitation anstelle.

Siehst du das?, sagt Vince. Was?, frage ich. Was soll ich sehen? Er beugt sich vor zu mir, sagt, da seien Wundmale in seinen Handinnenflächen. Wundmale, Vince? Er spüre manchmal Jesus in sich, manchmal werde er zu Jesus, durch eine Verbindung, die zweitausend Jahre durchdringe. Er habe das gespürt, als er ein Mädchen berührt hätte, nicht Ana. Sie habe sich auf ihn gesetzt, und er hätte die Hitze ihrer kleinen Hände auf den Schulterblättern gespürt. In dem Augenblick, in dem auch er seine Hände auf ihren Körper gelegt habe – die beiden unteren Rippen hätten genau in den Winkel zwischen Daumen und Zeigefinger gepasst –, in diesem Moment sei etwas passiert, wie ein Stromkreis sich schließt, und plötzlich ist eine ganze Stadt beleuchtet. Diesen Strom, den Strom einer ganzen Stadt, aller Städte, aller Städte in allen Zeiten, habe er durch sich und den Körper dieses Mädchens fließen gespürt, durch seine wundmaligen Hände in ihre Rippen und aus ihren kleinen Händen in seine Schulterblätter und von dort über seine Hände zurück. Er habe gespürt, wie er Elektrizität nach Rom getragen habe, nach Jerusalem. Das Lichtlein in der Nacht, den Heiligenschein des Neugeborenen habe er beleuchtet, die Fackel der drei Könige habe er auflodern lassen. In allen Häusern der Ewigen Stadt seien Lichter entzündet worden, ohne Feuer. In diesem Augenblick, da er die Rippen des Mädchens fasste, hätten die Piloten eines Fluggeräts, das in die Vergangenheit gereist und über Rom geflogen wäre, über den Lichtern dieser alten Stadt die Sinne verloren: alle Fenster des Kolosseums hellerleuchtet, das Forum Romanum mit einem Mal von elektrischem Licht durchflutet, Scheinwerfer vor dem Tempel des Saturn, auch in allen Wohnhäusern hätten Lichter gebrannt. Dieser Strom, dieses Licht wäre durch seine Hände in das Mädchen geflossen. Wenn ich dich berühre, hätte er dem Mädchen unter Tränen zugeflüstert, dann berühre ich die

Füße Jesu, und beide, das Mädchen und er, weinten gemeinsam Arm in Arm, bis der Tag anbrach, bis Vince aufstand, sich die Krawatte umband und mit feuchten Augen auf die Straße trat – das grelle Tageslicht schlug ihm ins Gesicht. Bei einem Bäcker kaufte er, obwohl er nicht den geringsten Appetit verspürte, aus purer Vernunft ein belegtes Brötchen und fuhr müde, aber gesegnet wenig später mit den U-Bahn-Zügen dieser Stadt in seinem Büro ein.
Vince zieht die Hände zurück, betrachtet jetzt selbst die Handinnenflächen, ich krieche wieder auf meine Wandseite und lege mich auf den Boden. Er hebt den Blick und grinst, als hätte er einen Scherz gemacht, aber ich kenne ihn schon lange und mir entgeht nicht, dass seine Augen glänzen, dass er meint, was er sagt. Er grinst, weil er sich schämt, er grinst mit den Kinderlippen. Ein Jesus, der sich geniert, Messias zu sein, was ihn allerdings nicht von der Bergpredigt abhält. Ich richte mich wieder auf. Nicht nur Ramón, sondern auch Vince habe ich versäumt, sie sind mir entglitten, und ich habe es nicht bemerkt. Weil es nicht wichtig genug war? Was ist wichtig? Was bedeutet »wichtig«?
Vince, lass uns mehr Zeit zusammen verbringen, lass uns irgendetwas machen, so wie früher. Das muss alles nicht so sein, es darf nicht so sein. Lass uns nachts, wenn es schneit, in den Wagen steigen und im Regierungsviertel ins Schleudern geraten … Vince.
Ich ziehe mich an der Wand hoch, meine Glieder zu tragen, kostet mich immer mehr Kraft. Was ist los?, fragt Vince. Wo willst du hin? Ich weiß nicht, wo ich hinsoll, Ramón ist weg, und ich verliere in dieser Sekunde meinen Job. Deinen Job? Heute soll ich die Zwischenergebnisse mei-

ner Studie im Ministerium vorstellen, in anderthalb Stunden, um genau zu sein, aber das ist gelaufen – das, Nadia, du, ich, alles gelaufen. Vince zieht sein Jackett aus, knöpft das Hemd weiter auf. Er streift die Schuhe ab, zieht die Socken aus, tritt barfuß auf die Dielen in seinem leergeräumten Zimmer. Was machst du da?, frage ich. Er zieht einen Kamm aus der hinteren Hosentasche. Vince, rufe ich, was soll das? Deine Karriere retten, sagt er. Und was ist mit Ramón?, frage ich. Vergiss das Ministerium, lass uns durch die Stadt fahren und ihn suchen, lass uns weiterfahren, nach Barcelona, lass uns am Strand schlafen … Ist die Bikini-Saison nicht vorbei?, sagt er. Wir fahren, wenn es wieder wärmer ist, ich könnte tatsächlich ein bisschen Teint vertragen. Die Zimmertür knarrt, einer der Hunde torkelt herein und bleibt neben mir stehen. Vince sagt: Alles muss man selber machen – hast du ein Hemd? Er läuft in den Flur. Ich schlurfe zusammen mit dem Hund hinterher. Was soll das?, sage ich. Vince packt mich am Kragen: Hör mir mal gut zu! Du bist zurzeit etwas durcheinander, das sind wir alle mal, aber ich werde nicht dabei zusehen, wie du deine Karriere gegen die Wand fährst. Wo ist dein Anzug? Ich hätte ihn letzte Woche aus der Reinigung abholen müssen. War mir klar, dann stecken wir dich jetzt in meinen, er mag etwas zu groß sein, aber das ist besser als nichts, und dann fahren wir ins Ministerium. Er drückt mir den Anzug in die Hand, läuft in mein Zimmer, kommt mit einem Hemd wieder, holt Bügeleisen und -brett und beginnt mit dem Bügeln meines Hemdes. Was stehst du da so rum, sagt er, such die Unterlagen zusammen. Wir müssen uns um Ramón kümmern, sage ich. Erst einmal müssen wir deinen Arsch retten, sagt Vince, first things

first. So, hier, zieh das an! Na los, wir haben nur noch eine Stunde.
Schaut euch diesen Mann nur an, ruft Vince voller Befriedigung grinsend, zieht das Telefon aus der Tasche und schießt ein Selfie von uns beiden, sein rechtes Auge geschlossen wegen des Qualms einer weiteren Zigarette, die zwischen seinen Lippen klemmt, mein Kopf leicht vornübergebeugt, die Hände in den Taschen der Anzughose. Vince wirft sich ein paar Klamotten aus meinem Kleiderschrank und seinen Mantel über, nimmt die Autoschlüssel aus der Schüssel mit den Anhängern, Stiften und Laserpointern. Er schultert meine Arbeitstasche: Sind da deine Aufzeichnungen drin? Ich nicke. Los, sagt er.
Im Auto sage ich, dass ich lange nicht mehr geschlafen habe, nur ein paar Stunden in letzter Zeit. Und ich sage ihm, dass Freunde von Ramón hier waren. Ach, Ramón, sagt Vince und fährt die Potsdamer Straße hoch in Richtung Mitte, überleg du jetzt lieber, was du dem Ministerium erzählen wirst. Nichts, was sie glücklich stimmen wird, sage ich.

Im Ministerium lächeln die Herren. Sie stecken in ihren steifen Anzügen, die Krawatten würgen ihre Hälse. Elastisch wie bei Hühnern, aus den Krägen schauen die rasierten Kehlköpfe hervor. Die Direktorin trägt einen schwarzen Blazer, der etwas zu weit ist für sie. Gut, dass Sie da sind, flüstert sie mir zu. Sie hat einen schwarzen Seidenschal um den Hals gebunden, ihr kurzes brünettes Haar fällt ihr in die Stirn. Wir werden in einen weißen Raum mit weißen Tischen geführt, auf den Tischen Thermoskannen aus Metall, auf denen sich mein Gesicht verzerrt spiegelt.

Meine Nase nimmt auf der Wölbung des Blechs enorme Ausmaße an. Ich bewege meinen Kopf hin und her, die Nase schrumpft, die Augen wachsen. Die Direktorin stößt mich mit dem Ellenbogen an, ich soll beginnen.
Meine Erkenntnisse über Kosten, die durch den Verzicht entstehen auf all das in einem Leben, von dem wir uns abgewandt haben, als wir uns etwas anderem zuwandten – der Preis unserer Versäumnisse –, all die Kosten der Entscheidungen, die aus uns das machen, was wir heute sind, beginne ich und schaue den Herren dabei in die Gesichter, auf ihre angegrauten Haare, auf ihre Finger, die sie aneinanderreiben. Wo sind sie wohl gewesen, bevor sie hierherkamen? Ob sie – so wie Vince – nachts nackte Physikstudentinnen und Modedesignerinnen treffen oder vor der Arbeit in den Puff gehen? Ich schaue auf mein Gesicht auf der Thermoskanne mir gegenüber und spüre meine Augen, wie sie im Schädel liegen, die Nervenbahnen, die von ihnen ins Gehirn ziehen, das Bildmaterial, das in den Gyri verarbeitet wird, und die Reizreaktionen, die über den Pons in das parasympathische Nervensystem gelangen. Ich spüre meine Organe. Die Leber, die Milz, sie drücken gegen die Lunge, ich bekomme kaum Luft, ich falle immer noch, hier stehend, in diesem Raum, in diesem Anzug, der von der Unordnung meines Gesichts ablenkt, meines Gesichts, in dem die Nase wächst und schrumpft und sich die Wangen ausbeulen, über das meine Gedanken huschen wie Kakerlaken. Ich will weitersprechen, aber ich weiß nicht, wo meine Stimme ist. Ich suche die Taschen des Anzugs ab, die Jackett-Innentaschen, die Hosentaschen, nirgends finde ich sie. Einer der Herren hält meine Stimme in der Hand wie einen Butterkeks und stiert mich

an. Er muss über fünfzig sein, hat aber keine Falten im Gesicht. Seine makellos glatte Haut glänzt. Das ist nicht das Gesicht eines Fünfzigjährigen, sondern das eines sieben- oder achtjährigen Jungen.
Wieder spüre ich den Ellenbogen der Direktorin, sie drückt mir einen Bonbon in die Hand. Meine Erkenntnisse, sage ich, alle noch unter Vorbehalt, sollten unter bestimmten gegebenen Umständen rechtliche wie kalkulatorische Konsequenzen haben und müssten in jedem Fall zu einer Revision des Ausbildungsförderungsgesetzes sowie des Erbrechts führen, ganz zu schweigen von einer vollständigen Reformierung des Bildungswesens sowie des staatlichen Sicherheitsapparats. Auch steuerliche Veränderungen, insbesondere eine Reform der Kirchensteuer, womit sich der interministerielle Ausschuss für Arbeitssicherheit, Sozialversicherung und Pietät dringend befassen sollte. Ich schreibe aufs Flipchart:

$G(L, T)$

Wir betrachten Leben und Tod als ein Güterbündel, wobei sich die Lebensanteile durch Liebe, Ehrgeiz und Gesellschaft beschreiben lassen. Todesanteile gehen dementsprechend einher mit einem Verzicht auf Wagnis, welches notwendig gewesen wäre für mehr Liebe, Ehrgeiz und Gesellschaft. Dabei führt auch ein extremes Wagnis zum Tod, allerdings nicht, ohne vorher die Lebensanteile maximiert zu haben, zumindest besteht diese Möglichkeit. Ein Scheinparadox, denn was beendet wird, ist die Lebenszeit, und was maximiert – plötzlich sitzt Ramóns Stimme in meiner Kehle, und ich verwende seine Worte –, was maximiert wird, ist das lebendige Leben. Die Konsumenten von Leben und Tod bevorzugen ausgewogene Güterbündel, was eine berechtigte Annahme ist, wenn man bedenkt, dass lediglich zu vernachlässigende Randerscheinungen nur Tod, also Selbstmord, oder nur Leben, also Exzess, präferieren.

Was ich nicht sage: Bei den Randerscheinungen flackern Bilder von Ramón und Vince auf. Ramón in Vince' Bürostuhl, das dünne Metallgestell seiner Brille auf seiner Nase, die nach unten geschrägten Augen, die Hand an der Stirn. Dann: Der Kopf, wie er abrutscht, eine schwarze Kapuze darüber – so liegt er da, bis ihn jemand, Vince oder ich, entdeckt. Vince, mit nach hinten gegelten Haaren, in einem seiner Anzüge, den Bart hat er auf fünf Millimeter getrimmt, seine Tränensäcke flirren, die Lippen glänzen, Blut fließt aus seinem Mund, während er mich anlächelt mit den Fältchen und dem Blau seiner Augen, fließt es rot über seine Lippen auf seinen perfekt sitzenden Anzug, zieht in das Weiß seines Hemdes, nimmt die Bahn der Bügelfalten seiner Hose, färbt das braune Innenfutter der Lederschuhe.

Ich schaue wieder zu den Herren: Die meisten Menschen bevorzugen also eine ausgewogene Mischung aus Leben und Tod, sofern wir konvexe Indifferenzkurven unterstellen. Die Herren starren mich an. Die Direktorin hat die Hände geöffnet. Ich schreibe auf:

$$U = U(L, T) \qquad \text{(I)}$$

Der Nutzen (U) lässt sich ausdrücken in Abhängigkeit der beiden Variablen Leben (L) und Tod (T). Die Optimierung der Funktion durch die Bildung des totalen Differentials ergibt:

$$\Rightarrow \frac{\partial U/_{\partial L}}{\partial U/_{\partial T}} = -\frac{dT}{dL} \qquad \text{(II)}$$

Das heißt, das Verhältnis der Grenznutzen von Leben und Tod entspricht exakt dem negativen, umgedrehten Austauschverhältnis von Leben und Tod selbst. Im Zuge meines Daseins bin ich also womöglich bereit, auf eine zusätzliche Einheit Leben (dL) zu verzichten, wenn ich dafür eine bestimmte Menge Tod (dT) bekomme.
Um den Nutzen aus Leben und Tod zu maximieren, muss jedoch eine Budgetrestriktion berücksichtigt werden. Es liegt nahe, hierfür die Lebensjahre, den Lebenszeitraum anzusetzen. Allerdings hat sich gezeigt, dass ein solcher Ansatz zu kurz greift, da Lebensanteile durch eine Verkürzung der Lebenszeit verstärkt werden können. Budgetär ausschlaggebend ist also nicht der Lebenszeitraum, sondern die Lebensintensität, letztlich: die Erfahrung. Wenn es nun die Erfahrung (E) ist, die das Budget eines Individuums für den Genuss des Lebens bestimmt, so kann das Individuum diese Erfahrung auf Leben und Tod verteilen, indem es Wagnisse (w) eingeht oder versucht, seine Sicherheit (s) zu erhöhen. In diesem einfachen Modell ließe sich die Budgetrestriktion also so formulieren:

$$E = sL + wT \qquad \text{(III)}$$

Damit sind die Lebensanteile mit Sicherheit bepreist, denn zur Erhöhung dieser Anteile geben wir ein Stück Sicher-

heit auf. Die Todesanteile haben wir dementsprechend mit Wagnis bepreist.
Hieraus folgt das Lebensnutzen-Maximierungsproblem:

$$\max_{L,T} U(L, T) \text{ unter der Nebenbedingung:} \quad \text{(IV)}$$
$$E - sL - wT = 0$$

Und aus diesen Bedingungen lässt sich wiederum die Optimierungsregel ableiten:

$$\Rightarrow GRS_{L,T} = \frac{\partial U / \partial L}{\partial U / \partial T} = -\frac{dT}{dL} = -\frac{s}{w} \quad \text{(V)}$$

Die Grenznutzen von Leben und Tod im Verhältnis zueinander sind die Grenzrate der Substitution von Leben durch Tod $(GRS_{L,T})$. Das negative Austauschverhältnis von Leben und Tod ist eine Variante der Kosten des Verzichts. Wenn es ein Budget an Erfahrung gibt, dann entspricht im Gleichgewicht das Verhältnis von Todes- zu Lebensanteilen dem Verhältnis von Sicherheit und Wagnis. – Nun scheint es zunächst so, als wären Sicherheit und Wagnis subjektive Größen, für die sich das Individuum genauso entscheiden kann wie für seine Lebens- und Todesanteile. Dabei können sie durchaus als objektive, vorgegebene Größen interpretiert werden, als eine Norm, die sich aus den Einzelentscheidungen aller Marktteilnehmer, also in diesem Fall aller Menschen einer Gesellschaft, ergibt: Wem wird welches Leben mit welcher Sicherheit zugestanden?
Das heißt also, im Gleichgewicht entspricht die Grenzrate der Substitution von Leben und Tod den Kosten des

Verzichts. Im Gleichgewicht herrscht Stillstand. Ich hänge fest zwischen Leben und Tod, stehe beidem gleichgültig gegenüber. Das ist mein Optimum: Bewege ich mich entlang einer Indifferenzkurve, muss der aus einer Erhöhung durch Sicherheit und Tod entstehende Nutzen den Verlust des Nutzens aufgrund eines Rückgangs von Wagnis und Leben ausgleichen. Aber lässt sich wirklich so leben? Stellen wir uns jemanden vor, der das nicht akzeptieren will, der das ihm zugemessene Erfahrungsbudget sprengt. Jemanden, der der Abzählbarkeit der Dinge sein Einverständnis versagt. Er hebt als Rebell gegen die Zahl die Waffen gegen sich selbst. Selbstmord $\left(\lim_{n\to\infty} dT\right)$ oder Exzess $\left(\lim_{n\to\infty} dL\right)$ scheinen die einzigen Alternativen zu sein: entweder vollständig dem Leben ergeben oder vollständig dem Tod, in einem letzten Akt fataler Lebendigkeit. Beide Möglichkeiten sind schwer erfüllbar, konvexe Indifferenzkurven vorausgesetzt. Leichter ist es, zwischen den beiden Optionen in einem Zustand permanenter Unentschlossenheit zu verharren. Dieser Zustand zögert den Selbstmord weiter hinaus, er verringert die Schmerzempfindlichkeit gegenüber Enttäuschungen des Lebens – man stumpft ab. Das Bewegen an der Grenze, das Gefühl, etwas immer wieder zu versuchen, um doch am selben Punkt, gemeint ist der Gleichgewichtspunkt: $GRS_{L,T} = -\frac{dT}{dL}$, anzukommen, jede Bemühung, vor allem die Liebe, ist eine Illusion. Daraus lässt sich folgern: Die Grenzsubstitutionsrate der Lebendigkeit entspricht dem Verhältnis von Lebens- und Todesneigung. Und: Im Gleichgewicht entspricht das Leben dem Tod.

Ich lasse mich auf einen Stuhl fallen. Den Stift mit abgezogener Kappe halte ich in der Hand wie ein Messer, mit dem ich mir die Augen ausstechen könnte. Die Direktorin hält immer noch die Hände geöffnet vor sich, die Herren schauen von mir zu ihr und wieder zurück. Ramóns Suche nach dem lebendigen Leben, unser aller Suche nach dem lebendigen Leben, schießt es mir durch den Kopf. Noch eine dritte Möglichkeit gibt es neben dem Gleichgewicht $(KV = GRS)$, neben Selbstmord $\left(\lim\limits_{n\to\infty} dT\right)$ und Exzcss $\left(\lim\limits_{n\to\infty} dL\right)$, nämlich: $\sum_{\lim\limits_{n\to\infty}} dTdL$ – die Simultanität von Selbstmord und Exzess. Einige Herren schauen mich jetzt besorgt an, die meisten bleiben ausdruckslos.

Was mache ich hier bloß, was mache ich hier, während Ramón da draußen, während Ramón irgendwo. Ich sollte nicht hier sein. Der Preis der Versäumnisse ist zu hoch. Ich sage: Ich muss gehen.

Segen

Aus aufgerissenen Augen schaut mich Ramóns Großmutter an. Ihre Nase ist knöchern, Lippen hat sie fast keine. An ihrem faltenreichen Hals wächst ein Mal, daumengroß, ein kleiner Ballon aus Haut, der aussieht, als wäre er mit Wasser gefüllt. Klage, Reue, Kummer, sagt sie. Wie bitte? Das bedeutet Ihr Name auf Althochdeutsch, Kara, wussten Sie das nicht?

An den Wänden hängen zahlreiche Bilder, immer wieder ist ein Mann in verschiedenen Lebensphasen zu sehen: als Soldat, als Bauarbeiter, als Großvater mit Enkeln auf dem Schoß. Auf einem Porträt wirkt er streng, die Lippen eng aufeinander, die Brauen zusammengezogen. Da hängen auch Bilder von Ramón und von Rahel und den anderen Enkelkindern. Je ein eingerahmtes Foto von einem einzelnen Enkelkind und immer in Festkleidern oder Anzügen, zum Abschlussball, zur Konfirmation, zur Abifeier. Eine junge Frau mit einer großen Brille, wie sie Ende der Siebzigerjahre getragen wurde, sie könnte Ramóns Mutter sein. Schauen Sie, das hat mir Ramón gekauft. Ramóns Großmutter weist auf ein Bett, das in der Ecke des Wohnzimmers steht und mir nicht aufgefallen ist. Ein Roboter, sagt sie, der macht mich schlafen. Ich lege mich rein und dann streichelt der meinen Rücken, bis ich eingeschlafen bin. Wissen Sie, jeder Mensch braucht Berührung. Ich hatte es mir angewöhnt, meine Arme und Beine und Schultern zu massieren abends, ich saß dann, wo Sie jetzt

sitzen, und machte das etwa zwanzig Minuten lang, jeden Abend. Irgendwann hat Ramón mich gefragt, was ich da eigentlich immer mache, Sie wissen ja, wie der ist, der wollte nur eine logische Erklärung. Ich habe ihm das mit der Berührung erklärt – zwei Wochen später wird dieser Roboter geliefert.
Ramón, der nie Geld hat, der tagelang hungert, kauft einen Roboter für seine Großmutter. War er heute hier, frage ich, oder letzte Woche? Sie schüttelt den Kopf. Rahel habe ich auch nicht erreicht, füge ich hinzu. Probieren Sie doch kurz den Roboter aus, sagt sie und steht mit einer Bewegung hin zu ihm auf und wirkt jetzt, da sie vor mir steht, noch viel dürrer und kleiner. Noch immer schaut sie mich aus aufgerissenen Augen an. Nachdem sie ihre Aufforderung, den Roboter auszuprobieren, wiederholt hat, sagt sie nichts mehr. Ich sage, dass ich auch unruhig schlafe, oft gar nicht. Gemeinsam steigen wir der dunkelsten Ecke des Wohnzimmers, ihrem Roboter, entgegen. Es ist zunächst nur eine Bahre, erst auf den zweiten Blick fällt eine komplizierte Tastenvorrichtung auf und etwas, das von der Bahre abgeht und der Arm des Roboters sein muss. Ramóns Großmutter zieht die Decke herunter, da liegt eine große dunkle Kugel. Ramón habe ihr erklärt, dass das Material der Kugel eine Mischung aus verschiedenem, erst pulverisiertem und dann in Form gegossenem Gestein sei, das Herz des Roboters: Damit streichelt er Sie. Ich lege mich darauf, es verursacht ein schmerzhaftes Hohlkreuz bei mir. Die Knöpfe auf dem Arm beginnen zu blinken, die Maschine summt. An meinem Rücken wird es warm. Langsam rollt sich etwas hoch in Richtung Nacken und drückt dabei die einzelnen Knochen meiner Wirbelsäule

auseinander. Am Nacken angekommen, rollt es wieder hinunter zum Becken. In meinem Körper breitet sich Hitze aus. Mein Fleisch, meine Knochen, ich bin ganz weich. Ich sehe Ramón auf dem Boden liegen. Irgendwo mit geschlossenen Augen, so wie ich hier. Ich sehe sein Gesicht vor mir. Seine Augenlider. Der Mund, die Mundwinkel entspannt, keine Falten auf der Stirn. Ganz ruhig liegt er da. Über mir, über ihm wacht seine Großmutter, sie spricht: Swenne diu sêle kumet in daz ungemischte lieht, sô sleht si in ir nihtes niht sô verre von dem geschaffenen ihte in dem nihtes nihte, daz si mit nihte enmac wider komen von ir kraft in ir geschaffen iht. Die Hitze ist jetzt überwältigend, aber ich schwitze nicht. Ramón hat für seine Großmutter sein Blut gespendet, für seine Großmutter, die ihn nie danach gefragt hat, fand er einen Weg.
Ich kippe mich von der Bahre. Vor mir, in der Wohnung steht der große, schwarzgekleidete Freund Ramóns. Das schummrige Licht spiegelt sich in seiner randlosen Brille. Gehen wir, sagt er mit seiner tiefen, raunenden Stimme.

Der Himmel, dunkelblau, der Mond, die Laternen – die Nacht vertieft sich, ich fahre. Der Mann sitzt auf dem Beifahrersitz. Wo ist Ramón?, frage ich, während wir durch die Hochhaussiedlung steuern. Jemand steigt aus einem Taxi, die Taxi-Schrift auf dem Dach leuchtet auf. Die blauen Lichttafeln der U-Bahnhöfe. Das pinke T auf dem Hochhaus der Technischen Universität. Der Asphalt der Fahrbahn verdunkelt sich erst im Kontrast zu den Bürgersteigen.

Ich bin es, der ihm folgt. Dabei ist das meine Wohnung. In der Küche weist er auf einen Stuhl: Ich soll mich setzen. Durch die randlose Brille lächeln mich seine Augen an. Seine langen Wimpern greifen nur selten ineinander – er blinzelt fast nicht. Reden wir über dich, sagt er. Über mich, sage ich, gebe es nichts zu reden. Ob er wisse, wo Ramón ist? Mein Gesicht, ich versuche, die Züge zu entspannen, vergeblich, sie verhärten sich weiter. Er lächelt immer noch. Sein Lächeln hat nichts Herablassendes, im Gegenteil, da ist Zuneigung. Eine Zuneigung ohne falsches Versprechen von Nähe – ich weiß, ich bin ihm egal. Die Hunde kommen in die Küche, sie bellen schon lange nicht mehr. Ich lege ihnen ein hartes Brötchen auf das graue Plastik des Bodens. Ihr Schmatzen vermischt sich mit dem elektrischen Pulsieren des Kühlschranks. Auf der Fensterbank steht meine Palme – zwischen ihren grünen, zapfenförmigen Blättern hängen auch gelbe, sie zeigen auf ihn. Und er schaut mich weiter lächelnd an. Über mich gebe es nichts zu erzählen, wiederhole ich, frage erneut, wie es Ramón gehe, wo er gerade sei. Ramón treibe immer nur, treibe irgendwohin, unbestimmbare Ströme schöben ihn an, niemand schaffe es jemals, ihn von seinem Kurs abzubringen. Warum ist das wichtig?, unbeirrt weiterhin sein Blick. Ramón ist mein Freund, antworte ich. Natürlich ist er das, sagt er, und sofort fügt er an: Du bedeutest Ramón viel. Niemand, antworte ich, bedeutet ihm viel. Mein Ton fällt spitzer aus, als ich das wollte. Seine Mimik verändert sich nicht. Er behält eine Ernsthaftigkeit, die mir zugewandt ist: nicht unnahbar, sondern sein Gegenüber, mich, ernst nehmend. Außer, sage ich, jetzt ruhiger, seine Schwester. Er nickt langsam, verständnisvoll, schaut sich dann um, schaut die Wände der Küche an, die Vince und ich weiß gestrichen haben, die jetzt aber eher gelb sind. Bis zur halben Höhe hatten wir die Wand lackiert, jetzt glänzt der Lack schmutzig. Nach einer Weile antwortet er mir mit seiner dunklen Stimme: Wir sind nicht dafür gemacht, allein zu sein. Nicht einmal Tiere sind das. Er sagt: Alleine leben, alleine aufstehen, alleine essen, mit sich selbst reden – auf Dauer ist das nicht gut, wir brauchen einander. Er legt die Hand vorsichtig auf den Tisch, wie auf den Rücken eines Tieres, eines Wals, der sich nur für ihn aus dem Wasser hebt. Ich kann seinen Blick nicht deuten, weiß nicht, ob er seine Aussage bekräftigt und von mir Zustimmung erwartet oder ob er mich fragend ansieht. Seine Hand auf dem Rücken des Wals rührt sich nicht. Weißt du, wo Ramón ist?, frage ich ihn noch einmal. Er zieht mit einem Ruck die Hand vom Tisch. Ramón ist in Paris, sagt er. In Paris? Was will Ramón in Paris? Er mag Paris, das weiß ich, es hat vielleicht gar nichts mit diesen Leuten zu tun. Seit wann hast du nicht mehr geschlafen?, fragt der Mann mich. Du siehst verdammt müde aus. Mein Kopf ist tatsächlich ein großer schwerer Ball, mit Wasser gefüllt, das bei jeder Bewegung gegen die Innenseite meines Schädels schwappt. Dass Ramón Paris mag, ist falsch, er mag Paris nicht, so wie er Berlin nicht mag oder irgendeine andere Stadt. Aber er war schon einmal dort, war nach einer Feier bei uns, auf der er aufgewühlt war und nicht aufgehört hatte zu reden, in der Nacht einfach so in den Zug gestiegen, hatte sich auf der Toilette versteckt, jedes Mal, wenn die Schaffner gekommen waren. In Paris war er durch die Straßen und Kaufhäuser und Metrostationen gestreunt. Die Nächte hatte er mit Jugendlichen verbracht, die unbewohnte, heruntergekommene Mansarden kannten. Das hatte er uns alles später erzählt.

Wir sind nicht dafür gemacht, wiederholt der Mann, aber manchmal sind wir allein. Ramón braucht deine Obhut nicht. Weshalb diese Sorge? Du kannst die Zeit nicht anhalten ... So ein Unsinn, falle ich ihm ins Wort, ich will mit ihm nicht über »Zeit« reden oder über mein Leben. Aber er blickt mich weiterhin ganz offen an, als würde er sagen: Hier ist meine Seele, schau nur, hier darfst du dich aufhalten. Ich war einmal mit Ramón in Paris, sage ich, vor langer Zeit. Ich sage das mehr zu mir selbst.

Nachdem Ramón mehrere Wochen verschwunden war, weckte er uns mitten in der Nacht, sagte, er wolle uns etwas zeigen. Es ist vier Uhr in der Früh, sagte Vince, kann das nicht bis morgen warten? Wir fahren nach Paris, sagte Ramón. Idiot, sagte Vince und schlurfte wieder ins Bett. Ramón schaute zu mir. Ich sagte: Komm rein, wir reden morgen. Wie er es geschafft hat, uns zu überreden, weiß ich nicht mehr. Irgendwann war Vince jedoch der Meinung, er habe eh schon immer einmal nach Paris gewollt, und Nadia sagte, sie habe Verwandte dort – es seien nicht alle Arbeiter nach Deutschland geströmt, Frankreich habe auch ein paar abbekommen. Sie gab uns zwei Kontakte, einmal zu einer Cousine und dann zu einem Freund, Florian, der als Koch arbeiten und uns, wenn wir »nett« seien, »durchfüttern« würde. Nadia kam nicht mit. Wir nahmen den Wagen und finanzierten das Benzin durch zwei Mitfahrer. Ich fuhr, Vince drehte einen Joint, und einer der beiden Mitfahrer drohte mit der Polizei. Kurz darauf qualmten Ramón, Vince und der andere Mitfahrer das Auto zu, während ich auf der linken Spur alles aus

dem Kleinwagen rausholte. Vince schäkerte mit dem Typen, der die Polizei rufen wollte, klopfte mir dabei auf die Schulter, sagte, dass sich niemand Sorgen machen müsse, solange ich am Steuer sitze, ich hätte schon im Bauch meiner Mutter Fahren gelernt. Er lächelte sanft, nur seine Augen blitzten, während er versuchte, den Typen von unserer Harmlosigkeit zu überzeugen. Und es gelang ihm. Es gelang ihm immer. Wenn seine Augen aufsprangen wie Blüten, die fleischigen Lippen sich zum breiten Grinsen eines Zwölfjährigen verzogen – niemand konnte ihm dann etwas verübeln. Auch Ramón hing voller Frieden in den Polstern der Rückbank, während ich mit den Scheinwerfern Löcher in eine Nacht schoss, die uns an jeden Ort und jede Zeit tragen würde, wir brauchten nur von einer Öffnung in die nächste zu springen.
Was lässt dich lächeln?, fragt die tiefe Stimme. Gedanken, sage ich. Warum war Ramón mit dir in Paris?
Wir sind den ganzen Weg nach Paris in einer Nacht gefahren. Vince wollte zum Eiffelturm und in den Tunnel, in dem Prinzessin Diana gestorben ist, aber das interessierte Ramón alles nicht. Wir mussten den Wagen stehen lassen und die Metro nehmen, weil er den Weg mit dem Auto nicht kannte. Irgendwo mitten in Paris lief er dann mit uns in ein Kaufhaus. Wir folgten ihm. Im Kellergeschoss durch ewig lange Gänge, bis er eine Tür ins Treppenhaus fand. Wir stiegen sechs Stockwerke hoch, dann ein langer Korridor, in dem wir unsere Schritte nicht mehr hörten, weil auf einmal Teppich auslag. Endlich öffnete Ramón eine Tür in eine verlassene, aber voll möblierte Wohnung. Die Möbel waren alt, vielleicht aus den Fünfziger- oder Sechzigerjahren, die Kissen des Sofas aufgerissen. An

der Wand hing das Porträt eines Affen in der Kleidung von Ludwig XIV. Vince hüpfte glücklich durch die Zimmer, rief: Du hast nicht zu viel versprochen, mein Lieber. Aber das war nicht, was Ramón uns zeigen wollte. Aus der Wohnung führte er uns eine metallene Wendeltreppe nach oben aufs Dach. Ein großes Dach mit vielen Schornsteinen und Antennen und einem Schuppen am anderen Ende. Das war es, das hatte Ramón uns zeigen wollen: diesen Schuppen. Die Aussicht war nicht einmal schön, ein höheres Haus blockierte die Sicht. Auf der anderen Seite konnten wir immerhin bis zum Eiffelturm blicken. Aber Ramón setzte sich vor den Schuppen und schaute in das Stück Himmel über dem Haus gegenüber, das als Lagerhalle verwendet wurde, in den Fenstern sah man Kram, der aufeinandergestapelt war oder einfach durcheinandergeworfen dalag. Vince setzte sich zu ihm. Niemand weiß von diesem Schuppen, sagte Ramón, irgendwer hat den hier irgendwann – wahrscheinlich illegal – gebaut. Jeder Zentimeter in dieser Stadt ist ein Vermögen wert, aber das Ding hier haben sie vergessen, auch die Wohnung unten. Nur ich weiß von dem Schuppen, ich habe ihn entdeckt, auch die Jungs, die mir die Wohnung gezeigt haben, kennen ihn nicht, und ich schwöre dir, als ich hier das erste Mal saß, habe ich gespürt, dass an diesem Ort die Nervenenden des Universums zusammentreffen.
Das war alles ein Teil von Ramóns Weg, sagt der Mann, jetzt ist er angekommen. Wo soll er angekommen sein?, frage ich. Er erfüllt seine Bestimmung, seinen Auftrag, antwortet er. Ich sage ihm, dass ich nicht glaube, dass Ramón nach Paris gefahren sei, aber selbst wenn er das getan haben sollte, dann sicher nicht, um irgendwelche

Aufträge auszuführen. Ramón hätte noch nie einen Auftrag ausgeführt, noch nie etwas für andere gemacht, das höchste der Gefühle sei der Abwasch gewesen. Dann fällt mir der Roboter seiner Großmutter ein. Er denke nicht in solchen Aufträgen, ihm gehe es um einen höheren Dienst, sagt der Mann und blickt mich weiter offenherzig an. Ein Dienst, der ohne Auftrag durchgeführt werde, aus intrinsischen Gründen. Er erteile keine solchen Aufträge, erst recht keine Befehle, das habe er nie getan, er würde höchstens um etwas bitten, aber eigentlich nicht einmal das. Allerdings habe er vor langer Zeit einen Auftrag in sich gespürt, das schon, einen Auftrag, der sein Leben verändert habe. Mehr: Der habe ihm ein Leben gegeben. Die Zeit vorher, vor diesem Auftrag, sei austauschbar gewesen, ein Leben, wie es viele führten, fünfunddreißig Jahre lang. In der Nähe von Hamburg sei er aufgewachsen. In der Schule sei er weder gut noch schlecht gewesen, die Lehrer hätten ihn oft aus der Klasse geschmissen, auch wenn es andere waren, die im Unterricht geredet oder gelacht hatten. Aber es habe auch Lehrer gegeben, die ihn gebeten hätten, nach der Unterrichtsstunde zu warten, und ihn, nachdem alle anderen Schüler fort waren, fragten, ob er Sorgen hätte, wie sie ihm helfen könnten.

Er zieht ein Feuerzeug aus der Tasche und zündet die verstaubte Kerze auf dem Küchentisch an. Das flackernde Flämmchen spiegelt sich im schmutzigen Lack der Wand. Warum erzählt er mir das? Warum? Ich kenne diesen Mann nicht. Hat er Ramón nach Paris geschickt? Wofür? Ramón, der sich so gibt, als wäre er bereit zu sterben. Eine Hand auf meiner Hand und meine Hand auf meiner Stirn. Ich schaue auf. Er streift mir sanft die Faust von der Stirn.

So viele seien verloren, ausgespuckt, zurückgelassen, sagt er. Alle möglichen Menschen würden sich an ihn wenden, Ingenieure, Anwälte, Leute, die viel Geld verdienten, teure Autos führen. Bezeuge dies, also der Umstand, dass sich so viele Menschen an ihn wendeten, nicht, dass er im Recht sei, er und das, wofür er stehe? Und das ist?, frage ich. Er stehe für eine Welt, in der es keine Verwaisten gebe, in der jeder, auf den ich treffe, mein Bruder sei, in der ich nie Angst haben müsste. In seiner Welt sei das Nichts ein Tor, das sich öffne, und nicht ein Abgrund. Im Gegensatz zu einem Leben, in dem es keine kulturelle Grundlage mehr gebe für Entscheidungen, in dem keine Prinzipien mehr gelten, nicht der Imperativ der Großzügigkeit, nicht die Pflicht zur Hilfeleistung, weil die Mittel über die Zwecke erhoben würden – oder besser: über den Zweck, den einen. Er hingegen wolle wieder an Prinzipien festhalten, Prinzipien, die sich von wahren Zwecken ableiten ließen. Nur so könne die Leere in den Herzen der Menschen wieder gefüllt werden, die Leere, die entstanden sei, wo einmal das Gewissen gesessen habe, also das Wissen darüber, wann, wo, wie welche Entscheidung zu treffen sei. Wo die Menschen es nicht schaffen würden, diese Leere auszufüllen, werde das Prinzip der Optimierung installiert, und ein jeder sei nichts weiter als ein Knopf, ein Schalter oder ein Rädchen in einem Getriebe. Indem alle glaubten, nur aus Eigeninteresse zu handeln und sich nur noch in ihr Eigenstes zu vertiefen, stellten sie die Ordnung her, die über sie und auch ihn herrsche, eine gottlose Ordnung. Entscheidungen nur so zu treffen, dass die Ressourcen für die bestmögliche Erfüllung des eigenen Interesses ausgeschöpft würden, das sei das Gegenteil von Liebe.

Er zieht einen kleinen, roten Lederbeutel aus der Tasche und hält ihn sich vors Gesicht. Tief atmet er ein und reicht mir dann den Beutel, auch ich rieche daran, atme den Duft des schwarzen Tees, der nach Wald und Regen riecht, und dieser Geruch gefällt mir und dieses Gefühl, dass mir etwas gefällt, dieses Gefühl, dass mir, Gefühl, dass gefällt. Ich hatte das lange nicht mehr. Und während ich tief ein- und ausatme, lächelt er wieder, lächelt er mich väterlich an, aber dann verrutscht sein Blick, erinnert mit einem Mal gar nicht mehr an das Wohlwollen eines Vaters, sondern nur noch an die Nachahmung davon, an den Blick eines zehnjährigen Jungen, der Vater spielt. Und in dem Maße, wie er zu einem Zehnjährigen wird, werde ich zum sechsjährigen kleinen Bruder, der nicht merkt, dass der ältere Bruder Vater spielt, der das Lächeln nichtsdestotrotz als das aufnimmt, was es letztlich ist: das Lächeln eines älteren Bruders. Ich reiche ihm seinen Tee, und als er ihn entgegennimmt, berühren sich für den Bruchteil einer Sekunde unsere Finger, und die Wärme seiner Hand fließt in meine, und ich höre mich Danke sagen. Meine Stimme klingt schwach, fast unverständlich, ich setze – vielmehr nicht ich, sondern etwas in mir – noch einmal bestimmter nach: Danke. Er nickt, zieht die Hand zurück, steht auf, kocht Wasser, stellt uns Tassen hin, greift in den Beutel, zieht mit drei Fingern Tee heraus, für mich, für ihn. Der Wasserkocher braust auf, er gießt das heiße Wasser in die Tassen. Dann der Dampf des Tees, der aufsteigt. Wir heben die Tassen zum Mund. Ich bin so müde, ich habe Mühe, die Augen offen zu halten. Wir trinken.
Komm, sagt er, leg dich hin, es ist spät. Ich will nicht, nicht, während er hier ist, aber der Drang danach wächst, von

Augenblick zu Augenblick nimmt das Gewicht meiner Glieder zu. Komm, sagt er und stellt sich vor mich hin, er hält unsere Teetassen in der Hand, ich folge. Sein Becken ist im Verhältnis zu seinen Schultern sehr breit, und ich weiß nicht warum, aber während ich ihm in mein Zimmer folge, rühren mich das breite Becken und die sich daraus ergebende Art zu laufen. Wegen seines schwankenden Gangs, wegen des überproportionalen Beckens ist er in dieser Sekunde der liebenswürdigste Mensch. Ich streife die Schuhe ab, lege mich ins Bett, ziehe die Decke über die Schultern. Er schaltet das Nachtlicht an und die Deckenleuchte aus, setzt sich an den Bettrand, fasst mir an die Stirn. Seine Hand ist heiß von der Teetasse, die er bis eben gehalten hat. Die Wärme fließt in meinen Kopf, breitet sich von dort aus in meine Brust, in meine Glieder, den ganzen Körper. Sie lässt mich schwerer werden und immer schwerer, und nicht der Abstand zwischen meinem Körper und der Erde verändert sich, aber die universelle Gravitationskonstante mal das Produkt aus der Masse meines Körpers und dieses Planeten wird größer, und mir kommen Tränen, aber ich weiß nicht, woher sie kommen, und für einen Augenblick, für einen Moment, jetzt, darf er sie sehen. Ich versuche, keine Geräusche zu machen, nicht zu schluchzen oder laut zu atmen, aber je mehr ich mich bemühe, desto lauter scheint mir mein Atemgeräusch zu sein. Es füllt meine Ohren, jeden Moment muss es durch die Wände ziehen und durch die Straßen, in die Bäume. Die warme, sanfte Hand streichelt meinen Kopf, seine Finger auf meinem Scheitel, sie fahren mir durch die Haare. Der Moment danach, wenn die Finger von einer Stelle des Kopfes zur anderen ziehen und die

berührten Punkte abkühlen, als hätte er mir Menthol auf die Kopfhaut geträufelt. Ich will nicht, dass dieses Gefühl je aufhört, denke: berühre mich noch einmal an der Stelle, aber kaum habe ich das gedacht, spüre ich seine Finger an einem anderen Punkt, und eine Müdigkeit steigt in mir auf, eine ruhige, eine, die in Schlaf münden darf, eine Art der Müdigkeit, die ich so lange schon nicht gehabt habe – eine kindliche, wie ich sie zehnjährig nach dem Schwimmen kannte, himmlische Müdigkeit.
Ich atme mit den Bäumen und Gräsern, mit den Häusern und Straßen, die Stadt ist meine Lunge. Ich höre ein Summen, ein tiefer, atonaler Klang, ein Vibrieren. Es ist der Mann. Ich spüre ihn mehr, als dass ich ihn höre. Sein Summen geht mir ins Herz, mein Herzschlag verlangsamt sich, das Hämmern, nur noch ein Klopfen jetzt. Dann verändert sich der Klang, es ist, als würde er etwas sagen, Wörter schleichen sich ein, auch sie eher gesummt als gesprochen. Ich höre mmm und ooo und raaa – denke ich mir nur: Raaa-mmm-ooo-nnn? Und dann ein Zischen und Rattern: Paaa-rrr-iii-sss. Ich höre das Summen und Singen, das Raunen und Murmeln, aber ich bin zu müde, um zu verstehen. Und diese Müdigkeit ist so angenehm, dass mir egal ist, wo Ramón steckt. Was immer er tut, was immer ich tue, alles ist in Ordnung.

Das Halbdunkel meines Zimmers. Die Heizung rauscht. Wie lange habe ich geschlafen? Ich taste mit den Füßen nach meinen Schuhen. Der Mann ist weg, auch Vince' Zimmer ist leer, Ramón ist nicht zurückgekehrt. Ich rufe bei Rahel an, aber sie nimmt immer noch nicht ab. Mein Mantel liegt in der Küche, ich werfe ihn über.

Auf der Straße ein Wind. Der Bus, auf den ich nicht lange warten muss, ist fast leer. Am Bahnhof kann ich mich nicht überwinden, etwas zu essen zu kaufen. Ich setze mich auf die Metallsitze am Bahnsteig und friere, obwohl es nicht allzu kalt ist.

Im Zug verteilt ein Vater Orangenstücke an seine schläfrigen Kinder. Einige Fahrgäste lassen sich von ihren Bildschirmen anleuchten. Eine Frau steht im Gang. Rahel geht nicht ran. Nach dem fünften Versuch gebe ich auf. Draußen ziehen Lichter vorbei, wenn wir Bahnhöfe und manchmal Städte passieren. Die Kinder sind ruhig, die Kinder schlafen. Die Schalen ihrer Orange liegen noch auf dem Tisch.
Sechsjährig laufe ich durch den Zug, schaue in die Abteile, ärgere die Schaffner, möchte den Lokführer fragen, ob ich die Lok bewundern darf, bin zu schüchtern, stelle mir Verbrecher auf der Flucht vor – sie laufen über das Dach des fahrenden Zuges –, die auffälligsten unter ihnen sind so alt, wie ich jetzt bin, reisen allein und tragen Sporttaschen. Ich habe keine Taschen bei mir.
Ein junger Mann mit fettigen, langen Haaren schläft mit offenem Mund und verschränkten Armen am Fenster des Abteils. Die Luft ist jetzt schon verbraucht. Der Vorhang ist halb geschlossen, es ist dunkel. Alle haben die Schuhe ausgezogen und die Füße auf die Sitze gegenüber gelegt. Im Halbdunkel erkenne ich die Muster auf den Socken der jungen Frau neben mir erst nach einer Weile. Sie sind an den Zehen weiß, Blümchen sprießen über den Fußknöcheln bis zu den Fersen, die wieder weiß sind. Ihre Jeans ist zerknittert, sie hat sich die Jacke wie eine Decke

übergeworfen, das Haar ist durcheinander. Draußen Schilder mit Ortsnamen, Bäume, unbevölkerte Bahnsteige, die großen weißen Uhren der Bahnhöfe wie tote Augäpfel im Obduktionslicht. Der Kopf der jungen Frau neigt sich, ihr Mund öffnet sich leicht. Ich drehe mich auf die Seite, sodass ich ihr Gesicht im Profil sehe, wie es verschwindet, wenn wir durch eine Gegend ohne Licht fahren, und wie es wieder auftaucht mit den Städten und Bahnhöfen. Einmal wendet sie sich im Schlaf zu mir, und wir geraten Kopf an Kopf, ihr Atem liegt auf meinem Mund.

Ramón will keinen Schein, ihm geht es nicht darum, etwas darzustellen: Er ist. Will er sterben? Ist es ihm gleichgültig? Will er etwas beweisen? Aber wem? Nicht den Menschen, mit denen hat er schon lange abgeschlossen. Hat er? Warum sollte er zu mir kommen und bei mir wohnen, wenn er mit allen Menschen, also auch mit mir, abgeschlossen hätte? Würde er sich etwas antun? Ramón will nicht sterben, er will leben. Was, wenn er stirbt, weil er leben möchte? Wird er sich etwas antun? Wird er jemandem etwas antun? Ich befrage den gleichmäßigen Atem der jungen Frau. Ich will sie wecken, ihr von Ramón erzählen. Ich will, dass sie sich müde aufrichtet, nur ein Stück, dass sie ihre Strähnen aus dem Gesicht wischt, dass sie mir ihre Schäfchenzähl-Spiele nennt, dass sie vielleicht die Hand ausstreckt und auch meine Strähnen aus der Stirn wischt, dass sie sagt, ich dürfe schlafen. Der Zug hält. Der Junge mit den fettigen Haaren schläft weiter. Sie schaut kurz auf. Wir strecken uns wieder über die Sitze.

Kurz vor der Dämmerung schimmern ihre Wangen grau. Ihr Atem geht gleichmäßig. Mein Kopf pulsiert. Einmal,

als mir die Augen fast schon zugefallen sind, glänzt die randlose Brille des schwarzgekleideten Mannes auf. Er sitzt neben dem schlafenden Jungen. Dann fällt ein Licht ins Abteil, ein Bahnhofslicht bei der Durchfahrt, und leuchtet den Sitz neben dem Schlafenden an. Er ist leer.
Ich höre das Mädchen atmen. Wir bremsen wieder. Nachdem der Zug gehalten hat, vertieft sich die Stille im Abteil. Du reist ohne Gepäck, steh auf, zieh die Schuhe an, steig aus, nimm einen Zug nach Frankfurt, das ist nicht weit von hier. Die Bäcker haben schon geöffnet, kauf dir einen Kaffee, ein Croissant, setz dich auf eine Mauer, eine Bank, an den Steinrand eines Brunnens und warte, dass Tag wird. Iss das Croissant langsam, trink den Kaffee, schau nicht aufs Telefon, lies weder die Uhrzeit ab noch Nachrichten, schau zu den Tauben, schau zu den Hunden, wenn es welche gibt, steh auf, geh, geh langsam, durch den Regen, geh. Bleib erst vor Nadias Haus stehen. Es ist noch zu früh, warte, warte, bis sie aufwacht, bleib genau so stehen, rühr dich nicht, steck die Hände nicht in die Hosentaschen, senk nicht den Blick, schau hinauf zu dem Fenster, hinter dem sie schläft. Eine Stunde, anderthalb, da ist der Zeitungsjunge, die Postbotin steigt vom Fahrrad, du wartest. Der Lärm auf den Straßen nimmt zu, die ersten Fenster im Haus öffnen sich, einige Bewohner werfen ihre Bettdecken über die Fensterbänke, du wartest. Du wartest, und dann, gib acht, hat das Warten ein Ende, Nadia öffnet die Fenster, der Wind weht ihre Locken auf wie schwarzes Heu. Du bist eine Skulptur vor ihrem Fenster.
Der Zug bewegt sich wieder, rollt an. Nadia hatte gewollt, dass ich komme, hatte gesagt, ich will, dass mein Freund bei mir ist – die machen mich hier fertig, meine Chefin

hasst mich. Du weißt, dass das nicht stimmt. Nur weil ich eine Frau bin. Sie ist doch selbst eine Frau. Du verstehst von diesen Dingen nichts. Warum fragst du mich dann? Ich frage dich gar nicht, ich habe dich lange nichts mehr gefragt.

Bei der Einfahrt in Köln streckt sich die Frau neben mir. Der junge Mann mit den fettigen Haaren springt auf und verlässt das Abteil. Sie schnürt ihre Schuhe und schultert ihren Rucksack.
Auf dem Bahnsteig wird sie von einem Mann begrüßt.
Ich kaufe Kaffee.
Da ist der Dom.
Ich nehme den Zug nach Paris.

Nichts

Kurz vor Paris ist der Himmel nicht mehr schwer. Mein Schnellzug, Schieber eines Reißverschlusses, der die Wiesen und das raue Fell des Himmels zusammenzieht.
Ich rufe Rahel an. Sie geht nicht ran. Ich schicke ihr eine Nachricht, dass ich in Paris sei, ob sie wisse, wo ich Ramón finden könne.

Ich steige in Paris Nord aus, laufe durch die Straßen. Nadia hat sicher schon längst die Fenster geöffnet und hinausgeschaut und nicht gemerkt, dass etwas nicht stimmt, dass die Skulptur fehlt, die ich bin. Sie weiß nicht, dass ich mich in Paris befinde. Die alte Frage nach dem Baum, der im Wald umfällt, wenn niemand dabei ist: Woher wissen wir, dass das ein Geräusch ergibt?
In dem Kaufhaus von damals fahre ich in den sechsten Stock und schaue aus der Fensterfront: Dächer und Tauben. Aufleuchtende Computerbildschirme in den getonten Bürofenstern eines Gebäudes aus Beton und Glas. Daneben ein Haus mit Mansardendach, Bullaugenfenstern, Schornsteinen, deren zylinderförmige Ausgänge aussehen wie kleine Dosen, aufgestellt für Schießübungen. Im Lichthof des Kaufhauses schweben riesige Heliumballons in Altrosa, die Verkäuferinnen tragen Lippenstift in der Farbe der Ballons. Rahel meldet sich nicht.
Ich fahre in den Keller, finde den Korridor, durch den wir vor Jahren zu dritt gegangen sind. Wieder Gänge, Trep-

pen, wieder der sechste Stock, aber in einem ganz anderen Teil des Gebäudes. Die Tür zur Wohnung, die uns Ramón gezeigt hatte und die ich trotz allem wiederfinde, ist verschlossen. Eine Eisentür mit mehreren Schlössern, keine Wohnungstür. Auf der anderen Seite des Korridors entdecke ich eine Wendeltreppe, die nach oben führt. Die Luke an ihrem Ende lässt sich öffnen. Ich steige aufs Dach, vor mir erstreckt sich Paris, ein Reptil, dessen Schuppen sich aufrichten beim Atmen. Ich finde die Metallauswölbung eines Lüftungsschachts, gegen die wir uns damals schon gelehnt hatten, links von mir Vince, rechts Ramón. Vince hatte auf die Stadtlichter geschaut, Ramón in den Himmel. Sterne gibt es überall, Ramón, Paris nur hier, hatte ich gesagt. Da ist eine Kuh, sagte Ramón. Was redest du? Da, am Himmel, eine Kuh. Du bist eine Kuh, lachte Vince. Dann starrten wir zu dritt in den Himmel, der zu uns zurückstarrte wie das Auge eines Geschöpfs, das so enorm groß war, dass wir es nicht vollständig sehen konnten. Ist das das Auge von Paris? Wenn Paris ein Ungeheuer ist!

Auf der anderen Seite des Dachs finde ich Ramóns Schuppen. Auch hier ist die Tür zugesperrt. Ich suche nach etwas, nach einer Spur, einer Kleinigkeit, die mir sagt, dass Ramón hier gewesen ist. Vor dem Schuppen liegt ein Stück Stoff, vielleicht aus einem Kleidungsstück getrennt, vielleicht aus einer langen Bahn geschnitten. Ob der Fetzen Ramón gehört? Er könnte jedem gehören. In dem hohen Haus gegenüber, wo die Fenster bis oben hin zugemüllt waren, stehen jetzt Schreibtische. In einem Konferenzraum sitzen fünf Personen auf exakt den gleichen Stühlen mit dem Rücken zu mir. Über die Rückenlehnen der

Bürostühle ragen hälftig ihre Köpfe – eine Gruppe, die sich gleich beamen lässt, nur wohin?

Der Geruch der Metrotunnel zwischen Marzipan und Gummi. Die weißen Fliesen, die Werbeplakate für Parfum: Frauen mit halbgeöffneten Lippen, für Actionfilme: Männer mit Maschinengewehren und Sportautos – alles in grünen Holzrahmen aus Zeiten, in denen es noch keine Autos gab. Violinen und Celli, Münzen der Fahrgäste auf den Kissen der Musiker. Ein verwahrloster Mann, dem der Bart grau aus den Ohren wächst.
Zwischen den Touristen – auch zu dieser Jahreszeit – im Jardin des Tuileries irrt eine alte Frau umher, als suchte sie jemanden, den sie vor vielen Jahren genau hier verloren hat. Mit dem Gehstock im Arm wendet sie sich von einer unsichtbaren Gestalt zur nächsten. Auch sie selbst scheint unsichtbar zu sein, denn niemand, der an ihr vorbeigeht, schaut sich nach ihr um, niemand achtet auf ihre Handbewegungen, auf die Finger, die nach unten fließen, wenn die Handknöchel aufsteigen, und wie sich Mittel- und Ringfinger öffnen, wenn sie die Hand wieder hinuntersegeln lässt. Niemand achtet auf ihre kreisenden Bewegungen, auf den kleinen Wirbel, zu dem sie in aller Langsamkeit wird.
Ich weiß nicht wohin mit mir. Auf dem Display meines Telefons noch immer kein Zeichen von Rahel. Ich suche die Nummer von Florian, Nadias Pariser Freund, in meinen Kontakten – ich habe sie nicht mehr, und Nadia kann ich nicht fragen. Der Name des Cafés, in dem er arbeitete: Sans toit ni loi.

Ich folge einem Mann mit Seemannsmütze durch die Straßen. Dass gerade er, ein willkürlich gewählter Mensch in einer Millionenstadt, den Weg zu Ramón kennt, ist abwegig, aber Ramón zufällig auf der Straße zu begegnen, ist genauso abwegig – also folge ich einem Fremden.
Der Fremde stülpt den Kragen seiner Jacke hoch, sie ist zu dünn für diese Jahreszeit. An der Ampel zieht er die Schultern zu den Ohren, setzt die Fäuste in die Jackentaschen. Einige Meter hinter ihm bleibe ich stehen und warte, dass die Ampel auf Grün schaltet. Er geht weiter, ich folge ihm, synchronisiere meinen Gang mit seinem, setze den vorderen Fuß auf, wenn er ihn aufsetzt, ziehe das hintere Bein nach, wenn er das tut. Seine Knie öffnen sich bei jedem Schritt leicht nach außen. Den Kopf hat er schräg nach vorn geneigt, wie jemand, der gegen Wind ankämpfen muss – es ist nicht windig.
Wir treten auf die Champs-Élysées, ein weiter Bürgersteig, viele Menschen, noch mehr Touristen. Der Fremde setzt seine Schritte, ohne auf die Quadrate im Trottoir zu achten, mal tritt er in die Mitte eines Quadrats, mal auf eine Fuge. Vor einem Gebäude hält er inne, ich bleibe neben ihm stehen, es ist ein Kino. Wir schauen auf die Filmplakate, spiegeln uns im Glas der Türen, er ist ein Stück größer als ich. Auch ich stecke die Fäuste in die Manteltaschen, so wie er. Er schaut zu mir, sein Dreitagebart ist grau, er lächelt mich an und läuft ins Kino. Ich folge ihm. Drinnen wartet eine Frau im Trenchcoat, sie umarmen sich. Die Frau hat bereits Tickets, gemeinsam gehen sie in den Vorführsaal. Ich bleibe vor den Kassen stehen.

Die Laternen leuchten jetzt, ich drücke mich entlang der Hausfassaden, meine Schritte sind gleichmäßig, nicht langsam, nicht schnell. In den Ladentüren schlafen Obdachlose. Ein Pärchen hält sich Arm in Arm auf einer dünnen Matratze, deren rissiges Ende ins Laternenlicht reicht. Ich will mich zu ihnen legen, will ihre Arme öffnen, mich zwischen sie werfen und die Arme wieder über mir schließen. Da richtet sich einer von beiden auf, das Gesicht kann ich nicht erkennen, ich weiß aber, es starrt mich aus dem Dunkel an, ich starre zurück, sage: Excusez-moi, laufe weiter.
Die Kreuzungen in Paris ähneln sich mit ihren Cafés, mit den gleichen Stühlen auf den Terrassen davor, der gleichen Serifenschrift über den Markisen, den Menschen im rötlichen Licht, mit ihren Kastanien und den Laternen, mit dem beigen Stein herrschaftlicher Häuser. Ein Mann in einem Café sitzt einem gefüllten Schnapsglas gegenüber. Ich beobachte ihn von draußen. Er trägt einen Anzug mit Krawatte, wirkt aber nicht wie ein Geschäftsmann, sondern eher wie ein Künstler. Ich sehe, wie er die Kappe vom Füller zieht und etwas notiert. Anschließend setzt er die Kappe wieder auf den Füller, faltet das Papier, zieht die Falz mit den Fingern gerade und steckt es in die Innentasche seines Jacketts. Er inspiziert das Schnapsglas, dreht es hin und her, setzt es an die Lippen, ohne einen Schluck zu nehmen, setzt es wieder ab und trinkt es dann doch in einem Zug leer. Mit verzerrtem Gesicht beugt er sich vor, verkrampft wie bei einem Herzinfarkt und lässt sich schließlich zurück gegen die Stuhllehne fallen.
Ich laufe weiter, bis ich am Café Sans toit ni loi ankomme. An der Fassade des Hauses Werbeplakate aus den Dreißiger- und Vierzigerjahren, der Name des Cafés in ge-

schwungenen Buchstaben auf das Frontfenster gepinselt. Drinnen hängen von der Decke Knoblauchknollen und Johannisbrot, an den Wänden Schilder von Produkten aus dem letzten und vorletzten Jahrhundert. Eine Kaffeemühle steht auf dem Tresen. Die Gäste sitzen an kleinen Tischen. Durch die Küchenluke hinten erkenne ich Florian. Er ist immer noch ein junger Typ mit kurzgeschorenen blonden Haaren, Kindergesicht und einem schwarzen Küchenhemd, die Ärmel hat er hochgekrempelt. Ich suche mir einen freien Tisch. Die Kellnerin zündet eine Kerze an, ich bestelle Rotwein, Radieschensalat und Quiche, schaue immer wieder in Richtung Küche, versuche, einen Blick von Florian zu erheischen. Er ist geschäftig, sein Kopf taucht in dem kleinen Ausschnitt, den ich erkennen kann, auf und wieder ab. Er schielt zwischendurch ins Café, in den Raum, aber nicht zu den Gästen, er schaut zu mir, aber sieht mich nicht. Ich hingegen blicke unentwegt zu ihm. Schließlich, nachdem er seinen Blick abermals durch den Raum hat schweifen lassen, ohne die Menschen wahrzunehmen, bleibt er doch an meinem Tisch hängen. Unschlüssig sieht er zu mir, die Kellnerin ruft ihm etwas zu, aber er scheint sie nicht zu hören, sein Blick weicht auf, er lächelt mich an. Der blonde Schopf verschwindet aus meinem Blickfeld, die Schwingtür, in der die Luke eingefasst ist, springt auf. Florian marschiert auf mich zu. Mit Schwung setzt er sich an meinen Tisch. Lange nicht mehr gesehen, sagt er grinsend. Er fragt, wie es Nadia gehe, sagt, dass er ewig nichts von ihr gehört habe, nickt anerkennend, als ich erzähle, dass sie jetzt in Frankfurt für die Uni arbeite. Er fragt, was mich nach Paris führe. Ich konnte nicht schlafen, sage ich. Jemand ruft ihn, er steht auf, die

Kellnerin bringt Salat und Quiche. Da bist du hier richtig, sagt er, wir schlafen hier nämlich alle prächtig. Er will sich gerade umdrehen, zurück in die Küche, da halte ich ihn am Handgelenk fest. Er erschreckt, ist irritiert. War Ramón hier?, frage ich. Wer? Unser Freund, der, den du zusammen mit Vince und mir durchgefüttert hast damals. Florian lacht jetzt wieder: Ja, ihr wart ganz schön gefräßig. Aber deinen Freund habe ich nicht gesehen. Sollte ich? Ich zucke mit den Schultern. Florian geht zurück in die Küche. Ich fange an zu essen.
Nachdem die Kellnerin das Geschirr abgeräumt hat, setzt sich Florian wieder zu mir – er hat eine Cognac-Flasche in der Hand. Er schenkt uns ein und leert sein Schnapsglas in einem Zug. Ich halte mein Glas fest, klammere mich mit aller Kraft daran. Wenn ich es loslasse, falle ich. Alles gut?, fragt Florian und streicht sich über die borstigen Haare. Von hinten ruft ihn wieder jemand. Ich schaue auf das Cognacglas, trinke einen Schluck, schaue auf den letzten gelben Tropfen auf dem Boden, sauge den Restcognac aus und stehe auf. Warte, ruft Florian da, wo schläfst du?

Seine Wohnung besteht aus einem Zimmer mit einer Matratze, einer Küchenanrichte und einem Sessel. Hinter dem Kühlschrank befindet sich ein Kabuff ohne Tür, um die Ecke sind Klo und Dusche, der Duschkopf über der Schüssel, kein Waschbecken. Florian sagt, so könne man duschen und kacken gleichzeitig. Der Sessel sei sehr bequem, er selbst habe schon oft darin geschlafen, er sei fast bequemer als seine Matratze, außerdem könne ich sein Kissen haben, eine zusätzliche Decke habe er auch. Ich frage, ob ich duschen dürfe. Du willst es ausprobieren?

Ich habe kein Handtuch, aber er gibt mir ein strahlend weißes. Ist aus dem Café, auf dem Spülkasten findest du Seife.

Nackt auf der zugeklappten Klobrille lehne ich mich gegen die alten Fliesen, von denen sich nicht sagen lässt, ob sie schon immer grau waren. Nadia hatte mir von einem solchen Bad in Istanbul erzählt, in der Wohnung des Künstlers, der für einige Wochen ihr Geliebter war, als sie nach dem Studium durch die Welt reiste und ein paar Monate in der Türkei verbrachte. Wir wollten immer einmal zusammen dahin. Sie wollte mir ihr Istanbul zeigen, ihre Stadt der Vögel und Boote, nirgends hätten ihr Zigaretten je so geschmeckt. Ich drehe das Wasser weiter auf, auf meiner Haut und auf den Fliesen ein Klatschen, auf dem Klodeckel, Finger, die trommeln, aber wie bei der Erfindung der Trommel ein Rhythmus ohne Takt, Wasser, der Ursprung von allem. Ich rufe ins Zimmer hinein: Florian, est-ce que nous sommes à Paris ou à Istanbul? Comme tu veux, mon ami.

In der Wand gegenüber lässt sich ein Fenster öffnen, klein wie eine Schießscharte. Der Dampf beginnt sofort zu entweichen, und in dem in die Nacht entweichenden Dampf glühen die Lichter des Bosporus, die Bosporusbrücke streckt sich lilafarben von der Rumelischen Festung über das Meer hin zur Anatolischen, das Lila wechselt zu Orange, dann zu Blau. Ich lasse das Fenster offen und setze mich zurück auf den Klodeckel, der Dampf steigt der Schießscharte entgegen, ich befeuere Paris mit Istanbul.

Auf einem kleinen Plastikeimer in der Ecke liegt eine Schachtel Zigaretten. Ich ziehe eine Zigarette und ein Feuerzeug aus der Packung. Vielleicht sitzt auch Nadias

Künstler gerade auf dem Klodeckel oder hat eben das Wasser auf seinen Kopf fallen lassen und auf die Schultern und Oberschenkel und auf den Klodeckel für den tieferen Trommelklang, er, der nichts von mir weiß, auch nicht, dass Nadia nach ihrer Rückkehr mit mir zusammengekommen ist und dass sie jetzt nicht mehr mit mir zusammen ist. Ich hebe den Kopf aus dem Wasser und zünde die Zigarette an, ich ziehe ein Mal und huste den Qualm in den Wasserdampf. Ich lehne mich wieder gegen die Fliesen. Nach drei Zügen erlischt die Glut, weil der Tabak nass geworden ist. Ich drehe das Wasser ab.

Wieder bei Florian, lege ich mich in den Sessel. Der Körper ist leichter nach der Dusche, ich schwebe in fremden Räumen. Florians Wohnung ist eine Raumkapsel. Er zieht eine Schublade an der Anrichte auf und betätigt das Besteck, die Bordinstrumente. Er schiebt ein Messer vor, dreht einen Löffel um, hält ein Fläschchen vor sich, hier, sagt er, selbstgebrannt, von meinem Opa. Er trinkt und konzentriert sich dann wieder auf sein Cockpit, als ich ihm das Fläschchen abnehme. Ich nippe an dem Hochprozentigen. Wir fliegen nach Sankt Petersburg und halten Ausschau nach Starzen aus dem neunzehnten Jahrhundert. Wir fliegen in die Normandie, wo Florian gelebt hat, bevor er nach Paris gekommen ist. Wir suchen alle Wüsten nach dem Petit Prince ab. Wir fliegen nach Alexandria und nehmen Abschied von ihr, die uns verlässt. Wir fällen den Stadtwald in Hannover, wo ich aufgewachsen bin. Wir montieren Schöneberg ab, wo ich jetzt wohne, und errichten es wieder auf einer Ölbohrinsel in der Südsee. Wir setzen uns auf den Monserrate und schauen hinab auf die Hochebene von Bogotá. Ich sage höher, und wir fliegen

zur Sonne, von hier ist die Erde stecknadelkopfgroß, ich sage weiter, und wir fliegen zum Jupiter, von hier ist die Sonne stecknadelkopfgroß, die Erde verschwunden. Weiter, und wir fliegen zu Sirius, von hier ist Jupiter stecknadelkopfgroß und die Sonne verschwunden. Florian zieht grinsend die Messer, tauscht die Gabeln, und wir fliegen, und nichts ist bedeutungsloser als die Existenz der Menschen. Alle ihre Errungenschaften: nichtig.
Ich wünschte, Sirius wäre kleiner, sagt Florian, oder die Erde größer. Auch Sirius ist winzig, sage ich. Mich beruhigt das. Die Gleichgültigkeit des Universums gegenüber den Sorgen eines Kochs ohne E-Mail-Adresse und eines Ökonomen ohne seine Formeln. Gute Nacht, sagt Florian schließlich, wirft sich auf seine Matratze und schläft augenblicklich ein. Ich sehe ihm beim Schlafen zu, wie sich der Brustkorb hebt und senkt, wie der Kopf in die Armbeuge sinkt, schwerer wird. Der Kühlschrank gurrt. Die Nacht summt.

Meine Mutter sagt immer: Bete, wenn du nicht schlafen kannst. Bete, das beruhigt. Sie ist nicht religiös, das war sie nie. Was macht sie jetzt? Kann sie schlafen? Steht sie vor dem Spiegel im Schlafzimmer und übt ihren Tanz? Zu jedem Zeitpunkt ist ein neues Leben möglich. Zu jedem Zeitpunkt ist es unmöglich. Mutter, schläfst du? Wie lautet das Schlafgebet? Bete, wenn du nicht schlafen kannst, hat sie immer gesagt. Sonst erwähnte sie Gott nicht. Jetzt lebt sie allein. Jetzt schläft sie keine Nacht durch. Heimat ist eine Funktion der Immobilienpreise. Bei gegebenem Vermögen sinkt mit steigenden Preisen die Heimatlichkeit: $H(P_{Im}, Y)$. Das Wort Heimatlichkeit existiert eigentlich nicht. Das Wort Heimat existiert nur irrtümlich. Das Wort Wohnort ist bürokratisch, spiegelt aber die Fakten. Das Wort Gott hat etwas mit dem Wort Schlaf zu tun, laut Mutter. Wenn sich Worte verbinden, kann das etwas mit Sinn zu tun haben, Sinn führt wieder zu Gott, und bei der Kombination Wort–Sinn–Gott sind wir wieder beim Gebet. Ich schlafe nicht.

Der verzweifelte Nicht-Schlaf heißt Beten. Der gleichmäßigste Nicht-Schlaf heißt Rechnen. Der stärkende Nicht-Schlaf heißt Liebe. Der schwächende Nicht-Schlaf heißt unglückliche Liebe. Der zermürbende Nicht-Schlaf heißt Zweifel. Der existentialistische Nicht-Schlaf heißt Angst. Der kapitalistische Nicht-Schlaf heißt Optimierung. Der dichterische Nicht-Schlaf heißt Sex. Der blumige Nicht-Schlaf heißt Botanik.

Ich verfüge über einundvierzig Schäfchen-Zähl-Spiele. Schäfchen 1: Todesnachricht von Mutter. Schäfchen 2: Todesnachricht Nadias. Schäfchen 3: Todesnachricht Vince'. Neues Spiel. Schäfchen 1: Mutters Kopf auf dem Tisch in ihrer Küche, das Gas zischt aus den Öffnungen der Herdplatte. Schäfchen 2: Vince mit Schaum im Mund, nackt auf dem Fußboden einer Fremden. Schäfchen 3: Nadia –

In Florians Zimmer steht die Echse aus dem Flugzeug und zittert am ganzen Körper, und hinter ihr steht Ramón in seiner Daunenjacke, hat die Kapuze übergezogen, und dahinter blitzt mich ein Paar Augen durch eine randlose Brille an. Ich liebe diese Jacke, sagt Ramón und zieht die Bedienung eines ferngesteuerten Autos aus einer der Taschen. Gleich drückt er auf den Knopf und jagt uns in die Luft. Der Moment, in dem ich begreife, dass er es tun wird und bevor er es tut, dauert eine wunderbare Ewigkeit.

Florian bewegt sich im Schlaf. Er schmatzt. Die Füße schauen unter der Decke hervor, die Zehen öffnen und schließen sich wie die Finger einer Faust. Sein Atem ist jetzt leiser, ich höre ihn kaum noch, aber die Atembewegung richtet seinen Körper jedes Mal automatisch ein Stück auf. Dann hebt er plötzlich den Kopf und schaut mich durch eine Nebelschicht auf seinen Augen hindurch an. Was ist passiert?, fragt er heiser. Nichts, sage ich. Er setzt sich hin, reibt sich die Augen und wischt ein paar Mal über die stoppeligen Haare. Müde greift er nach seinem Telefon.

Sein Gesicht ist so bleich, dass es im Halbdunkel des Zimmers leuchtet. Er sagt: Doch. Bei diesem kurzen Wort versagt ihm die Stimme. Es könnte mitten in der Nacht sein oder neun Uhr abends, ich könnte hier seit Tagen oder Wochen mit Florian sitzen oder seit Minuten, ich begreife Zeit nicht. Er sagt: Sie schießen.

Ich verlasse das Haus, bewege mich durch die Stadt wie durch Wasser. Ich treibe die Straße hoch, die Florian genannt hat, sie ist gesperrt, ich höre die Sirenen, gehe in die Parallelstraße. Hier stehen Krankenwagen, Polizisten mit blauen Helmen laufen umher. Was mache ich hier? Ich schaue nach Ramón, aber auf der Straße sind keine Zivilisten. Ein Polizist kommt auf mich zu und sagt, dass ich zurück in meine Wohnung gehen solle. Ich laufe in den nächsten Hof. Lichter in allen Etagen wie Laternen in der Nacht, jede Wohnung eine Laterne in der Hand eines Kindes. Auf das graue Kopfsteinpflaster fällt der Schatten einer Topfpflanze aus dem zweiten Stock. Ich will die ganze Nacht auf diesen Schatten starren.

Dann dringt ein Strom von Farben und Geräuschen in den Hof. Menschen, manche halbnackt, mit glitzernden Umhängen. Überall flackert und blitzt das Gold und Silber dieser Umhänge auf. Dazwischen ein weißes T-Shirt, dunkelrot von Blut. An einem Telefon ein aufgerissener Mund, aus dem jedoch kein Laut ertönt. Immer mehr Menschen strömen in den Hof, je später sie kommen, desto mehr Blut klebt an ihrer Haut, tränkt ihre Kleidung. Hallende Stimmen, gebrochenes Schreien, Rufe nach Namen, Schluchzen. Suchende schauen im Halblicht in jedes Gesicht. Zwischen Gold und Silber und Rot, Blut und Haut in einem Innenhof von Häusern, deren Wohnungen nun nichts anderes mehr sind als Laternen für die Suchenden, zwischen auf- und herabfahrenden Armen, inmitten von Händen, die Gesichter halten oder rotieren wie Kompassnadeln in einem magnetisierten Raum. Durch die Glieder und Farben kommt eine Frau auf mich zu: Sie kommt auf mich zu, aber ohne sich zu bewegen, steht auf der Stelle, und trotzdem kommt sie immer näher. Ich sehe weg, ich sehe hin. Sie kommt immer noch näher. Ein Tuch fällt ihr vom Hals, blutig, aber sie ist unverletzt. Jetzt steht sie vor mir. Wir fallen uns in die Arme. Wir drücken uns. Fester. Sie sagt etwas, das ich nicht verstehe.

Was mache ich hier? Ich bin keiner der Überlebenden, ich war nicht, wo es knatterte, wo die Granate explodierte, wo Schüsse fielen, ich war in Florians Wohnung. Ich wurde nicht getroffen, ich blute nicht, ich stehe einfach in diesem Hof, in dem niemand weiß, wo suchen, in welches Gesicht zuerst schauen, wie sich bewegen, in dem Hände die Hoheit über die Gestik verlieren, weil von allen gelernten Zeichen keines mehr passt, oder es passen alle, aber nie-

mand kann sie lesen. Alle hier sind zurückgeworfen auf sich selbst: Wir sehen die Zeichen, aber verstehen sie nicht, wir hören die Worte, aber ihr Inhalt ist zerfallen, wir bewegen uns, aber es gibt keine Richtung. Menschen, einige rennen, einige bewegen sich fast schlendernd, einige liegen, einige kriechen, einige sitzen, einige halten Telefone an ihre Ohren, einige umarmen sich – aber Rennen bedeutet hier nicht Eile, Schlendern nicht Ruhe, eine Umarmung nicht Liebe oder eben doch. Wir sind alle hier in diesem Hof, und nichts existiert mehr, was uns Orientierung gibt. Oder nichts hat je existiert, was uns hätte Orientierung geben können, nur ist dies der Ort – dieser Hof, mit diesem Halbdunkel und dem Schatten der Zimmerpflanze –, wo wir diese Tatsache präzise spüren, zumindest ich, der ich nicht Verletzter, nicht Helfer und doch auch hier bin.
Männer und Frauen mit orangefarbenen Jacken öffnen Bahnen in die Menge, zwei von ihnen tragen jeweils einen Menschen im Arm, legen ihn aufs Kopfsteinpflaster und hüllen ihn in das goldene Plastik. Sie reißen Kanülen aus kleinen weißen Päckchen und setzen Nadeln, binden Verbände, verwandeln den Innenhof in ein Krankenhaus. Ihre Gesten bedeuten wieder etwas. Ein Mann in gestreiftem T-Shirt, das er nur noch halb trägt, umarmt eine Frau, da sind Bewegungen auf seiner Wange und an den Nasenflügeln, er weint, er lacht, er hält die Frau im Arm, ich verstehe die Hand, die flach auf ihr Schulterblatt drückt, und ich verstehe jetzt den Ringfinger, der sich dabei abspreizt.
Ich gehe weiter zum Ausgang, zur Tordurchfahrt, durch die ich den Hof betreten habe. Ein Mann steht bewegungslos, er schaut sich um, schaut in die Ferne, als wären hier keine Menschen, als stünden dort keine Häuserwände,

als könnte er über ein Meer schauen, weit, sehr weit, an einem klaren Tag, die Augenbrauen in die Stirn gezogen – ein Streifen trockenen Bluts zieht sich vom Jochbein über eine Gesichtshälfte, unter dem Ohrläppchen durch, ohne eine Spur am Ohr zu hinterlassen, bis zum Nacken. Wie ist dieser Streifen dahin gekommen? Hat ihm jemand mit blutigen Fingern ins Gesicht gefasst?

Mit jedem Schritt, den ich mache, bluten die Menschen stärker, sitzen die Wunden gefährlicher, steigt die Dichte der Menge. Am Ausgang des Innenhofs liegen die Menschen so eng beieinander, dass ich über sie drübersteigen muss. Ich gerate Auge an Auge mit einem Mann. Er liegt zwischen meinen Füßen auf dem Boden. Ein Spannungsfeld entsteht zwischen uns, in das kein Geräusch eindringen kann. Mitten im Lärm, an diesem Übergang vom Hof zur Straße, wo Menschen an uns vorbeidrängeln, entsteht eine Stille wie unter Wasser. Eine Abwesenheit fällt in die Augen des Mannes, wie ich sie vorher noch nie gesehen habe, und das Geräusch seines Ausatmens ist das Einzige, was ich noch höre, bevor ich weitergehe, den Hof endgültig verlasse und mich auf der Straße gegen die Hausfassade lehne.

Hier sind Polizisten mit Helmen, Sanitäter in Orange, Krankenwagen, Blaulichter, mehr von dem goldenen Plastik, aber die Stille hält an. Ich atme nicht. Der Mann auf dem Boden hat unser beider Atem ausgehaucht, und jetzt taugen die Lungen nicht mehr. Mit den Handinnenflächen befühle ich den kalten Stein des Hauses, an dem ich lehne. Ich versuche, ruhig zu atmen, aber immer wenn ich nach Luft schnappe, schaffe ich höchstens ein Schlucken. Dann bekomme ich endlich wieder Luft, und die Geräusche kehren zurück, das Stimmengwirr, die Rufe, das Knistern der Goldfolie.

Ich laufe in einen weiteren Hinterhof, auch hier alles Gold, Silber, Orange, Rot. Auf dem Boden Krankenhausmüll, Verpackungen von Spritzen, Kanülen, Verbänden. Die Hinterhöfe hören nicht auf. Auf einen folgt der nächste. Die Verletzten bevölkern sie. Ist das die Hölle? Ein ewiges Kreisen durch diese Höfe. Nein, das ist nicht die Hölle, das ist diese Welt, die Erde, Europa, Frankreich, Paris. In einem Treppenhaus ist es dunkel. Die Stimmen aus dem Hof dringen zu mir wie aus der Ferne. Ich höre meinen Atem, steige einige Treppenstufen weiter ins Haus, setze mich auf einen Absatz. Wenn ich die Augen schließe, wird mir schwindelig. Ich falle. Mit diesem Treppenhaus und diesem Körper, in dem ich hier sitze. Die Kälte der Treppenhauswand an meiner Schläfe, in kreisenden Bewegungen, überschlagend im Nichts, der Magen dreht sich, die Lungenflügel füllen sich nur mit Mühe mit Luft, aber ich atme.

Was machst du hier? Ramóns heisere Stimme. Er, neben mir auf diesem Treppenabsatz, auf dem wir ins Universum geschleudert werden. Diese Menschen sind so allein, Ramón, und ich, ich bin es auch. Ich weiß, sagt Ramón, das haben wir gemeinsam, wir alle, die Verletzten, die Sterbenden, die Schießenden. Hör auf, Ramón, ich will das nicht hören. Was willst du denn hören? Ob ich das getan habe? Ob ich geschossen habe? Ob ich in einen Schuss gerannt bin? Die Wahrscheinlichkeiten, Kara, wie verteilen sie sich: Ich hatte nichts damit zu tun, oder ich hatte etwas damit zu tun, aber entschied mich dagegen, oder ich habe mich erschießen lassen, oder ich war es, der geschossen hat? Es spielt keine Rolle mehr, Ramón, zieh die Kapuze ab, schau mich an. Er schiebt die Kapuze in den Nacken, streicht sich über den Kopf, aber das ist nicht Ramón, der zu mir schaut, das bin ich. Ich sitze vor mir in der Daunenjacke Ramóns und schaue mit abwesendem Blick zu mir. Je länger ich mir in die eigenen Augen schaue, desto mehr erkenne ich Vince darin, dann wieder mich und dann wieder Ramón. Ich boxe ihm mit aller Kraft ins Gesicht, aber meine Faust schlägt ins Leere, nur die Knöchel erwischen noch ein Stück des Treppengeländers, die Haut schürft etwas auf. Ich presse die schmerzende Hand zwischen die Knie, lasse die Schläfe wieder gegen die kühle Wand sinken.

Von draußen dringen keine Stimmen mehr zu mir, es ist ruhig geworden. Am Geländer ziehe ich mich hoch, ohne Stütze gelingt mir das Aufstehen nicht – die Gravitation. Ein Bein nach dem anderen setze ich auf die Stufen, weiter und weiter, und steige wieder tiefer ins Haus. Ich habe Angst vor Licht, es würde in meiner Stirnhöhle explodieren. Ich schalte es nicht ein, obwohl es so dunkel ist, dass ich weder Stufen sehe noch Türen, mich vortasten muss. Auf halber Treppe erfühle ich Gegenstände, die aus der Wand ragen, Strom- oder Wasserzähler. Ich taste weiter, die raue Wand, das Holz des Treppengeländers, steige hinab. Meine Finger streifen über Türen, ich komme an Knäufe und Schlösser. Einmal stolpere ich, weil die Treppe plötzlich viel steiler abwärtsführt, oder es kommt mir nur so vor, wie ich mir womöglich auch die Kurve, die das Treppenhaus mit einem Mal nimmt, nur einbilde. Dann verengt es sich, mit der einen Hand drücke ich gegen die Decke, mit der anderen Hand gegen die Wand. Etwas berührt mich an den Fußknöcheln, ich springe einige Stufen wieder hoch. Eine Katze? Vorsichtig steige ich weiter nach unten. Einige Meter von mir entfernt ein Licht: ein roter, senkrechter Streifen. Bald erkenne ich eine Tür, sie ist nur angelehnt. Dahinter ein Flur mit Büchern und Köpfen an der Wand. Die Köpfe könnten aus Gips sein. Das rötliche Licht kommt aus einem Zimmer am Ende des Flurs.

In dem Zimmer mit dem roten Licht gerate ich vor das Haupt eines Löwen. Seine Augen glänzen. Ich spüre meinen Herzschlag in der Brust. Es ist, als würde mich ein Mensch aus dem Jenseits anstarren. Dass Löwen uns so ähnlich sind: die breite Stirn unter der Mähne, die Mandelform der Augenhöhlen, die breite, flache Nase, das geschlossene Maul mit den nach unten gewölbten schwarzen Lefzen. Er hat etwas Trauriges, Erhabenes, wie ein Mensch aus Urzeiten, ein Wissender, der im hohen Alter beobachtet, wie alles, wofür er einmal stand und noch steht, allmählich erlischt. Wir sehen uns an, dieses Tier und ich, es trägt Glasaugen, die ihm nicht gehören – wer hat sie ihm eingesetzt? Wie ist dieses Tier überhaupt in diese Wohnung gekommen? Auf einem Schrank hinter dem Löwen sitzt eine Eule. In der Ecke daneben hängt die Lampe, von der das rote Licht ausgeht. Erst auf den zweiten Blick fällt mir der Mann auf. Er ist vor dem Schreibtisch in den Stuhl gesunken, sein Laptop aufgeklappt, daneben eine Kamera mit Objektiv, er schläft. Sein Gesicht ist zart, die Züge ganz weich. Er ist vielleicht so alt wie ich. Auf seinen Wangen Spuren von Tränen. Die Gläser seiner Brille sind verschmutzt. Ich warte, dass mein Herz weniger heftig schlägt. Das Bild des Mannes, der zwischen meinen Füßen lag, seine aufgerissenen Augen, ohne Angst, leer, abwesend. Leise gehe ich aus der Wohnung, verlasse das Haus.

Der leere Hof, in den ich komme, ist mir unbekannt, aber auch hier ist alles voller Müll: blaue und durchsichtige Gummihandschuhe, von Händen abgezogen, blutig in eine Ecke geworfen, Schachteln, aus denen sich Papiertücher ziehen lassen, Verband, noch eingeschweißt, Verband, ausgerollt und voller Blut. Auf dem Boden blutige Schleifspuren, goldene, zerknüllte Wärmedecken liegen auf dem Hof verteilt.

Ich laufe. Eine unbefahrene Straße, vorbei an einem ausgebrannten Lastwagen, der dort schon lange stehen muss, er ist vollgesprüht mit Graffiti. Weiter, quer durch die Stadt. Erst der Klang eines Klaviers lässt mich halten. Ich vermute, sie sind Studenten, wirken sehr jung, keine zwanzig, spielen *Hit the Road Jack* auf einem kleinen Platz. Wissen sie nicht, was heute Nacht geschehen ist? Jugendliche tanzen dazu, öffnen die Arme, schnippen mit den Fingern. Die Studenten beobachten sie aus den Augenwinkeln. Ich bleibe stehen, höre ihnen zu. Einer der Jugendlichen klopft plötzlich den Rhythmus oben auf dem Klavierdeckel mit. Der Student davor zuckt zusammen, aber spielt weiter. Der Rhythmus des Jugendlichen passt nicht. Der Student – aus Angst? – versucht, sein Spiel anzupassen, es gelingt ihm immer nur kurz. Zwei andere Jugendliche stellen sich beidseitig neben den Studenten ans Klavier und hauen jetzt auch in die Tasten. Der Student zwischen ihnen lächelt verlegen, bewegt seinen Kopf hin und her, täuscht Freude vor über das gemeinsame Spiel. Die anderen, die Gitarren umgehängt haben, schauen fast verzweifelt zu den Jugendlichen. Die Mädchen tanzen die Jungen an, die Jungen kokettieren mit Hüftschwüngen. Sie heben die Arme in die Luft, die Mädchen drehen Hände und Unterarme, als würden sie sich von einem Band aus- und immer wieder einwickeln. Außer uns, den Jugendlichen, den Studenten und mir, ist niemand in den Straßen. Die Fenster der Häuser um uns herum sind dunkel.

Mir ist kalt, ich zittere, es hat wenig mit Kälte zu tun. Die aggressive Lebendigkeit der Jugendlichen am Ende dieser Nacht beruhigt mich nicht, obwohl sie mir einen Ort gibt. Einer der Jugendlichen singt jetzt, nach ein paar Takten stimmen die anderen mit ein, einige ululieren laut. Mein Körper ist aus Blei – ich bin ein Klumpen, zurückgeblieben von einem Silvesterabend, ohne jede Aussagekraft über die Zukunft. Die Studenten spielen jetzt auf den Gitarren, kreischen *Help* von den Beatles. Die Jugendlichen rufen nicht Help, sondern Hepp: Hepp, Hepp, Hepp, Hepp. Der Klavierlärm, die Gitarren, das Gekreische, alles vermischt sich. Die Stimmen gehen ineinander über, hin und wieder höre ich Help, sonst bleibt es bei einem Gewirr.

Die Polizei kommt ohne Sirenen. Sie stürmt den kleinen Platz. Die Studenten spielen nicht mehr. Der Gesang der Jugendlichen mündet in einen Schrei. Einer fällt mit dem Hinterkopf auf den Asphalt, reißt eine Gitarre mit, die aufschlägt und mit gequältem Saitenschlag zerbirst. Die Mädchen kreischen, die Studenten stehen dicht beieinander, stumm. Ein Polizist geht auf einen Jugendlichen los. Zwei Mädchen wollen ihn abhalten, der Polizist stößt sie zur Seite. Ich rufe: Ils ont rien fait, aber niemand hört mich. Die anderen Polizisten haben jeder einen Jugendlichen gepackt. Die Jugendlichen wehren sich nicht, wimmern nicht, lassen es geschehen. Ich laufe hin, wiederhole: Mais, ils ont rien fait. Daraufhin spüre ich zwei feste Griffe an meinen Oberarmen. Ich werde zur Seite gezogen. Pourquoi vous pleurez?, fragt mich der Polizist. Warum ich weinen würde, wiederholt er seine Frage mit festem Ton. Ich bin müde, sage ich. Er nickt, als würde er meine Begründung akzeptieren. Was haben Sie nachts auf der Straße zu suchen? Ich konnte nicht schlafen. Warum sind Sie in Paris? Ich konnte nicht schlafen. Das haben Sie eben auch gesagt. Ich bin EU-Bürger, ich darf nach Paris, wann ich will. Sie haben sich einen seltsamen Tag ausgesucht für Ihre Schlaflosigkeit.

Ich bleibe allein zurück auf dem kleinen Platz. Das helle Holz der zerbrochenen Gitarre leuchtet auf dem dunklen Asphalt. Ich hebe es auf und setze mich damit auf die Stufen, die von dem Platz aus einen Hügel hochführen. Ich kratze mit dem Holz auf dem Stein der Stufen, ein zartes Scharren. Und ich höre wieder das Knistern der Wärmedecken und das Rufen und Weinen der Menschen auf dem Hof.

Es dämmert, ist fast schon hell, Autos fahren, Kellnerinnen wischen den Staub der Nacht von den Tischen der Bäckereien, müde alte Männer mit wenigem und unordentlichem Haar führen in den Eckbistros bereits schaumlose Biere an ihre Münder, überschminkte Gesichter alter Frauen, zwischen deren immensen, reflektierenden Nägeln dünne Zigaretten wackeln, junge Männer in Uniform mit schweren, schwarzen Maschinengewehren

auf ihren Bäuchen, auf den Bürgersteigen flanierend, wie Kinder, die nichts zu tun haben. An einer Bushaltestelle stehen Schüler, ein Schüler, eine Schülerin, zwischen ihnen ein Abstand von zwei Metern, sie unterhalten sich nicht. Ich frage mich, ob sie jeden Morgen gemeinsam den Bus nehmen und ob sie schon einmal miteinander geredet haben, dann fällt mir auf, dass Samstag ist. Auf der anderen Straßenseite eine Kolonne von Kindern, händchenhaltend, geführt und geschoben von je einem Erwachsenen – alle schweigen, auch die Kinder.
In der Metrostation stehen die Menschen still am Bahnsteig, niemand redet, niemand bewegt sich. Man hat uns eingefroren. Gestern hat die Zeit einen Riss erfahren. Einen Riss, der nie wieder zusammenwachsen kann. Etwas geschieht in einer Stunde, in einer Minute, und die Unendlichkeit nimmt Schaden. Die Abfolge unserer Bewegungen, der Gang unseres Atems an diesem Morgen, eingefroren. Die Bahn fährt ein, und wir, die Erfrorenen, setzen uns nur kurz in Bewegung, bevor wir wieder in Stille verharren. Wir fahren ab in die Tunnel unter dieser Stadt. Niemand schaut auf sein Telefon, niemand liest, niemand redet, wir starren vor uns hin. An der nächsten Station steigen weitere Erfrorene ein, auch sie setzen sich ohne Gruß, ohne Gespräch, ohne Bücher und Zeitungen, die Telefone bleiben in den Hosen- und Handtaschen. Alle sind adrett, in Anzügen und Kleidern, rasiert, geschminkt. Eine Frau hat ihre Hand in der Luft vergessen, nachdem sie ihren Hut gerichtet hat, sie trägt durchsichtige schwarze Spitzenhandschuhe. In der nächsten Station steigen Touristen ein. Sie bleiben stehen, obwohl Plätze frei sind, reden laut auf Englisch miteinander. Ihre Stimmen hallen durch den

Zug, aber keiner der Erfrorenen schaut sich nach ihnen um. Zwei Zeitebenen legen sich übereinander. Auf der einen reisen die Touristen, auf der anderen die Pariser, nur ich sehe die Überlappung. Und dann: Alle schauen zu mir, die Pariser, die Touristen, alle, und jetzt erst bemerke ich, dass mein Mantel voller Blut ist. Es ist getrocknet. Ich ziehe den Mantel aus.

Auf der Straße blendet mich das Sonnenlicht, das an kleinen dunklen Wolken vorbeifällt. Mir ist nicht mehr kalt. Ich lasse den Mantel im Vorbeigehen auf einen Caféstuhl fallen. Über den Bäumen sind die Wolken ungleichmäßig schwarz, wie Schattenspiele einer großen Winkelspinne, die ihre Beine und ihre Kieferklauen über den Himmel des Quartier Latin spreizt. Auf halbem Weg ausgestiegen, immer. Die Währung der Sterblichkeit misst sich in Solidarität. Wird die Solidarität aufgehoben, ist die Sterblichkeit entwertet. Am Lauf der Dinge ändert das gar nichts.
Ich laufe durch den Regen. Das Geräusch von Wasser, wie es auf Stein und Kies klatscht. Brüllende Motoren von der Straße her bei jeder Ampelschaltung. Hupen aus der Ferne. Die Winkelspinne ist so groß wie das ganze Viertel. Ein Fuß von ihr füllt die Straße ihrer Breite nach aus, die anderen sieben Füße verteilt sie auf weitere Straßen und Dächer. Die Passanten ziehen die Hälse ein und beschleunigen ihre Schritte. Die Spinne bewegt sich tonlos fort, man hört nichts, wenn sie auftritt, auch zerbricht sie nichts, den Asphalt nicht und die graublauen Ziegel der Dächer auch nicht, allenfalls fällt ein Fahrrad um.
Ich folge der Spinne. Von der Rue Mouffetard aus, wenn ich in den Himmel schaue, sehe ich ihren Panzerbauch.

Die Menschen drängen sich in die Hauseingänge oder verstecken sich unter ihren Regenschirmen. Ich laufe vorbei an einer Buchhandlung, am Ende der Straße in ein weißes Café mit großem Hof. Stufen führen hinauf zu einem Garten. Dahinter ein Raum mit Wasserpfeifen und gepolsterten Bänken. Männer, auch einige Frauen, die sich unterhalten. Als ich eintrete, dämpfen sie ihre Stimmen. Ich falle auf ein Polster, ein Mann stellt ein Glas gesüßten Pfefferminztee vor mich. Die Luft riecht nach Apfel und Tabak. Die Männer schmulen misstrauisch herüber zu mir. Ich schlürfe an meinem Tee, behalte das Glas bei jedem Schluck lange am Mund und atme den Pfefferminzdampf ein. Über mir hängt ein Spiegel, der aus vielen kleinen Spiegelmosaiksteinen besteht. Ich sehe mich selbst darin aus verschiedenen Winkeln auf mich herabstarren. Ich schließe die Augen, wie zum ersten Mal seit Wochen, nur meine vervielfachten Augen über mir bleiben geöffnet, sie blinzeln unregelmäßig und asynchron, einige starren ohne jedes Zucken. Aus zwanzig Augen heraus sehe ich mich ruhen, den Kopf im Nacken, die Hände mit Teeglas im Schoß, die Beine übereinandergeschlagen. Ich höre jemanden sagen: C'est dieu qui donne la vie, et c'est lui qui la reprend. Die Stimme dringt durch die Wand, an der ich lehne. Ich folge ihr.
Da ist eine Art Vorführraum, ein Kino im hinteren Teil des Cafés. Es läuft gerade kein Film. Stattdessen haben sich alle einem Mann entgegengebeugt, der mit gedämpfter Stimme spricht: Sie mögen dich beleidigen, sie mögen dich erniedrigen, doch du darfst deine Hand niemals gegen einen anderen Menschen erheben. Die weltlichen Ungerechtigkeiten wird Er im Jenseits vergelten. Denn Er ist

es, der Vergeltung übt, Er ist es, der Leben schenkt, und Er allein, der Leben nimmt. Er mag euch auf die Probe stellen, haltet stand. Böse Geister haben diese Kinder verblendet. Jetzt müssen sie sich rechtfertigen – vor Ihm. Verblendung entledigt nicht der Schuld. Denn Er hat euch einen Verstand gegeben, dass ihr selber entscheidet. Und die Schuld haben diese Kinder nicht erst gestern auf sich geladen, Schuld kommt nicht von heute auf morgen, Schuld überfällt nicht, Schuld wächst. Wenn wir uns schuldig machen, fühlt es sich harmlos an – harmlos und klein, Blütenstaub. Etwas, von dem wir glauben, dass es nur uns und sonst niemanden angeht. Falsch! Unsere Schuld betrifft alle. Lange bevor wir einen tödlichen Gedanken fassen, lange bevor diese Kinder die Entscheidung getroffen haben, nach Waffen zu greifen, lange bevor sie das erste Mal in Erwägung gezogen haben, zu morden, bevor auch nur ein Tropfen Blut geflossen ist, waren ihre Hände blutig. Sie haben Groll in ihre Herzen gelassen, dort ist er gewachsen. In einer Welt der Erniedrigung verlassen die Demütigen ihre Posten. Wo der Tod der einen zählt und der Tod der anderen niemanden kümmert, ist das Leben bereits beschädigt. Ist es dem Erniedrigten zu verübeln, dass er dem Erniedriger grollt? Darüber möge Er entscheiden, es ist nicht meine Aufgabe, zu verübeln, und auch eure ist es nicht. Aber ich stelle fest: Der Erniedrigte hat den Groll in sein Herz gelassen, in seine Lungen gefüllt. Er hatte noch gar nicht gemerkt, dass er erniedrigt worden war, wusste noch gar nicht, was dieses Wort bedeutet, »Erniedrigung«. Hat es hingenommen, wie man eine Erkältung hinnimmt oder die Preise der Metro. Und doch war er es, er allein, der Groll gehegt und selber von Erniedrigung geträumt

hat, und dann erst kamen böse Geister und verdrehten ihm die Lungen. Böse Geister laufen draußen herum, stehen an der Schwelle dieser Tür und beobachten uns, wandeln umher, spüren den Groll in unseren Herzen – sie riechen ihn, so wie Hunde Angst riechen. Ihr werdet sagen: Aber hätte man ihn nicht erniedrigt, dann hätte er keinen Groll gehegt, und die bösen Geister hätten ihn nicht gerochen. Und ich sage: Falsch! Über den Erniedriger haben wir noch gar nicht gesprochen, der hat seine eigene Geschichte, die eine andere ist als die des Grolls. Und hinter der Geschichte des Erniedrigers verbirgt sich wieder eine andere und dahinter eine andere und wieder eine andere, und das geht so lange, bis wir wieder bei demjenigen angelangt sind, der Groll in sein Herz ließ, und damit kommen wir hier an, in diesem Raum, bei euch, bei mir. Wir stehen wieder am Anfang: Er hat euch Verstand gegeben, damit ihr euch nicht verblenden lasst von bösen Geistern, damit ihr euer Herz der Liebe öffnet und … Jemand tippt mich von hinten an: Monsieur, entweder rein oder raus, das ist kein Zoo. Verzeihung, sage ich, er nickt.
Ich verlasse das Café, überquere die Straße, laufe weiter in den Jardin des Plantes. Im Muséum national d'Histoire naturelle besuche ich Axolotl. Einer hat Ähnlichkeit mit Professor Kurt Zarr. Wir sehen uns lange an, und ich weiß genauso gut wie er, dass ich mich in ihn verwandeln könnte, dass ich jetzt hier in dieses Aquarium steigen könnte und er sein würde, und er würde ich sein, und dann stünde er draußen und schaute zu mir, der ich ihn, bewegungslos, hinter den langsam aufsteigenden Wasserbläschen dabei anschauen würde, wie er mich betrachtet, und dann würde Professor Zarr das Museum und den Jar-

din verlassen und sich im nächsten Geschäft eine Krawatte kaufen, und ich würde fünfzig Jahre lang alberne Kinder hinter den Bläschen erahnen, und eines Tages würde ein Ökonom mich kalt betrachten, und ich wäre bereit, wieder auszutreten aus dem Aquarium, im nächsten Geschäft würde ich den Verkäufer fragen, ob er schon einmal etwas von Europa gehört hätte, und der Verkäufer würde mir den Weg zurück in das Muséum transnational d'Histoire naturelle beschreiben.

Lebende

Ich setze mich auf eine Bank im Jardin des Plantes hinter gestutzte Hecken – die kontrollierte Natur. Zwischen den Baumwipfeln der blaue Himmel ohne Wolken oder Vögel. Jenseits des Wegs entdecke ich zwei Eichhörnchen. Das vordere hat die Pfötchen zusammengefaltet wie zum Gebet, sein Rücken ist rund. Das hintere streckt die Pfötchen nach dem anderen aus. Sie bleiben bewegungslos, und erst nach einer Weile begreife ich, dass sie tot sind.

Eine Nachricht von Rahel. Sie schreibt mir, endlich schreibt sie mir. Ich bin erleichtert, aber gleichzeitig zieht sich etwas in mir zusammen. Sie schreibt: Du bist auch hier? Das heißt, sie ist in Paris! Ist sie oder war sie mit Ramón unterwegs? Warum meldet sie sich erst jetzt? Ich tippe: Warum meldest du dich erst jetzt?, lösche es sofort wieder. Stattdessen tippe ich: Geht es dir gut?, und lösche auch das. Zuletzt: Können wir uns treffen? Ich bin im Jardin des Plantes.

Menschen spazieren durch den Park. Die Paare drücken sich aneinander, als müssten sie etwas verteidigen. Diejenigen, die alleine laufen, verstecken die Hände unter den Armen oder in den Taschen, sie schauen auf den Boden, als liefen sie Gefahr, in einen Abgrund zu fallen, und wenn sie den Blick heben, strecken sie ihre Gesichter in den Himmel wie jemand, der um Halt bittet.

Rahel antwortet: Ja. Ich schreibe: Wo bist du? In Château

Rouge. Kannst du ins Muséum national d'Histoire naturelle kommen, im Jardin des Plantes? Wann? Jetzt. Nach einigen Minuten kommt die Antwort: Ich brauche eine Stunde.

Die Zwischenräume der Äste über mir, ich könnte sie jahrelang anstarren. Der Versuch, die Kaligrafie der Pflanzen zu entziffern. Ich laufe quer durch den Jardin des Plantes zum Museumsgebäude.
Die Rippen der Dinosaurier. Das Licht zwischen den Kieferknochen des Tyrannosaurus. Der unaufhörliche Hals des Diplodocus. Die Nüstern des Triceratops und die Beine des Carnotaurus, allein dessen Unterschenkel reichen mir bis zum Kinn. Hinter einem Halswirbel des gesenkten Schädels eines Allosaurus taucht Rahel auf. Erst sind da ihre Haare, sie quellen aus der Kapuze, unter die sie sich nicht zwängen lassen. Rahel schaut sich um, vorsichtig hinter den Wirbeln dieses hundertfünfzig Millionen Jahre alten Tiers, dann sieht sie mich.

Wir bewegen uns zwischen den Tieren aus Knochen, wir streifen durch die Säle des Museums. Bist du alleine hier?, frage ich. Ja, sagt sie, jetzt schon. Wo wohnst du? Bei Mourad. Der ist in Ordnung, hat gesagt, ich kann noch die ganze Woche bleiben, wenn ich will. Woher kennst du den? Internet. Als Mädchen findest du immer eine Couch. Und Ramón? Sie bleibt vor einem gedrungenen Skelett stehen, dem Lystrosaurus, einem Pflanzenfresser. Ich bin fertig, sagt sie, mit der Schule, aber vor allem mit der Familie und mit ihm. Er hat mich gefragt, ob ich mitkomme. Ich habe gesagt, ich werde gehen, aber allein. Ich bin nicht

länger seine Schwester, wir sind keine Freunde. Wir haben zusammen in einer beschissenen Wohnung ein beschissenes Leben gelebt. Das ist alles. Ihre gebogene Nase streckt sie der Vitrine des Lystrosaurus entgegen. Ich sage: Reicht das nicht für Geschwisterlichkeit? Sie sagt: Nein.
Rahel wendet sich ab von den Knochen und läuft weiter, ich folge ihr. Sie trägt schwarze Lederstiefel, eine enge, schwarze Jeans und eine Lederjacke über ihrem Kapuzenpullover. Das Leder ist rissig zwischen den Schulterblättern. Ein Vater hält seine Tochter an der Hand und bleibt mit ihr vor dem Iguanodon stehen, kniet nieder, streicht ihr durchs Haar und lenkt ihre Aufmerksamkeit auf etwas in den Knochen des Tiers. Rahel streift die beiden mit ihrem Blick, wir setzen uns am Rand auf den Boden. Vor uns eröffnet sich ein Gebirge aus Knochen. Wenn ich lange genug geradeaus schaue, geraten die einzelnen Tiere aus dem Fokus, und ich sehe nur noch freistehende Knochen in dieser Halle mit den Oberlichtern und all den Menschen, ganzen Familien, die zwischen den Skeletten umherirren. Sie müssen wissen, was passiert ist, jeder in dieser Stadt weiß es. Hatten sie diesen Gang ins Museum mit ihren Kindern schon seit Wochen geplant und wollten den Besuch jetzt nicht aufschieben? Oder bringen sie ihre Kinder jeden Samstag ins Museum, vielleicht jedes Wochenende in ein anderes, damit die Kinder früh lernen, welche Gesteinsschichten diese Erde hat, welche Geschichte dieses Land, welche Tiere es gibt und gab, und die Routine ist der einzige Halt, den die Menschen finden an einem solchen Tag? Und wem sollte damit geholfen sein, wenn der Gang ins Museum verschoben wird? Die Toten holt das nicht zurück.

Niemand kümmert sich. In einem tieferen Sinn interessiert niemand, was jemand anderem zustößt. Interessiert aus Sensation, aus Langeweile, um unterhalten oder abgelenkt zu werden, ja, aber nie, fast nie ein tiefes, ein existentiales Interesse für den anderen, außer vielleicht aus Erleichterung, selbst vor einem Unglück bewahrt worden zu sein.
Ich sage: Die Kinder lieben Dinosaurier. Von der Seite sehe ich Rahels Zähne, sie atmet durch den Mund. Die Zähne glänzen weiß zwischen den violetten Lippen. Sie ist selbst fast noch ein Kind. Sie sagt: Als ich zu ihm meinte, dass ich nicht mitkomme, dass ich allein losziehe, hat er gesagt, er erinnert sich an meinen Vater, der sei weniger Arschloch gewesen als die anderen Typen unserer Mutter. Er hat gesagt, er wartet auf mich.
Bei Ramón kann das Warten zwischen zwei Buchseiten stattfinden. Oder in der Bibliothek. Oder auf der Straße. Bei seiner Großmutter. Im Heiligen irgendwas.
Uns bleibt nicht viel Zeit, sagt Rahel, noch ein paar Stunden. Dann geht mein Flug.

Ich war dort, sage ich, gestern. Ich bin hingefahren. Rahel hebt den Blick. Aber nicht zu mir. Sie schaut in den Saal – all diese dunkelgrauen Kreaturen, in Klein, in Groß, mit Löchern, wo Augen waren, ihre Nasen und Münder, jeden Augenblick rasen sie los, zerschlagen die Fenster, brechen aus, bevölkern den Park, die Stadt. Rahels Blick fährt zur Seite, zu den Fenstern, nach draußen. Weshalb?, fragt sie, ohne mich anzuschauen, in ihrer Stimme in Anthrazit. Ich stelle mir vor, dass sich ihre Stimme auf meine Hände legt, auf meine zitternden Hände. Wann fing das an? Ich versuche, sie still zu halten, aber ich vermag nichts auszurichten gegen dieses Zittern. Ich wollte wissen, ob Ramón, ob er damit etwas, ob ihm etwas …

Wissen. Die Episteme des Todes. Des Lebens. Wer immer zwischen allem abwägt, für den ist zusätzliches Leben ab einer gewissen Menge wertlos – das ist der abnehmende Grenznutzen des Lebens. Ich bin meinen Berechnungen gefolgt. Bis hierher. Jedes Wissen, das ich mir abwägend aneigne, ist verwandt mit einer Affinität zum Tod – immer: Der Versuch, das Leben zu optimieren, es als Optimierungsproblem zu formulieren, ist bereits eine Entfernung vom lebendigen Leben. Eine Ökonomie des Absurden, die vortäuscht, rational zu sein. Die rational ist. So rational, dass die Rationalität bricht. Meine Berechnungen des Nichts. *Wir haben alles geglaubt: Aufklärung, Fortschritt, größer, besser, sofort, schnell. The whole Junk.* Ein Gedicht, das Nadia immer zitierte, einer ihrer vielen Ohrwürmer, die sie bei passenden und überhaupt nicht passenden Gelegenheiten aufsagte: *Was eigentlich hielt die Augen lebendig? Lehnte es ab die Umarmung aus der Mode zu bringen?*

Rahel schaut hinunter zu ihren Stiefeln, getrockneter Matsch haftet am Leder. Ich warte, dass sie etwas sagt, suche in ihrem Gesicht, das ich nur im Profil sehe, nach Worten. Sie reibt ihre dünnen Lippen aneinander, öffnet den Mund, sagt aber nichts. Ich folge dem alten Impuls, will eine Erkenntnis notieren, aber es gibt nichts mehr zu notieren. Die Kosten des Verzichts sind nicht quantifizierbar. In einer Welt, bestimmt von Zahlen, bedeutet das nichts anderes als eine Katastrophe.

Ich glaube, ich habe jemanden sterben sehen. Das tut mir leid.

Rahel zieht ihren Rucksack aus dem Schließfach des Museums. Draußen laufen wir vorbei an dem weißen Café, zurück in die Rue Mouffetard. In einem armenisch-iranischen Restaurant bestelle ich uns Reis und ein Gericht mit Koriander. Rahel schaufelt das Essen in sich hinein, wendet dabei nicht ein Mal den Blick von ihrem Teller ab, sagt kein Wort, bis sie fertig ist. Das dauert nicht lange, in wenigen Minuten hat sie alles aufgegessen. Willst du mehr? Auch die zweite Portion isst sie rasch auf. Dann lehnt sie sich zurück. Warum fasst du dir immer ins Gesicht?, fragt sie mich.

Ramón hat einmal erzählt, sage ich, wie du ihm Tee zubereitet und Suppe gekocht hast, als er krank war. Mutter hat mich dazu gezwungen, sagt sie, koch dem was, hat sie gesagt, sonst verreckt der uns noch, ich habe da keine Zeit für. Nach einer Weile ergänzt sie: Er war mein Lieblingsbruder, als ich klein war, ich meine, ich mochte ihn immer lieber als meine Schwestern. Die haben manchmal Geschenke von Mutter bekommen, Kleider und so etwas, ich nie. Die weiß, glaube ich, nicht einmal, wann ich Geburtstag habe. Irgendwann kam dann Ramón mit einer ganzen Tüte Kleider zu mir ans Bett, hat sie mir einfach auf die Decke gelegt. Der muss die geklaut haben. Später hat meine Schwester das eine Sommerkleid gesehen. Das war khakifarben, und da waren mit Hand Muster draufgemalt, sahen aus wie arabische Zeichen. Mein Lieblingskleid. Meine Schwester hat es mir weggenommen, und ich hab mich unter meine Bettdecke verkrochen und wollte da nie wieder raus. Beim Abendessen habe ich aus meinem Zimmer gehört, wie Ramón fragte, wo ich bin, und wie Mutter sagte, er soll sich um seinen eigenen Kram kümmern und nicht um dieses eingeschnappte Miststück. Ramón ist zu mir ins Zimmer. Er hat nichts gefragt, er hat mich nur weinen gesehen. Und er muss gesehen haben, dass das Sommerkleid fehlte. Dann ist er zurück zum Tisch, hat meine Tür offen gelassen, sodass ich gehört habe, wie er meiner Schwester in festem Ton sagte: Du gibst Rahel ihr Kleid zurück, sofort. Sonst was?, hat meine Schwester gesagt. Sonst werde ich dich mit meinen bloßen Händen erwürgen. Und wir wussten alle, er meint das so, wie er es sagt. Meine Mutter und meine andere Schwester sagten nichts, ich hörte, wie sie weiteraßen. Ich konnte mich nicht halten und schluchzte los. Ramón brachte mir einen Teller Suppe und das Kleid in mein Zimmer und schloss diesmal die Tür hinter sich. – Er hat gesagt, dass er dann eben mit mir ziehe, wenn ich nicht mit ihm mitkomme. Das eine sei wie das andere.

Ich bestelle einen Mokka. Mich erschreckt, wie glatt ihre Haut ist und wie wenig ihre Augen zu dieser kindlichen Haut passen. Vor einigen Jahren wollte dein Bruder unbedingt, dass wir dich kennenlernen, sage ich. Er war ganz aufgeregt, hatte dich eine Woche vorher angekündigt, uns fast angebettelt, dass wir früher aus der Uni kommen sollten, und wir ließen dann tatsächlich extra eine Vorlesung ausfallen. Wir waren da, aber er nicht. Er kam eine Woche später, ohne dich. Ich fragte ihn, was das sollte, und seine Antwort bestand darin, dass er innerhalb von zwei Minuten einen großen Apfel vollständig aufaß.

Rahel schaut mich fragend an. Wir sitzen uns schweigend gegenüber, dann sagt sie: Zu Hause kann ich nicht sein, wer ich bin. Zu Hause ist gar kein Zuhause, ich bin nicht das, was meine Mutter in mir sieht. Und in der Schule?, frage ich. Die Leute sehen immer irgendwas in dir, immer, und ich füge mich, sagt sie, ich lebe dann so wie das, was die in mir sehen. Aber das bin ich gar nicht, das bin nicht ich. Vielleicht ist das der Unterschied zwischen Ramón und mir. Er fügt sich nicht. Du meinst, er rebelliert? Rebellion ist doch auch nur Dazugehören – du gehörst dazu, indem du widersprichst. Ramón rebelliert nicht, er funktioniert anders. Und du? Vor Gott bin ich ich. Und dann ist mir das egal mit Mutter und meinen Schwestern, dann ist mir das alles egal. Ich bin mir nicht egal, und ich kann das nicht immer, aber wenn es kommt, dann nehme ich das Licht anders wahr, mit Gott vergeht die Zeit anders.

Alles, was Rahel hat, befindet sich in ihrem Rucksack, damit ist sie nach Paris gekommen, damit zieht sie jetzt weiter. Erst einmal nach Amsterdam, später vielleicht nach Barcelona, egal: wo sie eine Couch findet. Sie fragt, ob ich ihr Geld für ein Hostel leihen könne, nur zehn Euro. Ich gebe ihr, was ich an Bargeld bei mir habe.

Wann hast du Ramón das letzte Mal gesehen?, frage ich. Vor zwei Tagen. Er ist gar nicht in Paris? Keine Ahnung. Sein Freund sagte mir, dass er hier ist. Welcher Freund?, fragt sie und fügt dann hinzu: Ramón und ich sind zusammen hierhergekommen, aber ich weiß nicht, wo er ist und ob er hiergeblieben ist oder wieder zurück oder woandershin. Er hat gesagt, so ein Typ hätte ihm eine Ehe in Aussicht gestellt. Der glaubt wohl irgendwie, wenn man die richtigen Leute zusammenbringt, dann ist das eine andere Welt. Aber Ramón hat zu mir gesagt, dass ihm das jetzt egal ist, er wollte, dass ich mit ihm mitfahre, und meinte, dann kann ich machen, was ich will. Ich sollte nur dieses eine Mal mit ihm mit. Er sagte: Bitte, dieses eine Mal, bitte. Und dann haben wir uns in den Bus gesetzt und die ganze Fahrt über nicht geredet. Er saß auf der Fensterseite, und ich habe ihn manchmal dabei betrachtet, wie er rausschaute, und ich dachte, er ist schön, mein Bruder ist schön. In Paris haben wir uns in ein Restaurant gesetzt – Restaurant ist zu viel gesagt, eine Imbissbude, es gab Tische mit Salz- und Pfefferstreuern und Stühlen. Ramón bestellte uns Suppe und Salat. Das, wofür sein Geld eben gereicht hat. Er sagte, dass er nicht der Bruder für mich sein konnte, der er gerne gewesen wäre. So etwas hatte er noch nie gesagt, so etwas Ernstes. Man kann ja gar nicht richtig mit ihm reden. Aber bei diesem Essen, da konnte er reden, und dabei wäre dieses eine Mal gar kein Reden nötig gewesen, dieses eine Mal war alles unausgesprochen klar: Ich war für ihn bis nach Paris mitgekommen, er wollte gehen, wohin auch immer, und uns blieb diese Stunde in der Imbissbude, und für die wäre ich mit dem Bus nicht nur bis Paris gefahren, sondern an den Nordpol. Er sagte, wir hätten nie miteinander gesprochen, in all den Jahren nicht, lass uns das jetzt tun. Ich fragte ihn, worüber er denn sprechen wolle und warum gerade jetzt und hier. Weil wir uns gleich trennen, sagte er, für lange Zeit, vielleicht für immer. Und ich muss dann eine Bewegung gemacht haben oder komisch geguckt, denn er sagte, dass ich doch überhaupt gar nicht nervös sein muss: Bis wir uns gleich trennen würden, hätten wir eine Ewigkeit Zeit. Das hat er gesagt, und dann haben wir beide gelacht, und das war noch nie zuvor passiert, dass wir beide zusammen gelacht haben, und irgendwie wusste ich dann, was er damit meinte: eine Ewigkeit Zeit, bis wir uns gleich trennen. – Wahrscheinlich hat er das irgendwo gelesen, der hat ja immer nur gelesen, nie etwas Vernünftiges, nie einen Jo Nesbø oder Stephen King, immer nur so komische Sachen. Aber irgendwie habe ich verstanden, was er meinte, verstanden hier drin, hier in der Brust. Ich hatte einen Moment mit meinem Bruder, das hatte ich nie zuvor, ich wusste gar nicht, was das ist, und ich dachte, vielleicht, vielleicht haben viele das nie. Rahel atmet ein und aus, als hätte es sie angestrengt, so viel zu erzählen. Ich frage: Und jetzt?

Ich schaue hinaus aus dem Fenster des Restaurants auf die schmutzige Fassade des Hauses auf der anderen Seite des schmalen Hofs. Über die beige Wand ziehen sich schwarze Streifen, ein Schacht aus Metall führt aus einer Wohnung im Erdgeschoss hoch zum Dach. Hinter einem der Fenster sehe ich eine alte Frau in einem Bett liegen, der Mund weit aufgerissen, eine Infusionsflasche hängt an einem Ständer neben ihr.

Das gedämpfte Licht auf der braunen Haut Rahels, auf ihrer Stirn und ihrer Nase. Ramón, wie er sagt, er werde gehen, er sei nie wirklich gekommen, nie wirklich da gewesen, deshalb sei das jetzt im Grunde auch kein Gehen – was nicht da ist, könne nicht verschwinden. Oder anders: Das Verschwinden des Verschwundenen bedeute seine Ankunft. Und dies jetzt sei seine, Ramóns, Ankunft in dieser Welt. Worauf es ankomme, sei nicht, wie lange wir in dieser Welt verweilen, sondern, dass wir überhaupt einmal hier verweilt hätten, und das sei nun mal – ja, ironischerweise – mit einer Öffnung des Moments ins Unendliche möglich. Und das Unendliche sei Gott. Und er,

Ramón, gehe jetzt zu Gott. Ob das heißen würde, dass er sich umbringe? Noch nicht, nein, noch nicht, womöglich bald, morgen oder übermorgen, womöglich aber auch niemals. Wo er hinwolle? Er suche nach dem Leben. Ramón, wie er sagt, er werde gehen, ohne seine Mutter und den Mann, der neben ihr schlafe, umzubringen, dabei hätte er sich so oft vorgestellt, so oft davon geträumt, die Gesichtsknochen dieses Mannes unter seiner Faust brechen zu hören, er wollte dieses Knacken hören, ein Schlag, dann das Knacken des Nasenbeins, des Jochbeins, der Kiefer, knack. Er würde stattdessen zu seiner Mutter gehen und sie auf den Mund küssen. Oder nichts dergleichen. Ja, wahrscheinlich werde er sich nicht einmal verabschieden, nur in der Nacht, kurz vor seinem Aufbruch, wenn alles schlafe, werde er in das Schlafzimmer seiner Mutter schleichen und beobachten, wie sich die Decke unter dem fetten Körper des Mannes neben ihr heben und senken würde, und er werde versuchen, inmitten des Schnarchens den Atem seiner Mutter zu hören, und in dieser Sekunde werde es keinen Hass geben. Wenn die Mutter die Augen öffnete, würde sie ihn sehen, sie würde wissen, dass er geht, sie wüsste nicht wohin und wie lange und ob für immer, nur dass. Ihre Augen würden sich langsam an die Dunkelheit gewöhnen, und dann sähen sich Mutter und Sohn an. Die Mutter richtete sich auf, und bevor sie etwas sagen könnte, hätte Ramón das Zimmer schon wieder verlassen. In Rahels Zimmer würde er sich dann über seine Schwester beugen und ihren Duft tief einatmen, denn nichts habe ihm in seinem Leben so viel bedeutet wie Rahel. Warum er das Wort Liebe nicht verwende? Weil er nicht wisse, was das bedeuten solle, außer die eine Liebe, die Liebe zu Gott, und auch die Liebe zu seiner Schwester, wenn er das Wort wirklich verwenden solle, sei nichts als die Liebe zu Gott, die sich in seiner Zuneigung zu ihr ausdrücke – göttliche Liebe. Er würde Rahel auf die Stirn küssen in diesem Zimmer in dieser Nacht, sie würde aufwachen und die Augen aufschlagen und gerade noch erkennen, wie sein küssender Mund sich entfernt, ohne zu begreifen, was geschieht, und er würde ihr zulächeln, und sie, auch sie würde lächeln, was lange nicht mehr geschehen sei, seit Jahren nicht. Oder sie würde nicht aufwachen und er noch lange ihren Schlaf betrachten, ihre Haare, die sich über dem Kissen verteilen wie eine schwarze Wolke. Dann würde er gehen, die Wohnung verlassen, mit dem Aufzug – das gelbe Licht, die Werbung an der Aufzugwand – nach unten fahren, an dem mit Müllsäcken vollgestopften Glaskasten des Pförtners vorbei, dem Spielplatz, auf dem er sich vor den Nazis versteckt hatte, vorbei an dem Haus, in dem immer noch Kai wohnt, der einzige Freund, den er in seiner Gegend gehabt hatte, er würde in den sechsten Stock schauen und zuckende Lichter sehen, Kai schlafe immer mit eingeschaltetem Fernseher. Wohin er gehen wolle, wisse er selber nicht, Gott sei überall, der Krieg innen, nicht außen. Viele suchten nur mit Waffen, sie hätten noch einen weiten Weg vor sich, denn die große Suche, der große Krieg, den führe jeder mit sich allein. Seiner habe schon längst begonnen, schon vor Jahren. Er hätte noch nichts von ihm gewusst, da wäre er schon mittendrin gewesen. Es hätte Rückschläge gegeben, viele, aber er wäre ein Krieger, ein Suchender, ein Gotteskrieger. Horror habe bei den Römern nicht nur für den Schrecken gestanden, das auch, aber eben außerdem noch für religiöse Inbrunst. Horror sei die Angst vor der eigenen Enthauptung. Horror sei die Schönheit Gottes. Horror sei Unterwerfung und Hingabe. Der Rest wären Details.

Warum bist du mit meinem Bruder befreundet?, fragt Rahel. Ich sage: Er erinnert mich an etwas. An was? Ich wollte immer die Zeit festhalten. Sie fixieren wie Ölfarben auf einer Leinwand.

Wir nehmen ein Taxi, ich setze mich mit ihr auf die Rückbank. Wir fahren zum Flughafen Orly. Kaum ist das Taxi losgefahren, rutscht ihr Kopf seitlich auf die Rückenlehne. Sie schläft mit offenem Mund, der Motor des Taxis rauscht.

Habe ich geschlafen?

Wie habt ihr euch dann getrennt, du und Ramón?, frage ich, als wir schon fast da sind. Wir sind raus aus der Imbissbude, er ist nach rechts gelaufen und ich nach links, sagt sie. Ich habe mich nicht umgeschaut. Er auch nicht, das weiß ich. Er hatte noch gesagt, wenn es ihn dann noch gibt, wird er mich suchen, bevor ich dreißig bin, das würde er mir versprechen, denn ab dem dreißigsten Jahr schleudere man den Becher fort. Das hat er wieder mit diesem Lachen gesagt.

Wir steigen aus am Flughafen. Überall sind Soldaten, die Gewehre vor sich hertragen, in ihren Uniformen. Ich laufe mit Rahel in das Flughafengebäude, das zwar geschäftig ist, aber ich glaube, es ist stiller als gewöhnlich. Kein Stimmengewirr, die Menschen murmeln nur. Wir setzen uns in eine der Wartereihen mit Blick auf die Landepiste. Um uns

herum lesen Menschen Zeitungen, Bücher oder schauen auf ihre Telefone. Einige schlafen. Eine Frau mit Kopftuch läuft mit ihren Kindern auf und ab.
Wann bist du zurück in Berlin?, frage ich. Ich weiß nicht, sagt sie, schaut weiter auf die Landebahn. Vielleicht gar nicht. Vielleicht finde ich hier und da kleine Jobs als Au-pair oder so etwas, bis ich mir eine eigene Gitarre kaufen kann. Damit komme ich schon gut über die Runden. Ich glaube, ich komme nicht wieder.

Wir laufen zur Schlange vor der Sicherheitskontrolle. Sie dreht sich zu mir um. Einige Augenblicke, wortlos, dann nickt sie mir zu. Ich nicke auch.

In der Eingangshalle laufe ich zwischen Soldaten und Reisenden herum. Ich spüre meine Kleidung am ganzen Körper, eine plötzliche Erhöhung des Gewichts der Stoffe, die ich trage. Menschen stehen in den Schlangen vor den Gepäckschaltern. Die Hostessen von Air France mit ihren blauen Uniformen, Halstüchern und hochhackigen Schuhen weisen den Weg. Auf einer abendblauen Wand leuchten mich in weißer Schrift die Worte PARIS VOUS AIME an. Alle paar Meter stehen an der Wand ovale und fast menschenhohe Blumentöpfe aus weißem Porzellan, in einer Ecke Automaten für Getränke und Snacks, daneben zwei lederne Massagesessel. Ich lasse mich in einen der Sessel fallen und schaue zu den Quadraten an der Decke. Gleich werde ich die letzten Kräfte sammeln, aufstehen und den Bus in die Stadt nehmen. Im Gare du Nord die Tauben beobachten, bis es Morgen ist und der erste Zug in Richtung Berlin abfährt. Wenn wir uns Frankfurt nähern, werde ich kurz an Nadia denken, aber nur kurz, ich werde nicht aussteigen, ich werde mir nicht vorstellen, wie ich vor ihrem Fenster stehe. In Hannover werde ich aussteigen und Mutter besuchen für einige Stunden. Sie wird mir ins Haar fassen, und ihre Augen werden fragen, wieso es so fettig ist, wieso ich mich nicht rasiere und wie lange ich schon in diesen Kleidern herumlaufe. Sie wird Kaffee zubereiten, während ich dusche und mir die Haare wasche, und wir werden im Wohnzimmer sitzen mit all den kleinen Vögeln auf dem Geländer des Balkons und uns alles erzählen, unsere Träume, unseren Verzicht, und erzählend werden wir ganz in der Gegenwart sein, ganz bei uns. Später werde ich weiter nach Berlin fahren und dann am Hauptbahnhof aussteigen, die Rolltreppen nach oben, vorbei an den Sushi- und Dönerläden, und die S-Bahn ins Büro nehmen. In der S-Bahn werde ich nach dem Wetter in Amsterdam schauen und hoffen, dass es Rahel gut geht, dass sie Menschen begegnet, die für sie da sind, dass sie etwas findet, das ihr wichtig ist. Ich werde an Ramón denken, aber kein Gefühl dafür haben, ob er auf der Straße liegt in Paris oder anderswo, ob er noch lebt. Im Büro werde ich verkünden, dass ich meiner Präsentation, meiner Studie, nichts hinzuzufügen habe. Solange das Leben dem Tod entspricht, geht die Rechnung der Versicherungen auf. Und dann wird es Abend sein, und ich werde die Hunde aussetzen und mich in Vince' Zimmer legen und daliegen und mir selbst vormachen, dass ich schlafe, und dann, gegen Morgen, wird Licht in die Wohnung fallen, und ich werde aufstehen und mich frisch machen, wie diejenigen, die schlafen können, das nach dem Aufstehen tun, ich werde herausfinden, wo die unbekannten besten

Restaurants der Stadt sind, und mich kundig machen, um gute Weine von schlechten unterscheiden zu können. Es sind nur noch vierunddreißig Jahre bis zur Rente, bald sind die Haare grau, der Bart ist weiß, ab und zu, nicht oft, wird es Besuch geben, und dann ist alles irgendwann vorbei.

Kara, steh auf. Nadia liegt in dem Massagesessel neben meinem. Sie liegt dort seitlich, ihre Locken türmen sich hoch bis zum Ende der Lehne. Steh auf, Kara, los, du kannst hier nicht ewig liegen. Wieso nicht? Vielleicht kann ich das doch: liegen in einem Massagesessel in einem Flughafen, ohne Kleingeld, um die Maschine anzuschmeißen, bis ans Ende aller Tage. Das geht nicht, irgendwann werfen sie dich raus. Ich bin doch unsichtbar. Irgendwann muss man immer aufstehen, das weißt du. Ich strecke ihr die Hand entgegen. Hast du einen Euro? Sie greift nach meiner Hand, wir lachen. Wir lachen, aber da ist noch etwas anderes in unseren Augen.

Monsieur. Ein Soldat steht vor mir, der Lauf seines Gewehrs zeigt auf den Boden. Er sagt, dass das hier kein Schlafzimmer sei, sondern ein Flughafen und dass ich jetzt bitte aufstehen und mein Kind mitnehmen solle. Mein Kind? Der Soldat weist auf den Sessel neben mir, wo mich ein kleiner, vielleicht fünfjähriger Junge anlächelt, mit dichten schwarzen Haaren und braunen Augen. T'es mignon quand tu dors, sagt der Junge und lacht, als würde ihn jemand kitzeln. Hallo, sage ich und lächle dem Jungen zu. Wie lange habe ich geschlafen? Der Junge zählt mit der rechten Hand Daumen, Zeige-, Mittel-, Ring- und kleinen

Finger der linken Hand ab und sagt: Hundert Jahre. Hast du Geschwister?, frage ich.
Ich schleppe mich und meine Kleidung aus Ziegelsteinen durch die Eingangshalle, der Junge und der Soldat schauen mir nach, ich sehe das im Augenwinkel. Die Reinigungskraft vor dem Klo verflucht mich, weil ich keinen Euro habe. Hände voll Wasser stoße ich mir ins Gesicht.

Ich werde am Schalter einen Flug nach Istanbul oder Kairo oder Kuala Lumpur oder egal wohin buchen. Ich werde wieder warten, mir die Geschäfte anschauen, die Reisenden beobachten, den Mann mit der Kopfbedeckung alter muslimischer Männer nach ihrer Pilgerreise. Er trägt Tüten in beiden Händen, die viel zu groß und viel zu schwer wirken für seinen schrumpfenden Körper. Ich werde zum Check-in laufen und durch den Schlauch ins Flugzeug, einen Gin Tonic bestellen und nach dreieinhalb Stunden in Istanbul landen. Ich habe keinen Koffer, nicht einmal einen Mantel und laufe einfach vorbei an der Gepäckausgabe, die elektrischen Türen öffnen sich, und all die gesandten Fahrer mit ihren fetten Bäuchen und Namensschildern in der Hand schauen mich fragend an. Mein Name steht auf keinem Schild. Am Ende des Ganges, dessen hüfthoher Zaun die Fahrer von mir trennt, öffnet sich eine Mauer von Männern, ein Weg entsteht, und am Ende der Öffnung taucht Ramón auf: Wo warst du so lange? Wir fahren mit dem Bus bis Taksim und werfen uns in die Menschenmenge, hocken uns auf Kissen in einer Seitengasse, man serviert uns Seetang und Rakı. Wir steigen nachts aufs Dach, auf dem er wohnt, und entwickeln eine schamanische Theorie über Sterne.

Oder: ein Flug nach Frankfurt. Ich stehe schließlich doch vor Nadia, sage, dass ich jetzt wisse: alles mit ihr. Nadias Kleid ist so weich und warm von ihrem Körper, und ich spüre sie an meinem Hals. Später höre ich in der Stille der Nacht ihren Atem und synchronisiere meinen. Gegen Morgen wache ich auf, schlage leise die Bettdecke zurück, schlurfe aus dem Schlafzimmer. In der Küche halte ich ein Glas unter den Hahn, setze mich an den Tisch. Ein neuer Tag bricht an, wir sind in Frankfurt, die Fußbodenheizung funktioniert, ich bin dreiunddreißig Jahre alt.
Oder: zurück nach Berlin. Ich fahre nicht nach Hause, nicht ins Büro, sondern zu Vince. Er wird nicht da sein, und ich werde ihn in all seinen Stammkneipen suchen müssen. Ana werde ich finden, sie aber wird mich nicht erkennen und stattdessen fragen, was ich trinken wolle, hinter der Theke stehend, die blonden Locken im Gesicht nach einer anstrengenden Arbeitsnacht. Weil meine Antwort ausbleibt, wird sie mich genauer anschauen, und dann wird sie sich an mich erinnern, an das eine Mal, als wir uns gesehen haben, als ich mit Vince hergekommen bin. Sie wird mir ihre Schlüssel reichen, sagen, er sei oben, in ihrer Wohnung. Schlafend werde ich ihn vorfinden, nackt in Anas Bett, mit heiserer Stimme. Ohne die Augen zu öffnen, wird er sagen: So früh schon zurück? Ich bin es. Kara? Wie bist du hier reingekommen? Tee, ich mache dir erst einmal einen Tee! Wie lief deine Präsentation? Mit diesen Methoden ist keine Gesellschaft möglich, werde ich antworten. Das hast du denen gesagt – dann such dir mal einen neuen Job! Ich habe Ramón gesucht. Hast du ihn gefunden? Nein. Jetzt erst wird er langsam die Augen öffnen und sich aufrichten im Bett. Ich werde

ihm sagen: Ich bin jetzt da, komm, lass uns nach Hause gehen.

Der Flughafen ist viel leerer als vor ein paar Stunden. Die Menschen murmeln nicht mehr, ich kann ihre Stimmen unterscheiden. Eine Frau umarmt einen Mann, der sein Gepäck ablegt, um sie mit beiden Händen an sich zu ziehen. Danach laufen sie Arm in Arm zum Ausgang. Auch ich werde nicht lange bleiben. Aber ich habe es nicht mehr eilig. Ich kaufe Wein und abgepackte Früchte und setze mich an einen der schmutzigen Metalltische des Cafés. In diesem Abschnitt der Eingangshalle hängen Kronleuchter an der Decke. Auch sie aus Metall: Kreise, an die Zylinder gelötet sind. Ich trinke meinen Wein langsam und spüre dem bitteren Geschmack nach. Hebe ein Stück Melone in den Mund, das nicht nach Melone schmeckt, aber ich kann es genießen.

Literatur

S. 7 »Himmlische Müdigkeit fühl' ich in mir.« Novalis, »Hymnen an die Nacht«, in: Ders., *Hymnen an die Nacht / Die Christenheit oder Europa*, Insel-Verlag, Wiesbaden 1957, S. 11

S. 14 »eine trostlose Unordnung in der Zeit«. Elias Canetti, *Das Buch gegen den Tod*, Carl Hanser Verlag, München 2014, S. 9

S. 28 »Das Reich der Freiheit.« Karl Marx, »Das Kapital«, in: Karl Marx / Friedrich Engels, *Werke. Band 25*, Dietz Verlag, Berlin 1983, S. 829

S. 33 »ich möchte bloß, ich wäre nie gewesen«. Max Frisch, *Homo faber*, Suhrkamp Verlag, Frankfurt am Main 1977, S. 192

S. 52f. »Der Mensch als Amöbe … von Erscheinung und Sein wächst.« Nach: Julio Cortázar, *Rayuela. Himmel und Hölle*, Suhrkamp Verlag, Berlin 2010, S. 465

S. 63 »Aber wovon habe ich mich denn abgewandt?« Fjodor M. Dostojewski, *Die Dämonen*, Piper Verlag, München 1956, S. 851

S. 63 »wir kannten uns immer überhaupt nicht«. May Ayim, »überhaupt fast gar nicht«, in: Dies., *Weitergehen*, Orlanda Verlag, Berlin 2013, S. 24

S. 72f. »Angewandtes, lebendiggewordnes Christentum … den Himmel auf Erden zu erblicken?« Novalis, »Die Christenheit oder Europa«, in: Ders., *Hymnen an die Nacht / Die Christenheit oder Europa*, Insel-Verlag, Wiesbaden 1957, S. 52f.

S. 73 »Im Tode ward … der Geburt der neuen Welt.« Novalis, »Hymnen an die Nacht«, in: Ders., *Hymnen an die Nacht / Die Christenheit oder Europa*, Insel-Verlag, Wiesbaden 1957, S. 17f.

S. 90 »ob du weißt … was wir wollen«. May Ayim, »fragezeichen«, in: Dies., *Weitergehen*, Orlanda Verlag, Berlin 2013, S. 49

S. 108 »ununterbrochener Bereitung des Genusses«. Nach: Hermann Heinrich Gossen, *Entwickelung der Gesetze des menschlichen Verkehrs, und der daraus fließenden Regeln für menschliches Handeln*, Friedrich Vieweg & Sohn, Braunschweig 1854, S. 5

S. 142f. »Misstraue denen, die der Liebe, dem Ehrgeiz, der Gesellschaft den Rücken kehren. Sie werden sich dafür rächen, darauf verzichtet zu haben.« E. M. Cioran, *Syllogismen der Bitterkeit*, Suhrkamp Verlag, Frankfurt am Main 1980, S. 8

S. 143 »Verzicht auf das Wagnis, einmal zur Gewöhnung geworden, bedeutet im geistigen Bezirk ja immer den Tod, eine gelinde und unmerkliche, dennoch unaufhaltsame Art von Tod.« Max Frisch, *Stiller*, Suhrkamp Verlag, Frankfurt am Main 1973, S. 245

S. 145 »Si seulement tu m'aimais comme je t'aime / On n'en serait pas là«. Iam, »Si tu m'aimais«, Album: *Saison 5*, Polydor, France 2007

S. 159 »Der Mensch brauche ein Ziel – und eher würde er noch das Nichts wollen als nicht wollen.« Nach: Friedrich Nietzsche, »Zur Genealogie der Moral«, in: Ders., *Jenseits von Gut und Böse*, Insel Verlag, Frankfurt am Main 1984, S. 296

S. 175 »Aber warum bist du so besorgt, daß ich abreise? Wir haben doch noch Gott weiß wieviel Zeit bis dahin. Eine ganze Ewigkeit an Zeit, eine Unsterblichkeit!« Fjodor Dostojewskij, *Die Brüder Karamasow*, S. Fischer Verlag, Frankfurt am Main 2010, S. 375

S. 202 »Swenne diu sêle kumet in daz ungemischte lieht, sô sleht si in ir nihtes niht sô verre von dem geschaffenen ihte in dem nihtes nihte, daz si mit nihte enmac wider komen von ir kraft in ir geschaffen iht.« (= Wenn die Seele in das ungemischte Licht kommt, so schlägt sie in ihr Nichts so weit weg von ihrem geschaffenen Etwas in dem Nichts, daß sie aus eigener Kraft mitnichten zurückzukommen vermag in ihr geschaffenes Etwas.) Meister Eckhart, *Werke I*, Deutscher Klassiker Verlag, Frankfurt am Main 2008, S. 18

S. 242 »Im Muséum national d'Histoire naturelle besuche ich Axolotl …« Nach: Julio Cortázar, »Axolotl«, in: Ders., *Die Nacht auf dem Rücken*, Suhrkamp Verlag, Frankfurt am Main 1998, S. 303 ff.

S. 248 »Wir haben alles geglaubt … aus der Mode zu bringen?« Alice Walker, »Nichts ist richtig«, in: Dies., *Ihr blauer Körper ist alles was wir kennen*, Rowohlt Taschenbuch Verlag, Reinbek bei Hamburg 1993, S. 138 f.

S. 256 »denn ab dem dreißigsten Jahr schleudere man den Becher fort«. Nach: Fjodor Dostojewskij, *Die Brüder Karamasow*, S. Fischer Verlag, Frankfurt am Main 2010, S. 370

Dank

Sevim Öztimur-Utlu. Karin Graf, Jacob Teich. Sara Phung, Sasha Marianna Salzmann, Necati Öziri, Mischa Gayring, Bernhard Taureck. Mutlu Ergün, Arto Sebastian, Ulli Janetzki, Philipp Paul, Max Czollek, Ulrike Draesner. Doris Plöschberger, Martina Wunderer. Jayrôme Robinet, Sandra Vacca, Fatma Aydemir, Anna Würth, Shane Mac-Millan, Carola Dürr, Claudia Schütze. Goethe-Institut Peru, Künstlerdorf Schöppingen, Akademie Schloss Solitude.

Berlin, 19. Mai 2019